PHILIP JOSÉ FARMER

Die Liebenden

Buch

Der Linguist Hal Yarrow lernt auf dem Planeten Ozagen ein Mädchen kennen, das einer fremden Rasse angehört. Deren Einzelwesen können menschliche Gestalt annehmen. Yarrow verliebt sich in die Außerirdische, was nach den Gesetzen der Erde ein schweres Verbrechen ist. Das Mädchen gerät in tödliche Gefahr. Als sich Yarrow verzweifelt um die Rettung seiner Geliebten bemüht, begeht er einen verhängnisvollen Fehler ...

Der Roman schlug bei seinem ersten Erscheinen 1952 in Amerika wie eine Bombe ein und löste äußerst kontroverse Reaktionen aus, weil in ihm erstmalig eine erotische Beziehung zwischen einem Menschen und einem Alien thematisiert wurde. Heute wird er als meisterhafter Wegbereiter gerühmt.

Autor

Philip José Farmer wurde 1918 in North Terre Haute, Indiana, geboren. Bereits für seinen SF-Erstling »Die Liebenden« wurde er 1953 als bester Nachwuchsschriftsteller mit dem Hugo Award ausgezeichnet und begründete so seinen Ruf als kontroverser Autor und Tabubrecher. Er gilt in der Science-fiction-Szene als Mann der brillanten Ideen. Neben der freizügigen Behandlung von Sexualität und Psychologie werden vor allem seine farbigen und spannenden Abenteuerromane geschätzt.

Philip José Farmer

Die Liebenden

ROMAN

Aus dem Amerikanischen
von Jürgen Inhoff

GOLDMANN

Die amerikanische Originalausgabe erschien
unter dem Titel »The Lovers«

Umwelthinweis:
Alle bedruckten Materialien dieses Taschenbuches
sind chlorfrei und umweltschonend.
Das Papier enthält Recycling-Anteile.

Der Goldmann Verlag
ist ein Unternehmen der Verlagsgruppe Bertelsmann

Deutsche Taschenbuchausgabe 8/98

Umschlaggestaltung: Design Team München
Umschlagillustration: Agt. Schlück/Clark
Satz: IBV Satz- und Datentechnik GmbH, Berlin
Druck: Elsnerdruck, Berlin
Verlagsnummer: 25044
VB · Herstellung: Stefan Hansen
Made in Germany
ISBN: 3-442-25044-7

1 3 5 7 9 10 8 6 4 2

— 1 —

»Ich will hier raus«, hörte Hal Yarrow jemanden aus großer Entfernung murmeln. »Es muß doch einen Ausweg geben.«

Er erwachte mit einem Ruck und wurde sich bewußt, daß er selbst diese Worte gesprochen hatte. Aber sie standen in keinem Zusammenhang mit seinem Traum. Die im halbwachen Zustand hervorgestoßenen Worte und der Traum waren zwei verschiedene Ereignisse.

Was konnte er nur mit diesen hingemurmelten Sätzen gemeint haben? Und wo war er? Hatte er tatsächlich ein längst vergangenes Erlebnis aus dem Unterbewußtsein zutage gefördert – oder nur einen subjektiven Traum erlebt?

Es war ihm so echt erschienen, daß er nur langsam in die Wirklichkeit zurückfand.

Ein Blick auf den neben ihm sitzenden Mann ließ den Nebel aus seinem Kopf verschwinden. Er saß im Airbus nach Sigmen City, und es war das Jahr 550 BS (nach alter Rechnung 3050 n. Chr., wie er es von der Schule her im Gedächtnis hatte). Er befand sich keineswegs auf einem fremden Planeten, viele Lichtjahre von der Erde entfernt, in ferner Zukunft. Auch sah er sich nicht Auge in Auge mit dem glorreichen Isaac Sigmen, dem Vorboten, wirklich sei sein Name.

Der Mann schaute Hal von der Seite an. Es war ein magerer Bursche mit hohen Wangenknochen, glattem schwarzem Haar und braunen, leicht geschlitzten Augen. Er trug die hellblaue Uniform der Ingenieursklasse. An der linken Brust war ein Aluminiumemblem befestigt, das seine Zugehörigkeit zu einer höheren Klasse anzeigte. Wahrscheinlich ein Elektronikingenieur mit dem Abschluß einer renommierten Schule.

Der Mann räusperte sich und sagte auf amerikanisch: »Ich bitte tausendmal um Verzeihung, *Abba.* Ich weiß, ich sollte Sie eigentlich nicht ohne Erlaubnis ansprechen. Aber Sie sagten etwas zu mir, als Sie aufwachten. Und durch Ihre Anwesenheit in diesem Abteil haben Sie sich vorübergehend mit mir gleichgestellt. Jedenfalls hat es mir auf der Zunge gebrannt, das Wort an Sie zu richten. Man nennt mich nicht umsonst Sam Naseweis.«

Er lachte nervös und sagte: »Ich kam nicht umhin mitzuhören, was Sie zu der Stewardeß sagten, als diese Ihr Recht auf diesen Sitzplatz anzweifelte. Habe ich richtig verstanden, daß Sie ihr erzählten, Sie seien ein Inder?«

Lächelnd erwiderte Hal: »Nein, ich bin kein Inder, sondern ein *Inter.* Das ist ein Kürzel für eine nichtspezialisierte, übergreifende Berufsqualifikation.«

Seufzend dachte er daran, welche Demütigungen er hatte hinnehmen müssen, weil er sich dagegen entschieden hatte, lediglich ein beschränkter Spezialist zu sein. Um seinen Nachbarn nicht zu weiteren Fragen zu ermutigen, schaute er zum Fenster hinaus. Hoch droben, in weiter Ferne, sah er ein helles Glühen. Zweifellos ein militärisches Raumschiff beim Eintritt in die Atmosphäre. Die wenigen existierenden zivilen Schiffe vollzogen in der Regel langsamere und unaufdringlichere Landemanöver.

Aus sechzigtausend Meter Höhe konnte er die Krümmung des nordamerikanischen Kontinents erkennen. Er glich einer Lichtflamme, die hier und da von kleinen, gelegentlich auch von einem breiteren Streifen Dunkelheit durchzogen wurde. Bei den letzteren handelte es sich um die wenigen Gebirgszüge oder Wasserflächen, die der Mensch bislang noch nicht dem Bau von Wohnhäusern oder Industrieanlagen geopfert hatte. Die große Stadt Megalopolis. Hal dachte daran, daß vor dreihundert Jahren der gesamte Kontinent nur eine Bevölkerung von zwei Millionen Menschen hatte.

In weiteren fünfzig Jahren – sofern sich nicht eine Katastrophe ereignete, etwa ein Krieg zwischen der Haijac-Union und den Israelirepubliken – würde die Bevölkerungszahl Nordamerikas vierzehn, vielleicht sogar fünfzehn Milliarden erreichen!

Die einzige Zone, die man den Menschen als Lebensraum bewußt verweigerte, war das Hudson-Bay-Naturschutzgebiet. Hal hatte es erst vor fünfzehn Minuten verlassen, und doch war ihm schon jetzt elend zumute, weil er wußte, daß er für sehr lange Zeit nicht mehr dorthin zurückkehren konnte.

Er seufzte erneut. Das Hudson-Bay-Naturschutzgebiet. Dort gab es Bäume zu Tausenden, Berge, breite blaue Seen, Vögel, Füchse, Kaninchen. Und sogar, wie er von den Wildhütern erfahren hatte, Rotluchse. Sie waren jedoch selten, und in zehn Jahren würden wohl auch sie auf der Liste der ausgestorbenen Tierarten stehen.

Im Naturschutzgebiet hatte Hal voll durchatmen können, sich völlig unbeengt und frei gefühlt. Obwohl es auch Stunden oder Tage der Einsamkeit und Unbehaglichkeit gegeben hatte. An all dies hatte er sich gerade gewöhnt, als seine Forschungsarbeit unter den zwanzig französischsprachigen Bewohnern des Gebiets auch schon beendet war.

Der neben ihm sitzende Mann druckste herum, als wollte er sich Mut machen, Hal erneut anzusprechen. Nach einem einleitenden nervösen Hüsteln sagte er schließlich: »Sigmen stehe mir bei! Ich habe Sie hoffentlich nicht beleidigt? Aber ich fragte mich ...«

Hal Yarrow fühlte plötzlich Verärgerung. Der Mann nahm sich entschieden zuviel heraus. Aber er erinnerte sich auch an das, was der Vorbote gesagt hatte. *Alle Menschen sind Brüder, obgleich der Vater die einen mehr begünstigt als die anderen.* Und schließlich konnte er es nicht diesem Mann anlasten, daß man das Erste-Klasse-Abteil mit Leuten höherer Priorität belegt hatte und Hal gezwungen war, zwischen einem später startenden Airbus und einem Sitzplatz der niedrigeren Kategorie zu wählen.

»Es ist *shib* mit mir«, sagte Yarrow. Das sagte alles.

Der Mann sagte erleichtert: »Ah! Sie haben also nichts gegen eine weitere Frage? Nicht ohne Grund nennt man mich Sam Naseweis, wie ich schon erwähnte. Haha!«

»Ich habe nichts dagegen«, erwiderte Hal Yarrow. »Ein *Inter* betätigt sich nicht in allen Wissenschaften. Natürlich ist er auf eine besondere Disziplin beschränkt, aber er versucht, soviel wie möglich von all ihren spezialisierten Zweigen zu verstehen. Ich zum Beispiel bin ein linguistischer *Inter.* Anstatt mich nur mit einem der vielen Gebiete der Linguistik zu beschäftigen, besitze ich fundierte Allgemeinkenntnisse dieser Wissenschaft. Sie befähigen mich, Vorgänge in allen Bereichen zu korrelieren, somit Erkenntnisse in einem Spezialgebiet ausfindig zu machen, die für den Spezialisten eines anderen Gebiets von Interesse sind, und ihn dann über diese Punkte zu informieren. Wenn es Leute wie mich nicht gäbe, würde dem Spezialisten, dem es an Zeit mangelt, alle Journale seines Fachs zu lesen, manches Nützliche entgehen. Jeder Studienbereich verfügt über einen eigenen *Inter,* der sich um diese Dinge kümmert. Ich kann dabei wirklich von Glück reden, gerade in diesem Wissenschaftsbereich tätig zu sein. Wäre ich beispielsweise ein medizinischer *Inter,* würde ich völlig überrollt und müßte mit einem Team von *Inters* zusammenarbeiten, was zur Folge hätte, daß ich kein echter Intermediziner wäre, da ich mich auf ein bestimmtes Gebiet der Medizin zu beschränken hätte. Die Zahl der Veröffentlichungen jedes medizinischen Spezialfachs ist so riesig – und ähnliches gilt für die Elektronik, die Physik und fast jede Wissenschaft, die man anführen wollte –, daß weder ein einzelner noch ein Team die gesamte Disziplin erfassen oder korrelieren könnte. Zum Glück galt mein Interesse schon immer der Linguistik. Das verschafft mir gewisse Vorteile. Mir bleibt sogar die Zeit, ein wenig private Forschung zu betreiben und zu einer Lawine von Abhandlungen beizutragen.«

»Natürlich geht das«, fügte er hinzu, »zu Lasten meiner persönlichen Ruhezeit. Meine Arbeitszeit zum Ruhm und Nutzen der Stirche beträgt zehn Stunden am Tag.«

Die letzte Bemerkung sollte sicherstellen, daß der Bursche, falls er zufällig ein Uzzite oder einer ihrer Spitzel war, nicht auf die Idee kam, er würde die Stirche betrügen. Es war zwar wenig wahrscheinlich, daß der Mann etwas anderes war als das, was er zu sein schien, aber Hal wollte es nicht darauf ankommen lassen.

An der Wand über dem Kabineneingang flammte ein rotes Licht auf, und per Tonbandstimme wurden die Passagiere gebeten, die Sicherheitsgurte anzulegen. Zehn Sekunden später wurde der Airbus spürbar langsamer; eine Minute später neigte sich das Fahrzeug scharf nach vorn und begann, mit einer Geschwindigkeit von tausend Metern pro Minute – wie Hal in Erfahrung gebracht hatte – zu sinken. Als sie sich dem Boden näherten, stellte sich heraus, daß Sigmen City (die bis vor zehn Jahren, bevor die Haijac-Union ihre Hauptstadt von Rek auf Island nach hierher verlegte, noch Montreal geheißen hatte) durchaus kein homogenes Lichtermeer war. Hier und da ließen sich dunkle Flecken – wahrscheinlich Parks – ausmachen, und das dünne schwarze Band, welches sich darum herumwand, war der *Prophet* – der frühere Sankt-Lorenz-Strom. Die *Palis* von Sigmen City reckten sich fünfhundert Meter hoch; jedes beherbergte mindestens hunderttausend Personen, und es gab dreihundert Gebäude dieser Größe im Stadtgebiet.

Im Zentrum der Metropole befand sich ein von Bäumen und Regierungsgebäuden – keines mehr als fünfzig Stockwerke hoch – umsäumter Platz. Dieses Areal stellte die Universität von Sigmen City dar. Hier war Hal Yarrow beschäftigt.

Seine private Unterkunft befand sich jedoch in dem nahegelegenen *Pali,* und ehe er sich recht versah, stand Hal schon auf dem Band, das ihn dorthin transportieren würde. Ein starkes Gefühl, wie er es noch nie in seinem Leben so bewußt erlebt hatte, befiel ihn plötzlich. Vor seiner Forschungsreise zum Hudson-Bay-Naturschutzgebiet hatte es dieses Gefühl nicht gegeben. Es war die Menge, diese dichtgedrängte, rempelnde Menschenmasse. Sie stürmte vorbei, ohne von ihm Kenntnis zu nehmen, sah ihn lediglich als einen anderen *Körper,* als gesichtslosen Mann, als kleines Hindernis auf dem Weg zum Ziel.

»Großer Sigmen«, murmelte Hal. »Ich muß blind, taub und stumm gewesen sein! Daß mir das nicht aufgefallen ist! Ich *hasse* sie!«

Er fühlte, wie ihm im gleichen Moment die Schamröte ins Gesicht stieg. Er musterte die Leute, als fürchtete er, sie könnten seinen Haß, sein Schuldgefühl und seine Zerknirschung von seinem Gesicht ablesen. Aber das taten sie nicht, sie waren dazu nicht fähig. Für diese Leute war er lediglich ein Mann, dem man Respekt zollte, wenn man ihm vorgestellt wurde – weil er ein Fachmann war. Aber hier auf dem Band, das die Flut von Leibern die Hauptverkehrsstraße entlangtrug, war er nur eine von vielen Gestalten aus Blut und Knochen, durch Gewebe gekittet und mit Haut eingehüllt. Einer von ihnen – und deshalb ein Niemand.

Von dieser plötzlichen Erkenntnis taumelnd, sprang Hal von dem Laufband ab. Er wollte fort von ihnen. Einmal glaubte er ihnen eine Erklärung schuldig zu sein, und zugleich spürte er den Drang, auf sie einschlagen zu müssen.

Er machte ein paar Schritte vom Band weg, und schon war die Plastikklippe des *Pali* Nr. 30 über ihm. Das Wohnhaus der Universitätsgemeinschaft.

Innerhalb des Gebäudes wurde ihm keineswegs wohler, obschon das Gefühl der Verantwortlichkeit gegenüber den

Leuten draußen auf dem Band sich verflüchtigte. Es gab keinen Grund, ihnen zu erklären, wie abstoßend er sie plötzlich gefunden hatte. Zum Glück hatten sie das verräterische Erröten seines Gesichts nicht gesehen.

Und außerdem war das alles Unsinn, redete er sich ein und biß auf seine Unterlippe. Die Leute konnten sein Gefühl kaum erraten haben. Es sei denn, sie verspürten untereinander ebenfalls Bedrückung und Abscheu. Aber würden sie dann mit den Fingern auf ihn zeigen?

Nun war Hal unter seinesgleichen, unter Männern und Frauen, die mit der sackartigen Kunststoffuniform der Fachleute – mit dem Plaidmuster und dem geflügelten Fuß auf der linken Brustseite – bekleidet waren. Der einzige Unterschied zwischen Männern und Frauen bestand darin, daß die Frauen über ihren Hosen bodenlange Röcke und außerdem Netze über den Haaren trugen. Einige gingen verschleiert, was zwar kein ungewöhnlicher, aber doch ein langsam aussterbender Brauch war, herübergerettet von älteren und konservativen Leuten, die von Jugend an nichts anderes kannten. Einst ein Symbol für Tugend und Ehre, war der Schleier heute nur noch das Merkmal einer altmodischen Frau. Und dies ungeachtet der Tatsache, daß der Wahrheitsverkünder den Schleier gelegentlich pries und sein Dahinschwinden beklagte.

Im Vorübergehen sprach Hal mit mehreren Leuten. In einiger Entfernung machte er Dr. Olvegssen, seinen Abteilungschef, aus und verhielt den Schritt, um zu sehen, ob er ihn zu sprechen wünschte. Der Grund dafür war, daß Olvegssen als einziger über die Autorität verfügte, ihn eine Respektlosigkeit bereuen zu lassen.

Aber Olvegssen war offensichtlich in Eile. Er winkte Hal nur zu, rief »Aloha« und ging weiter. Ein alter Mann, der Grüße und Phrasen aus seiner Jugendzeit benutzte und sie wahrscheinlich für immer noch populär hielt.

Yarrow atmete erleichtert auf. Hatte er noch vor kurzem geglaubt, ihm sei sehr an einer Diskussion über seinen Aufenthalt bei den französischsprachigen Eingeborenen des Naturschutzgebiets gelegen, so stellte er nun fest, daß er mit überhaupt niemandem reden wollte. Jetzt nicht. Vielleicht morgen. Aber jetzt nicht.

Hal Yarrow wartete an der Lifttür, während der Wächter die Fahrgäste auf ihre Vorrechte hin überprüfte. Als sich die Türen des Aufzugs öffneten, gab der Wächter Hal seinen Schlüssel zurück und sagte: »Sie sind der erste, *Abba.*«

»Sigmens Segen«, erwiderte Hal. Er betrat den Lift und lehnte sich an die Wand, während die anderen identifiziert und eingestuft wurden.

Lange mußte er nicht warten, denn der Wächter hatte diesen Posten schon seit Jahren und kannte fast jeden seiner Passagiere vom Sehen her. Trotzdem mußten die Formalitäten eingehalten werden. Schließlich kam es vor, daß ein Bewohner befördert oder degradiert wurde. Wenn dem Wächter der Fehler unterlief, eine Statusveränderung zu ignorieren, konnte er angezeigt werden. Die vielen Jahre auf diesem Posten bewiesen, daß er sich in seinem Geschäft auskannte.

Vierzig Leute preßten sich in der Kabine zusammen. Der Wächter klapperte mit den Kastagnetten. Die Tür schloß sich, und der Lift schoß so schnell empor, daß jedem die Knie weich wurden. Er beschleunigte noch mehr, denn dies war ein Expreß-Aufzug. Im dreißigsten Stock hielt er automatisch an, und die Türen öffneten sich. Niemand stieg aus, was die Lichtschranke des Lifts sofort registrierte. Die Türen schlossen sich wieder, und der Lift setzte sich erneut in Bewegung.

Es gab drei weitere Unterbrechungen, ohne daß jemand die Kabine verließ. Dann ging die Hälfte der Fahrgäste. Hal holte tief Luft. Wenn die Straßen und das Erdgeschoß ihm schon überfüllt vorgekommen waren – innerhalb der Liftkabine war es erdrückend. Noch zehn Stockwerke. Es war eine Fahrt in der gleichen Stille wie zuvor, da Männer und Frauen gleichermaßen gespannt der Stimme des Wahrheitsverkünders, die aus dem Deckenlautsprecher ertönte, zu lauschen schienen. Schließlich öffneten sich die Türen zu Hals Stockwerk.

Die Gänge waren fünf Meter breit, was zu dieser Tageszeit ausreichend war. Hal nahm erleichtert zur Kenntnis, daß sich niemand hier aufhielt. Hätte er sich geweigert, ein paar Minuten mit entgegenkommenden Nachbarn zu plaudern, wäre sein Verhalten als merkwürdig eingestuft worden. Das hätte ihn ins Gerede gebracht, und Gerede zog Unannehmlichkeiten nach sich. Mindestens wäre aber eine Erklärung an den *Sept* seines Stockwerks fällig gewesen. Ein eingehendes Gespräch, eine Strafpredigt, und allein der Vorbote mochte wissen, was sonst noch.

Er ging etwa hundert Meter. Dann, die Tür zu seiner *Puka* vor Augen, hielt er an.

Sein Herz begann wild zu schlagen, und seine Hände zitterten. Er wollte sich umdrehen und zum Lift zurücklaufen.

Das wäre *unwirkliches* Verhalten, sagte er sich, und eigentlich sollte er gar nicht so denken.

Außerdem würde Mary frühestens in fünfzehn Minuten daheim sein.

Er stieß die Tür auf (natürlich gab es in der Gemeinschaft der Fachleute keine Schlösser) und trat ein. Die Wände begannen zu glühen und waren innerhalb von zehn Sekunden voll erleuchtet. Gleichzeitig aktivierte sich der *Tridi* an der ihm gegenüberliegenden Wand. Die Stimmen der lebensgroßen Akteure erklangen und ließen Hal zusammenzucken. »Großer Sigmen!« keuchte er, hastete vorwärts und schaltete die Wand ab. Er wußte, daß Mary sie angelassen hatte, damit sie sich bei seinem Eintreten von selbst auf volle Leistung schaltete. Und er wußte auch, daß er ihr schon so viele

Male gesagt hatte, wie sehr ihn das erschreckte, daß sie es nicht hätte vergessen dürfen. Dies bedeutete natürlich, daß sie es vorsätzlich tat, bewußt oder unbewußt.

Achselzuckend nahm er sich vor, von nun an nicht mehr über die Angelegenheit zu reden. Möglicherweise unterließ es Mary, die Wand anzulassen, wenn sie glaubte, er würde sich nicht mehr darüber ärgern.

Allerdings mochte sie sich dann auch fragen, warum er zu ihrer vermeintlichen Vergeßlichkeit schwieg. Vielleicht hoffte sie, daß er entnervt und unbeherrscht damit begann, sie anzuschreien. Damit hätte sie wieder eine Runde gewonnen, denn natürlich würde Mary sich weigern, ihm etwas zu entgegnen, und ihn statt dessen mit ihrem Märtyrerblick noch rasender machen.

Zuletzt würde sie dann ihrer Pflicht nachkommen, so schmerzlich es auch für sie war, und am Ende des Monats den *Sept* des Blocks aufsuchen und Meldung erstatten. Und das würde ein weiteres zu den vielen schwarzen Kreuzen auf seinem MR ergeben, das nur durch eine besondere Leistung zu tilgen wäre. Und diese Leistungen, wenn er sie erbrachte – er wurde ihrer allmählich überdrüssig –, bedeuteten Zeitverlust für ein anderes, (wagte er überhaupt, es sich selbst einzugestehen?) lohnendes Projekt.

Würde er ihr vorhalten, ihre Meldung hindere ihn am Fortkommen im Beruf, am besseren Einkommen, am Umzug in eine größere *Puka,* dann mußte er sich ihre traurige, vorwurfsvolle Stimme anhören, die ihn fragte, ob er denn tatsächlich eine *unwirkliche* Tat begehen wolle? Ob er ihr etwa vorschlagen wolle, nicht die Wahrheit zu sagen, sondern durch Unterlassung oder eigene Worte zu lügen? Und das könne er auf keinen Fall, denn damit sei sowohl ihr wie auch sein Selbst in schwerer Gefahr. Niemals würden sie das wunderbare Antlitz des Vorboten sehen, und niemals ... und so weiter. Und er würde darauf nichts erwidern können.

Trotz alledem fragte sie ihn ständig, warum er sie nicht liebte. Und wenn Hal ihr seine Liebe beteuerte, beharrte sie weiterhin auf dem Gegenteil. Dann war er an der Reihe, Mary zu fragen, ob sie ihn für einen Lügner hielt. Hätte sie ihn als solchen bezeichnet, wäre er verpflichtet gewesen, sie beim *Sept* des Blocks anzuzeigen. Also begann sie, völlig unlogisch, zu weinen und behauptete, sie wüßte eben, daß er sie nicht liebte. Würde er sie nämlich wirklich lieben, würde es ihm nicht im Traum einfallen, sie beim *Sept* zu melden. Machte er dagegen geltend, daß sie es doch war, die es als *shib* für sich ansah, ihn anzuzeigen, bestand die Antwort aus noch mehr Tränen.

Ja, so würde es ausgehen, wenn er ihr nochmals in die Falle lief. Aber Hal schwor sich erneut, dies nicht zu tun.

Er ging durch das fünf mal drei Meter große Wohnzimmer in den einzigen (außer dem Unaussprechlichen) ihm zur Verfügung stehenden Raum: die Küche. In dem Dreimal-zweieinhalb-Meter-Raum schwang er den Herd von der Decke, speiste einen Code ein und kehrte ins Wohnzimmer zurück. Dort zog er sein Jackett aus, knautschte es zu einem Ball zusammen und stopfte es unter einen Stuhl. Er wußte, daß Mary es finden und deswegen mit ihm schimpfen würde, aber es kümmerte ihn nicht. Im Moment war er einfach zu müde, um an die Decke zu langen und einen Haken herunterzuziehen. Aus der Küche erklang ein leiser Pfeifton. Das Abendessen war fertig.

Hal beschloß, die Korrespondenz für nach dem Essen aufzuheben. Er ging in das Unaussprechliche, um sich Gesicht und Hände zu waschen. Automatisch murmelte er das Reinheitsgebet: »Möge ich die Unwirklichkeit ebenso leicht abwaschen, wie das Wasser diesen Schmutz entfernt – so Sigmen es will.«

Nachdem er sich gereinigt hatte, betätigte er den Knopf neben dem Porträt Sigmens, das über dem Waschbecken hing. Eine Sekunde lang starrte ihn das lange, schmale Gesicht des Vorboten an; er sah den hellroten Haarschopf, die großen, abstehenden Ohren und die strohblonden, buschigen Augenbrauen. Der Vorbote hatte blaßblaue Augen, einen langen orangeroten Bart und Lippen, die so dünn waren wie eine Messerschneide. Dann wurde das Gesicht matter und verschwand. Ein Spiegel nahm seine Stelle ein.

Es war Hal nicht erlaubt, länger in den Spiegel zu schauen, als nötig war, um sich zu vergewissern, daß sein Gesicht rein war, und um sich zu kämmen. Es gab natürlich nichts, das ihn davon abhalten konnte, sich über die zugestandene Zeit hinaus anzuschauen, aber dennoch hatte er dieses Gebot freiwillig nie überschritten. Was für Fehler ihm auch anhafteten: Eitelkeit gehörte bestimmt nicht dazu. Zumindest redete er sich das ein.

Diesmal verweilte er vielleicht doch ein bißchen zu lange. Er sah die breiten Schultern eines großen Mannes und das Gesicht eines Dreißigjährigen. Seine Haare waren, wie die des Vorboten, rot, aber dunkler, fast bronzefarben. Hals und Stirn waren hoch und breit. Seine Augenbrauen schimmerten dunkelbraun, während seine weitgeöffneten Augen dunkelgrau waren. Die Nase war gerade und von normaler Größe, die Oberlippe schien eine Idee zu lang zu sein. Er besaß volle Lippen, und das Kinn stand eine Spur zu weit vor.

Hal drückte erneut auf den Knopf. Das Silber des Spiegels verdunkelte sich und zerrann in hellen Streifen. Dann wurde es wieder finster, und das Porträt Sigmens stabilisierte sich. Für einen winzigen Augenblick sah Hal, wie sein Abbild das Sigmens überlagerte, dann verschwanden seine Züge, wurden vom Vorboten absorbiert. Der Spiegel war fort und das Porträt zurückgekehrt.

Hal verließ das Unaussprechliche, ging in die Küche und vergewisserte sich, daß die Tür verriegelt war (die Küche und das Unaussprechliche waren die einzigen verschließbaren Räume), denn er wollte während des Essens nicht von Mary überrascht werden. Er öffnete die Herdklappe, entnahm die warme Schachtel und stellte sie auf einen aus der Wand schnellenden Tisch. Dann schob er den Herd zur Decke zurück, öffnete die Schachtel und aß. Als er fertig war, warf er den Plastikbehälter in den Müllschlucker, ging wieder zum Unaussprechlichen zurück und wusch sich erneut die Hände.

Dabei hörte er, wie Mary seinen Namen rief.

— 2 —

Ohne den Grund zu kennen, zögerte Hal, ihr eine Antwort zu geben.

Dann sagte er: »Hier bin ich, Mary.«

»Natürlich«, erwiderte sie. »Es war mir klar, daß du, falls du zu Hause bist, nirgendwo anders steckst!«

Mit unbewegtem Gesicht trat er ins Wohnzimmer. »Mußt du so sarkastisch sein, nachdem ich so lange fort war?«

Mary war eine große Frau und nur einen halben Kopf kleiner als Hal. Ihr blaßblondes Haar hatte sie straff aus der Stirn in eine Nackenrolle gekämmt. Ihre Augenfarbe war hellblau, und ihre Züge wirkten regelmäßig und anmutig, wurden allerdings durch sehr dünne Lippen beeinträchtigt. Ihr bauschiges Hemd und der weite Rock verbargen ihre Formen. Nicht einmal Hal kannte sie.

Mary sagte: »Ich wollte nicht sarkastisch sein, Hal. Nur *wirklich.* Wo konntest du denn sonst sein? Außerdem hätte es genügt, wenn du ja gesagt hättest. Mir war klar, daß du dort drin warst.« Sie deutete auf die Tür zum Unaussprechlichen. »Offenbar verbringst du deine ganze Zeit dort oder bei deinen Studien. Es sieht fast so aus, als versuchtest du, dich vor mir zu verstecken.«

»Das ist wirklich genau die Begrüßung, die ich erwartet habe«, sagte Hal zynisch.

»Geküßt hast du mich auch nicht«, beklagte sie sich.

»Entschuldige«, erwiderte er. »Wie konnte ich das nur vergessen? Wo es doch meine Pflicht ist!«

»Es sollte keine Pflicht für dich sein«, sagte sie, »sondern eine Freude.«

»Ich finde es nicht gerade erfreulich, mürrisch verzogene Lippen zu küssen«, entgegnete er.

Zu seiner Überraschung begann Mary – statt ärgerlich zu reagieren – zu weinen.

Er schämte sich plötzlich für seine Worte.

»Es tut mir leid«, sagte er. »Aber du mußt zugeben, daß du nicht die allerbeste Laune hattest, als du hereinkamst.«

Als er die Arme um sie legen wollte, wandte sie sich von ihm ab. Seine Lippen trafen ihren Mundwinkel, weil sie den Kopf drehte.

»Ich möchte nicht, daß du es machst, weil ich dir leid tue oder weil es deine Pflicht ist«, führte sie aus. »Ich möchte, daß es aus Liebe zu mir geschieht.«

Wohl zum tausendsten Male, seit sie verheiratet waren, wiederholte er: »Aber ich liebe dich doch!« Aber auch in seinen eigenen Ohren klang das wenig überzeugend. Doch – so redete er sich ein –, er liebte sie. Mußte sie lieben.

»Du hast eine sehr nette Art, mir das zu zeigen«, erwiderte Mary sarkastisch.

»Laß uns vergessen, was war, und noch einmal von vorn beginnen«, schlug er vor. »Jetzt gleich.«

Er begann sie zu küssen, aber wieder entzog sie sich ihm.

»Was ist los mit dir?« fragte er.

»Du hast mir den Begrüßungskuß gegeben«, stellte sie fest. »Du darfst nun nicht sinnlich werden. Dies ist weder die rechte Zeit noch der rechte Ort.«

Aufgebracht gestikulierte Hal mit den Händen. »Wer wird

denn sinnlich? Ich wollte mich nur so verhalten, als wärest du gerade zur Tür hereingekommen. Ist denn ein Kuß mehr, als es die Vorschrift verlangt, schlimmer als Streiterei? Das Unangenehme an dir, Mary, ist, daß du so absolut buchstabengläubig bist. Hast du nie davon gehört, daß der Vorbote überhaupt nicht verlangt, daß man seine Vorschriften wörtlich nimmt? Er hat selbst gesagt, daß Umstände durchaus zu Abänderungen berechtigen können!«

»Ja, aber er hat auch gesagt, wir sollten uns hüten, durch Vereinfachungen von seinem Gesetz abzuweichen. Wir sollten uns zuerst mit einem *Sept* über die *Wirklichkeit* unseres Verhaltens beraten.«

»Aber natürlich!« rief Hal aus. »Ich werde unseren lieben *Schutzengel pro tempore* anrufen und ihn fragen, ob es in Ordnung geht, wenn ich dich noch einmal küsse!«

»Nur so kann man sichergehen«, sagte Mary.

»Großer Sigmen!« entfuhr es Hal. »Ich weiß nicht, ob ich lachen oder weinen soll! Es ist mir unmöglich, dich zu begreifen! Ich werde es wohl nie können!«

»Sprich ein Gebet zu Sigmen«, riet sie ihm. »Bitte ihn, dir Wirklichkeit zu verleihen. Dann wird es auch für uns keine Schwierigkeiten mehr geben.«

»Sprich doch selbst ein Gebet«, antwortete Hal. »Zu einem Streit gehören immer zwei. Du bist dafür genauso verantwortlich wie ich.«

»Ich werde später mit dir reden, wenn du nicht mehr so wütend bist«, entgegnete Mary. »Ich muß mich waschen und will essen.«

»Laß dich durch mich nicht stören«, erwiderte Hal. »Bis zum Schlafengehen werde ich sowieso noch zu tun haben. Ich muß mich noch mit einer Stirchensache auseinandersetzen, ehe ich Olvegssen meinen Bericht übergebe.«

»Ich wette, daß du ganz froh darüber bist«, vermutete sie. »Wie hatte ich mich darauf gefreut, eine nette Unterhaltung mit dir zu führen! Aber du hältst es noch nicht einmal für nötig, auch nur mit einem Wort deine Reise in das Naturschutzgebiet zu erwähnen.«

Da er keine Antwort gab, fügte sie hinzu: »Du brauchst dir meinetwegen nicht die Lippen zu zerbeißen.«

Hal nahm ein Porträt Sigmens von der Wand und breitete es über einem Stuhl aus. Er klappte den Vergrößerungsprojektor von der Wand, legte den Brief ein und nahm die Steuerung in Betrieb. Nachdem er seine Entzifferungsbrille aufgesetzt und den Hörer ins Ohr gesteckt hatte, setzte er sich auf den Stuhl. Er mußte grinsen. Falls Mary es bemerkt hatte, würde sie sich wahrscheinlich fragen, welchen Anlaß er dazu hatte. Aber sie fragte nicht und hätte auch keine Antwort bekommen. Hal konnte ihr schwerlich erzählen, daß es ihm ein gewisses Vergnügen bereitete, auf dem Porträt des Vorboten zu sitzen. Sie wäre schockiert gewesen oder hätte es zumindest vorgetäuscht; ihre Reaktionen konnte man nie genau vorhersagen. Jedenfalls besaß sie keinen ausgeprägten Sinn für Humor, und er hatte nicht die Absicht, ihr irgend etwas zu erzählen, was ihr die Chance bot, seinen MR herabsetzen zu lassen.

Hal setzte durch Knopfdruck den Projektor in Gang und lehnte sich zurück, obwohl auch das ihn nicht sehr entspannte. Sofort sprang die Vergrößerung des Films auf die gegenüberliegende Wand, die für Mary, die keine Brille trug, weiterhin kahl blieb. Die Tonspur hörte Hal synchron.

Zuerst, wie stets bei einem offiziellen Brief, erschien das Gesicht des Vorboten an der Wand. Eine Stimme ertönte: »Preiset Isaac Sigmen, in dem die Wirklichkeit wohnt und aus dem alle Wahrheit fließt! Möge er uns, seine Jünger, segnen! Möge er seine Feinde, die Schüler des *unshib* Nachboten, verdammen!«

Die Stimme schwieg jetzt, und ebenso verblaßte die Projektion, um dem Betrachter Gelegenheit zu einem eigenen

Gebet zu geben. Dann blitzte ein einzelnes Wort – *woggel* – an der Wand auf, und der Sprecher fuhr fort: »Andächtiger Gläubiger Hal Yarrow! Hier ist das erste aus einer Liste von Wörtern, die kürzlich im Vokabular der amerikanischsprechenden Bevölkerung der Union aufgetaucht sind. Dieses Wort – *woggel* – entstand im Bezirk Polynesien und breitete sich sternförmig auf alle amerikanischsprechenden Völker der Bezirke Nordamerika, Australien, Japan und China aus. Seltsamerweise ist es noch nicht im Bezirk Südamerika aufgetaucht, der ja, wie Sie zweifellos wissen, Nordamerika benachbart ist.«

Hal Yarrow lächelte, obwohl er sich an Zeiten erinnerte, wo ihn Erklärungen dieser Art in Rage gebracht hatten. Wann würden die Absender dieser Briefe jemals einsehen, daß er nicht nur ein Hochgebildeter, sondern auch ein Mann mit Allgemeinbildung war? In diesem besonderen Fall würden sogar die Halbgebildeten der niedrigen Klassen wissen, wo Südamerika lag, weil nämlich der Vorbote diese Kontinente viele Male im *Westlichen Talmud* und in *Die wirkliche Welt und Zeit* erwähnt hatte. Allerdings traf es möglicherweise auch zu, daß die Lehrer der Nichtfachleute nie daran gedacht hatten, ihren Schülern die Lage Südamerikas zu zeigen – auch wenn sie es selbst wußten.

»Das Wort *woggel*«, fuhr der Sprecher fort, »wurde zuerst auf der Insel Tahiti gehört. Diese Insel liegt im Zentrum des polynesischen Bezirks und wird von Nachkommen derjenigen Australier bewohnt, die Tahiti nach dem Apokalyptischen Krieg besiedelten. Derzeit wird die Insel als Basis für militärische Raumschiffe benutzt. Es breitete sich offensichtlich von dorther aus, aber der Gebrauch dieses Wortes ist hauptsächlich auf Nichtfachleute begrenzt geblieben. Eine Ausnahme bildet das fachmännische Raumpersonal. Wir haben den Eindruck, daß es einen Zusammenhang zwischen dem Erscheinen des Wortes und der Tatsache gibt, daß Raumreisende, so weit wir wissen, es als erste benutzten.

Wahrheitsverkünder haben um Erlaubnis gebeten, dieses Wort im Rundfunk zu verwenden, was aber bis zum Ergebnis einer eingehenden Analyse abgelehnt wurde. Das Wort selbst, soweit man das zu diesem Zeitpunkt bestimmen kann, wird als Adjektiv, Substantiv und Verb gebraucht. Es enthält eine grundlegend abwertende Bedeutung und ist angenähert – ohne genau dies zu meinen – an linguistisch akzeptable Wörter wie *geschwürig* und *unglücksrabig*. Außerdem beinhaltet es die Bedeutung von etwas Fremdem, Außerweltlichem; kurz gesagt, etwas Unwirklichem.

Sie werden hiermit beauftragt, das Wort *woggel* zu analysieren, indem Sie nach Plan Nr. ST-LIN-476 vorgehen, es sei denn, Sie hätten inzwischen einen Auftrag mit höherer Prioritätsnummer erhalten. In jedem Fall werden Sie auf diesen Brief nicht später als bis zur 12. Fruchtbarkeit 550 BS antworten.«

Hal las den Brief bis zu Ende. Glücklicherweise waren die drei anderen Wörter von geringerer Priorität. Es war nicht nötig, das Unmögliche zu vollbringen: alle vier auf einmal zu erforschen.

Aber er würde am nächsten Morgen, nach der Berichterstattung bei Olvegssen, wieder abreisen müssen. Was bedeutete, daß er sein Zeug gar nicht erst auszupacken brauchte. Er würde tagelang in den Sachen zu leben haben, die er auf dem Leibe trug. Vielleicht hatte er nicht einmal genügend Zeit, sie reinigen zu lassen.

Nicht, daß er etwas dagegen hatte, von hier wegzukommen. Aber im Moment war er einfach erschöpft und wollte sich vor dem Antritt der nächsten Reise ausruhen.

Welch herrliche Ruhe, sagte er sich, nachdem er die Brille abgenommen hatte und Mary ansah.

Nachdem sie den *Tridi* abgeschaltet hatte, erhob sie sich

aus ihrem Sessel und beugte sich vor, um eine Schublade aus der Wand zu ziehen. Hal sah, daß sie die Nachtwäsche für sie beide herausnahm. Und wie in vielen vorherigen Nächten hatte er plötzlich ein unangenehmes Gefühl im Magen.

Mary drehte sich um und sah ihn an.

»Ist etwas?« fragte sie.

»Nein.«

Sie kam auf ihn zu. (Man mußte nur wenige Schritte machen, um den Raum der Länge nach zu durchqueren. Es wurde Hal plötzlich bewußt, wie viele Schritte er im Naturschutzgebiet hatte machen können.) Sie reichte ihm eine zerknüllte Masse dünner Kleider. »Ich glaube, Olaf hat sie nicht gereinigt. Aber es war nicht seine Schuld, denn der Desionisierer funktioniert nicht. Er hinterließ eine Notiz, daß er einen Techniker gerufen habe. Aber du weißt ja, wie lange die brauchen, um etwas in Ordnung zu bringen.«

»Ich werde es selbst machen, wenn ich die Zeit dazu habe«, erwiderte Hal. Er schnüffelte an der Nachtwäsche. »Großer Sigmen! Wie lange ist der Reiniger schon defekt?«

»Seit deiner Abreise«, antwortete Mary.

»So wie dieser Mann schwitzt«, erläuterte Hal, »muß er sich in einem dauernden Angstzustand befinden. Und das ist auch kein Wunder! Der alte Olvegssen jagt auch mir so manchen Schrecken ein.«

Mary errötete. »Wie oft habe ich nun schon darum gebetet, daß du mit deinen Flüchen aufhörst«, klagte sie. »Wann wirst du endlich dieses unwirkliche Laster aufgeben? Weißt du denn nicht ...?«

»Sicher«, unterbrach Hal schroff. »Ich weiß, daß ich jedesmal, wenn ich den Namen des Vorboten unangemessen in Anspruch nehme, den Zeitstillstand um so mehr hinauszögere. Na und?«

Mary erschrak sowohl über die Lautstärke als auch die Verachtung, die in seiner Stimme lag.

»Na und?« wiederholte sie ungläubig. »Hal, das ist doch nicht dein Ernst?«

»Nein, natürlich nicht!« erwiderte er, nach Luft schnappend. »Natürlich meine ich es nicht so! Wie könnte ich das? Aber die Art, wie du mir ständig meine Fehler vorhältst, macht mich einfach rasend.«

»Der Vorbote selbst hat gesagt, daß wir unseren Nächsten stets auf sein unwirkliches Verhalten aufmerksam machen sollen.«

»Ich bin nicht dein Nächster, sondern dein Ehemann«, sagte Hal. »Obwohl ich oft genug, wie auch in diesem Moment, wünschte, ich wäre es nicht.«

Marys steifer, tadelnder Gesichtsausdruck zerfloß. Ihre Augen füllten sich mit Tränen. Ihr Kinn begann zu zittern.

»Um Sigmens willen«, bat er. »Hör auf zu weinen!«

»Wie soll ich mich dagegen wehren?« jammerte sie. »Wenn mein eigener Mann mich so schändlich behandelt! Er, der mit mir durch die Wirkliche Stirche vereint worden ist! Und dabei habe ich doch nichts getan, womit ich das verdient hätte!«

»Nichts, außer mich bei jeder Gelegenheit beim *Sept* anzuschwärzen«, entgegnete Hal. Er ging zur Wand und zog das Bett herunter.

»Ich nehme an, die Bettwäsche stinkt auch nach Olaf und seinem fetten Weib«, sagte er.

Er nahm ein Laken hoch, roch daran und war entsetzt. Sofort zog er die anderen Leintücher ab und warf sie auf den Boden. Und seine Schlafsachen gleich hinterher.

»Zum Henker damit! Ich werde in meiner Wäsche schlafen! Du willst eine Ehefrau sein? Warum hast du unser Zeug nicht zu den Nachbarn gebracht und es reinigen lassen?«

»Du weißt schon, warum«, erwiderte sie. »Wir haben kein Geld, um ihnen die Benutzung ihres Reinigers zu bezahlen. Hättest du einen höheren MR, könnten wir uns so etwas leisten.«

»Wie soll ich je einen höheren MR erreichen, wenn du jede meiner kleinen Unachtsamkeiten dem *Sept* vorplapperst?«

»Dies ist ja wohl nicht *mein* Fehler!« rief sie aus. »Was für eine Sigmenitin wäre ich? Den guten *Abba* zu belügen und ihm zu erzählen, du verdientest einen besseren MR! Ich könnte nicht in dem Bewußtsein leben, so grob unwirklich gehandelt zu haben und dabei vom Vorboten beobachtet worden zu sein. Wenn ich nämlich beim *Sept* bin, kann ich die unsichtbaren Augen Isaac Sigmens fühlen, wie ihre Blicke in mich hineinbrennen, jeden meiner Gedanken lesen. Ich könnte nicht lügen! Und du solltest dich schämen, es von mir zu verlangen!«

»Zum H mit dir!« sagte Hal. Er drehte sich um und ging in das Unaussprechliche.

Innerhalb dieses winzigen Raumes streifte er seine Kleidung ab und stellte sich für die erlaubten dreißig Sekunden unter die Dusche. Dann schaltete er ein Gebläse ein, um sich zu trocknen. Nun putzte er sich so kräftig die Zähne, als wollte er die schrecklichen Worte, die er geäußert hatte, herausscheuern. Wie gewöhnlich begann er sich für das, was er gesagt hatte, zu schämen. Hinzu kam die Furcht – was Mary dem *Sept* meldete, was er darauf dem *Sept* erzählen sollte und was dann passieren würde. Es war durchaus möglich, daß sein MR so sehr herabgesetzt wurde, daß eine Geldstrafe fällig war. Dann würde sein ohnehin schon stark belastetes Budget zusammenbrechen, und er wäre so verschuldet wie nie zuvor. Nicht davon zu reden, daß man ihn beim nächsten Beförderungstermin übergehen würde.

Mit den Gedanken bei diesen Problemen, zog er sich wieder an und verließ den kleinen Raum. Mary wollte sich an ihm vorbeidrücken, um das Unaussprechliche zu erreichen, blieb aber überrascht stehen, als sie sah, daß er bekleidet war. »Oh! So ist es richtig! Die Schlafsachen hast du auf den Boden geworfen! Das kann doch nicht dein Ernst sein, Hal!«

»Aber ja«, erwiderte er. »Ich schlafe nicht in Olafs verschwitzten Sachen!«

»Hal, ich bitte dich!« sagte sie. »Gebrauche nicht dieses Wort. Du weißt, daß ich vulgäre Dinge nicht ausstehen kann.«

»Ich bitte vielmals um Vergebung«, entgegnete er ironisch. »Wäre es dir lieber, ich würde das entsprechende isländische oder hebräische Wort benutzen? Egal in welcher Sprache, das Wort steht immer für die gleiche widerliche menschliche Absonderung: Schweiß!«

Mary hielt sich krampfhaft die Ohren zu, rannte in das Unaussprechliche und ließ die Tür hinter sich zuknallen.

Hal warf sich auf die dünne Matratze und hielt, um das Licht fernzuhalten, einen Arm vor die Augen. Es vergingen fünf Minuten, und dann hörte er, wie sich die Tür öffnete (sie mußte dringend mal wieder geölt werden; es würde aber wohl einige Zeit dauern, bis er und Olaf Marconi finanziell in der Lage waren, ein Schmiermittel zu kaufen). Und falls sein MR sank, konnten die Marconis ein Gesuch auf Umzug in ein anderes Apartment einreichen. Hatten sie damit Erfolg, dann würde womöglich ein anderes, noch unangenehmeres Paar (wahrscheinlich eines, das gerade aus einer niedrigeren Klasse aufgestiegen war) zu ihnen ziehen.

O Sigmen! dachte er. Warum kann ich mich nicht mit den Dingen, so wie sie sind, zufriedengeben? Warum kann ich die Wirklichkeit nicht akzeptieren, wie sie ist? Warum muß ich soviel vom Nachboten in mir haben? Sag mir doch, warum?

Mary sprach ihn an, als sie sich neben ihn ins Bett legte. »Hal, du wirst doch wohl nicht auf diesem *Unshib* bestehen?«

»Welchem *Unshib?«* fragte er zurück, obwohl er genau wußte, was sie meinte.

»Dem Schlafen in deinen Tageskleidern!«

»Warum sollte ich nicht?«

»Hal!« rief sie empört. »Du weißt sehr wohl, warum!«

»Nein, das weiß ich nicht«, beharrte er. Er nahm den Arm von den Augen herab und starrte in völlige Finsternis. Mary hatte – vorschriftsmäßig – das Licht ausgemacht, ehe sie ins Bett kam.

Ihr unbekleideter Körper würde im Lampen- oder Mondlicht weiß schimmern, stellte Hal sich vor. Noch nie habe ich ihren Körper gesehen, nicht einmal halbentkleidet. Niemals habe ich den Körper einer Frau betrachten können, bis auf damals in Berlin. Als mir jener Mann dieses Bild zeigte und ich, nach einem halb hungrigen, halb entsetzten Blick darauf, so schnell ich konnte, davonlief. Was mochte mit dem Mann passiert sein? Wenn die Uzziten ihn gefaßt hatten... Die stellten einiges an mit denen, die es wagten, die Wirklichkeit so abscheulich umzukehren.

So abscheulich... Er hatte das Bild so klar vor Augen, als stünde er soeben im hellerleuchteten Berlin. Und er konnte auch den Mann sehen, der versucht hatte, es ihm zu verkaufen. Ein großer, gutaussehender junger Mann mit blonden Haaren und breiten Schultern, der den Berliner Dialekt des Isländischen sprach.

Weiß schimmerndes Fleisch...

Seit einigen Minuten hatte Mary geschwiegen, aber Hal konnte sie atmen hören. Dann plötzlich: »Hal, hast du nicht schon genug angerichtet, seit du zurück bist? Muß ich dem *Sept* denn noch mehr berichten?«

»Was gibt es nun schon wieder?« fragte er grimmig. Dennoch konnte er sich ein kleines Lächeln nicht verkneifen. Er war entschlossen, Mary deutlich werden zu lassen. Sie sollte aus sich herausgehen und ihren Wunsch artikulieren. Obwohl es eigentlich unwahrscheinlich war, daß sie es tun würde, wollte er sie trotzdem dazu bringen, so nahe zum Kern der Sache zu kommen, wie es nur eben möglich war.

»Nun – es geschieht nichts«, flüsterte sie.

»Wie soll ich das verstehen?«

»Du weißt schon, wie«, versicherte sie.

»Nein, weiß ich nicht.«

»In der Nacht, bevor du zum Naturschutzgebiet abgereist bist, sagtest du, du wärest zu müde. Das war zwar keine wirkliche Entschuldigung, aber ich meldete dem *Sept* nichts davon, weil du deine wöchentliche Pflicht bereits erfüllt hattest. Aber du warst zwei Wochen fort ...« »Wöchentliche Pflicht«, wiederholte Hal laut. Er richtete sich auf und stützte sich auf einen Ellbogen. »Wöchentliche Pflicht! Als *das* siehst du es an?«

»Wieso, Hal?« Sie schien überrascht zu sein. »Als was sollte ich es denn sonst ansehen?«

Mit einem Seufzer legte er sich wieder hin und starrte ins Dunkel.

»Es ist zwecklos!« stellte er fest. »Wie könnte es auch anders sein? Wir sind seit neun Jahren verheiratet; wir haben keine Kinder – wir werden nie welche haben. Ich habe sogar schon um die Scheidung gebeten. Warum sollten wir uns also weiterhin aufführen wie ein Roboterpaar im *Tridi?*«

Mary hielt merklich den Atem an, und Hal konnte sich das Entsetzen in ihrem Gesicht ausmalen.

Nach einem Moment, der von ihrem Schock ausgefüllt wurde, sagte sie: »Wir müssen, weil wir eben müssen. Was bleibt uns denn übrig? Oder wolltest du vorschlagen, daß ...?«

»Nein, nein«, erwiderte er rasch, denn er stellte sich vor, was passieren würde, wenn sie dem *Sept* Bericht erstattete. Mit anderen Dingen wurde er noch fertig, aber eine Andeutung von ihr, daß ihr Ehemann sich weigerte, den besonderen Befehl des Vorboten auszuführen ... er wagte nicht, darüber nachzudenken. Immerhin besaß er das Prestige eines Universitätslehrers, nannte eine *Puka* mit einer gewissen Geräumigkeit sein eigen und hatte zudem noch die Chance aufzusteigen. Aber nicht, wenn ...

»Natürlich nicht«, fügte Hal hinzu. »Ich weiß, daß wir versuchen müssen, Kinder zu bekommen. Auch wenn es den Anschein hat, als seien wir zum Gegenteil verdammt.«

»Die Ärzte bestätigen, daß in physischer Hinsicht keinem von uns beiden etwas fehlt«, erklärte Mary nun wohl schon zum tausendsten Mal in den vergangenen fünf Jahren. »Deshalb muß sich also einer von uns konträr zur Wirklichkeit verhalten, mit seinem Körper die wirkliche Zukunft verleugnen. Und ich weiß, daß ich es nicht sein kann. Das ist ganz ausgeschlossen!«

»Das dunkle Ich verbirgt zuviel vor dem hellen Ich«, zitierte Hal aus dem *Westlichen Talmud. »Der Nachbote in uns leitet uns, und wir merken es nicht.«*

Es gab nichts, das Mary so aus der Fassung bringen konnte wie Hals Zitate, obgleich sie selbst auch ständig welche benutzte. Aber anstatt in eine ihrer üblichen Tiraden auszubrechen, sagte sie: »Hal, ich habe Angst! Ist dir klar, daß unsere Zeit in einem Jahr abgelaufen sein wird? Daß wir zur neuerlichen Prüfung vor die Uzziten treten müssen? Und falls wir durchfallen, falls sie herausfinden, daß einer von uns die Zukunft unserer Kinder verhindert ... Man hat uns oft genug gesagt, was dann passieren wird!«

Zum ersten Mal an diesem Abend empfand Hal Sympathie für Mary. Auch er verspürte den Schrecken, der ihren Körper beben ließ und das Bett zum Zittern brachte.

Aber das durfte er sie nicht wissen lassen, denn dann würde sie völlig zusammenbrechen – wie es in der Vergangenheit schon geschehen war. Er würde dann die ganze Nacht dazu benötigen, um das »zerbrochene Porzellan« wieder zusammenzufügen.

»Ich glaube nicht, daß wir uns allzu große Sorgen machen müssen«, sagte er. »Wir sind schließlich hochangesehene und gefragte Fachleute. Es kann ihnen nichts daran liegen, unsere Ausbildungen und Fähigkeiten zu verschwenden und uns zum H zu schicken. Vielmehr nehme ich an, daß sie uns eine Verlängerung gewähren werden, wenn du nicht schwanger bist. Die Möglichkeit, dies zu tun, haben sie. Der Vorbote selbst hat gesagt, daß jeder Fall im Zusammenhang gesehen und nicht nach einem abstrakten Gesetz beurteilt werden sollte. Und wir ...«

»Und wie oft wird ein Fall nach dem Zusammenhang beurteilt?« fragte sie mit schriller Stimme. »Wie oft? Du weißt so gut wie ich, daß das Gesetz stets buchstabengetreu angewendet wird!«

»Davon ist mir nichts bekannt!« versuchte Hal zu beschwichtigen. »Wie naiv man doch werden kann, wenn man allem Glauben schenkt, was die Wahrheitsverkünder verbreiten! Mir ist so einiges über die Hierarchie zu Ohren gekommen. Ich weiß, daß zum Beispiel Blutsverwandtschaft, Freundschaft, Ansehen und Wohlstand, aber auch Nützlichkeit für die Stirche eine Lockerung der strengen Vorschriften bewirken können.«

Mary saß aufrecht im Bett. »Willst du damit sagen, die Urieliten seien bestechlich?« fragte sie entsetzt.

»Das würde ich niemals sagen«, erwiderte Hal. »Und ich schwöre bei Sigmens verlorener Hand, daß ich nicht einmal im Traum daran dachte, auf solch eine unwirkliche Niedertracht anspielen zu wollen. Ich betone lediglich, daß sich Nützlichkeit für die Stirche gelegentlich in Milde oder in einer Bewährungschance auszahlen kann.«

»Kennst du jemand, der uns helfen könnte?«

Hal lächelte unbemerkt in der Dunkelheit. Mary mochte wohl über seine Freimütigkeit schockiert sein, aber sie war auch praktisch veranlagt und würde nicht zögern, jedes erdenkliche Mittel zu gebrauchen, um sie beide aus ihrer mißlichen Lage zu befreien.

Ein paar Minuten lang herrschte Schweigen. Mary atmete keuchend wie ein in die Enge getriebenes Tier.

Schließlich sagte Hal: »Ich kenne wirklich keine einflußreiche Person, abgesehen von Olvegssen. Und der hat schon Bemerkungen über meinen MR fallenlassen, obwohl er gleichzeitig meine Arbeit lobend anerkennt.«

»Siehst du!« sagte Mary. »Der MR! Wenn du dich nur ein wenig anstrengen würdest, Hal ...«

»Wenn du dich nur nicht so eifrig um meine Abwertung bemühen würdest«, entgegnete er verbittert.

»Hal, ich kann einfach nicht anders, wenn du so leichtfertig mit unwirklichen Dingen umgehst! Es ist sogar ein Vergehen, mich deswegen zur Rede zu stellen. Eine weitere schwarze Bewertung ...«

»Und du siehst dich gezwungen, alles vor dem *Sept* zu wiederholen. Ich weiß es ja. Laß uns nicht schon wieder – zum zehntausendsten Mal – davon anfangen.«

»Du hast es angesprochen«, erwiderte sie.

»Dies scheint das einzige Thema zu sein, über das wir miteinander reden können«, bemerkte Hal.

Mary holte tief Luft, dann sagte sie: »Das war nicht immer so.«

»Nein, nicht im ersten Jahr unserer Ehe. Aber seither ...«

»Wessen Schuld ist das wohl?« rief sie aus.

»Das ist eine gute Frage«, erwiderte er. »Aber lassen wir es lieber. Es könnte gefährlich werden.«

»Wie meinst du das?«

»Ich möchte nicht mit dir darüber diskutieren«, sagte Hal. Seine Worte hatten ihn selbst überrascht. Was hatte er gemeint? Er wußte keine Antwort; nicht mit dem Verstand, sondern aus seinem ganzen Wesen heraus hatte er gesprochen. War es der Nachbote in ihm, der ihn dies sagen ließ?

»Laß uns schlafen gehen!« schlug er Mary vor. *»Morgen verändert sich das Gesicht der Wirklichkeit.«*

»Nicht, ehe ...«, antwortete sie.

»Ehe was?« fragte er müde.

»Spiel nicht *Shib* mit mir!« sagte sie. »Damit hat doch alles angefangen. Weil du ... dich ... vor der ... Pflicht ... drücken willst.«

»Meine Pflicht«, höhnte Hal. »Dieser *Shib!*«

»Du darfst nicht so sprechen«, hielt sie ihm vor. »Ich möchte nicht, daß du es nur tust, weil es deine Pflicht ist. Ich möchte vielmehr, daß es aus Liebe zu mir geschieht, so wie es dir auferlegt ist. Und auch deshalb, weil du mich lieben *willst.*«

»Ich bin gehalten, die ganze Menschheit zu lieben«, sagte Hal. »Aber ich stelle fest, daß es mir ausdrücklich verboten ist, meine Pflicht mit jemand anderem als meiner wirklichkeitsgetreu verbundenen Ehefrau zu vollziehen.«

Dies verschlug Mary die Sprache, und sie wandte ihm den Rücken zu. Weil er jedoch einsah, daß er sie und sich selbst gleichermaßen strafte, streckte er die Hand nach ihr aus. Von da an, eingeleitet durch diese formelle Eröffnungserklärung, verlief alles nach dem Ritual. Diesmal aber, im Gegensatz zu früher, führten sie alles Schritt für Schritt aus: Worte und Handlungen, wie sie vom Vorboten im *Westlichen Talmud* beschrieben wurden. Ein Detail ausgenommen: Hal trug noch seine Tageskleider. Das, so hatte er sich entschieden, war wohl verzeihlich, denn auf den Geist und nicht auf die Buchstaben kam es an. Machte es da einen Unterschied, ob er die dicke Straßenkleidung oder die sperrigen Schlafsachen trug? Mary, falls sie sich überhaupt noch daran erinnerte, hatte zu diesem Umstand nichts mehr gesagt.

— 3 —

Danach starrte Hal, auf dem Rücken liegend, gedankenverloren in den dunklen Raum wie so viele Male zuvor. Was mochte es sein, das seinen Unterleib wie eine breite, dicke Stahlplatte zu durchschneiden und seinen Körper von der Hüfte an abzutrennen schien? Anfangs war er erregt. Dessen war er sich sicher, denn sein Herz schlug schneller und sein Atem ging schwerer. Dennoch konnte er – wirklich – nichts empfinden. Und wenn der Moment kam – den der Vorbote die Zeit der Erzeugung von Potentialität, der Erfüllung und Aktualisierung der Wirklichkeit nannte –, war Hals einzige Erfahrung die einer rein mechanischen Reaktion. Sein Körper führte zwar die vorgeschriebene Funktion aus, aber Hal erlebte nichts von jener Ekstase, die der Vorbote so lebendig geschildert hatte. Eine Zone der Gefühllosigkeit, eine Fläche erstarrter Nerven durchschnitt ihn. Er fühlte nichts außer den Zuckungen seines Körpers – als würde eine elektrische Nadel seine Nerven stimulieren und gleichzeitig betäuben. Das konnte so nicht in Ordnung sein, sagte er sich. Oder doch? War es möglich, daß der Vorbote sich irrte? Ein Mann, der dem Rest der Menschheit weit überlegen war? Vielleicht hatte nur der Vorbote die Fähigkeit gehabt, jene köstlichen Reaktionen zu erleben, und war sich nicht darüber im klaren, daß die übrige Menschheit sein Glück nicht nachvollziehen konnte. Aber nein, das konnte nicht zutreffen, wenn es stimmte – Hal verscheuchte seine zweifelhaften Gedanken –, daß der Vorbote einem jeden Menschen hinter die Stirn sehen konnte.

Lag also der Fehler bei ihm? Bei Hal als einzigem von allen Schülern der Wirklichen Stirche? Über seine Gefühle hatte er nie mit jemandem gesprochen. Was auch, wenn nicht undenkbar, so doch unmöglich gewesen wäre, ja sogar obszön und unwirklich. Seine Lehrer hatten es ihm niemals ausdrücklich untersagt, aber das war auch nicht nötig gewesen. Hal wußte es auch so.

Trotz allem, der Vorbote hatte beschrieben, wie seine Reaktionen ausfallen mußten.

Aber wie genau hatte er dies getan? Als sich Hal jenen Abschnitt des *Westlichen Talmud* ins Gedächtnis rief, der für verlobte und verheiratete Paare vorbehalten war, wurde ihm bewußt, daß der Vorbote eigentlich keinen physischen Zustand beschrieben hatte. Seine Sprache war sehr poetisch (Hal kannte sich damit aus, denn als Linguist hatte er Zugang zu verschiedenen Werken der Literatur, die anderen verboten waren), metaphorisch und sogar metaphysisch. Dies kam in Begriffen zum Ausdruck, die bei einer Analyse nur geringen Realitätsbezug erkennen ließen.

Vorbote, vergib mir! dachte Hal. Ich meinte damit, daß deine Worte keine exakte wissenschaftliche Beschreibung des tatsächlichen elektrochemischen Prozesses im menschlichen Nervensystem sind. Selbstverständlich gelten sie auf einer höheren Ebene, denn die Wirklichkeit ist vielschichtig: subrealistisch, realistisch, pseudorealistisch, surrealistisch, superrealistisch und retrorealistisch.

Aber jetzt ist nicht die Zeit für Theologie, dachte Hal. Ich will nicht schon wieder die ganze Nacht hindurch meinen Verstand mit dem Unlösbaren und Unbeantwortbaren verwirren. Beim Vorboten, nur das nicht!

Über eines war er sich im klaren: Er befand sich nicht in Einklang mit dem Weltplan; diesen Einklang hatte es für ihn noch nie gegeben und würde es wohl auch kaum jemals geben. Jeden wachen Moment wankte er am Abgrund der Unwirklichkeit entlang. Und das war wenig verheißungsvoll ... der Nachbote konnte nach ihm greifen, oder er würde dem bösen Bruder des Vorboten in die Hände fallen ...

Hal Yarrow wachte auf, als plötzlich das Morgensignal

durch die Wohnung schallte. Einen Augenblick lang war er verwirrt, als sich Traumwelt und Realität vermischten.

Dann rollte er sich zur Seite des Bettes und stand auf. Er schaute auf Mary hinab, die wie gewöhnlich nach dem ersten Weckruf weiterschlief, so laut dieser auch sein mochte. Ihr galt er ja auch nicht. In fünfzehn Minuten würde der zweite Hörnerschall über den *Tridi* kommen: das Signal für die Frauen. Bis dahin mußte Hal sich gewaschen, rasiert, angezogen und auf den Weg gemacht haben. Mary würde ebenfalls fünfzehn Minuten zur Verfügung haben, um auf die Straße zu kommen; zehn Minuten später würden die Marconis von ihrer Nachtarbeit heimkehren und sich daranmachen, in dieser engen Welt zu schlafen und zu leben, bis die Yarrows zurückkehrten.

Diesmal war Hal noch schneller fertig als sonst, weil er bereits in seiner Tageskleidung steckte. Er erleichterte sich, wusch Gesicht und Hände, verrieb eine Creme auf den Bartstoppeln im Gesicht, wischte die sich lösenden Haare ab (sollte er dereinst in den Rang eines Hierarchen aufsteigen, dann würde er, wie Sigmen, einen Bart tragen), kämmte sich und trat schon wieder aus dem Unaussprechlichen heraus.

Nachdem er die am vorausgegangenen Abend erhaltenen Briefe in seine Reisetasche gestopft hatte, schritt er auf die Tür zu. Dann jedoch, von einem plötzlichen, unbestimmbaren Gefühl geleitet, wandte er sich um und ging noch mal zum Bett zurück. Er beugte sich über Mary und küßte sie. Sie erwachte nicht, und eine Sekunde lang bedauerte er, daß sie sein Tun nicht bemerkt hatte, denn es war weder aus Pflichterfüllung noch aus Verlangen geschehen. Der Antrieb dazu war aus unergründlichen Tiefen gekommen. Warum hatte er es getan? In der vergangenen Nacht noch hatte er geglaubt, sie zu hassen. Und nun ...

Wie Hal konnte auch Mary nicht aus ihrer Haut. Was natürlich keine Entschuldigung sein konnte. Jedes Individuum war für sein eigenes Geschick verantwortlich und hatte es selbst in der Hand, ob ihm Gutes oder Schlechtes widerfuhr.

Hal spann den Gedanken weiter: Mary und er waren die Wegbereiter ihres eigenen Elends. Unbewußt natürlich. Die Sonnenseite ihrer Persönlichkeiten kämpfte gegen die Zerstörung ihrer Liebe, aber ihr dunkles Ich – der tief im Innersten schlummernde scheußliche Nachbote, von dem alles Übel ausging – arbeitete zielstrebig an ihrem Untergang.

Dann sah Hal, schon in der Tür stehend, wie Mary die Augen aufschlug und ihn leicht verwirrt anschaute. Aber anstatt noch einmal zurückzugehen und ihr einen Kuß zu geben, hastete er auf den Flur hinaus. Ihn befiel panische Angst, sie könnte ihn zurückrufen und die ganze klägliche und nervenaufreibende Szene würde von vorn beginnen. Erst viel später wurde Hal klar, daß er gar keine Gelegenheit gehabt hatte, Mary von seiner Reise nach Tahiti zu erzählen. Eigentlich gar nicht so schlimm, dachte er. So blieb ihm eine neuerliche Szene erspart.

Die Flurhalle war bereits mit Männern überfüllt, die auf dem Weg zu ihrer Arbeit waren. Wie Hal trugen sie die lockeren Plaids der Fachleute, mehrere auch die grünen und scharlachroten Umhänge der Universitätslehrer.

Wie immer wechselte Hal mit jedem ein paar Worte.

»Wünsche dir eine gute Zukunft, Ericssen!«

»Sigmens Lächeln, Yarrow!«

»Hast du gut geträumt, Chang?«

»*Shib,* Yarrow! Direkt von der Wahrheit.«

»Shalom, Kazimuru!«

»Sigmens Lächeln, Yarrow!«

Dann war Hal vor den Aufzugtüren angelangt. Ein Wächter, der wegen des morgendlichen Andrangs auf dieser Ebene Dienst tat, legte die Reihenfolge für das Betreten des Lifts fest. Als Hal schließlich den Turm verließ, betrat er eine Reihe zunehmend schnellerer Bänder, bis er auf dem mittleren, dem Expreßband, angekommen war. Dort stand er, eingezwängt in eine Traube von Männer- und Frauenleibern, aber es behagte ihm, denn alle gehörten seiner Klasse an. Zehn Minuten Fahrt, dann mußte er sich erneut seinen Weg durch die Menge von Band zu Band bahnen. Weitere fünf Minuten später wechselte er vom Band auf den Gehweg und betrat den höhlenartigen Eingang des *Pali* Nr. 16, der Universität von Sigmen City.

Drinnen mußte er kurze Zeit warten und erhielt dann vom Wächter seinen Platz im Lift zugewiesen. Mit dem Expreß fuhr Hal direkt bis zur dreizehnten Ebene. Gewöhnlich ging er nach Verlassen des Aufzugs schnurstracks zu seinem Büro, um die erste Vorlesung des Tages, einen Studentenkurs, über *Tridi* zu halten. Doch heute morgen steuerte Hal auf das Büro des Dekans zu.

Unterwegs befiel ihn urplötzlich heftiges Verlangen nach einer Zigarette. Und weil er wußte, daß er in Olvegssens Gegenwart nicht rauchen durfte, blieb er stehen und steckte sich eine an. Zufällig stand er vor der Tür einer Grundklasse in Linguistik und konnte Teile aus Keoni Jerahmeel Rasmussens Vortrag mithören.

»*Puka* und *Pali* waren ursprünglich Wörter der primitiven polynesischen Einwohner der Hawaii-Inseln. Die englischsprechenden Siedler, die später auf die Inseln kamen, eigneten sich viele Begriffe aus der hawaiischen Sprache an. *Puka*, was Loch, Tunnel oder Höhle bedeutet, und *Pali*, was soviel wie Klippe heißt, zählten zu den gebräuchlichsten Wörtern.

Als die Hawaiiamerikaner nach dem Apokalyptischen Krieg Nordamerika neu besiedelten, wurden diese beiden Begriffe noch in der ursprünglichen Bedeutung verwendet. Aber etwa fünfzig Jahre danach hatte sich der Sinn der Wörter verändert. *Puka* gebrauchte man nun abschätzig für die kleinen, den niederen Klassen zugeteilten Apartments. Später wurde der Begriff auch von den Angehörigen der höheren Klassen benutzt. Ist man ein Hierarch, so wohnt man in einem Apartment; gehört man hingegen einer niedrigeren Klasse an, so wohnt man in einer *Puka.*

Mit *Pali,* was Klippe bedeutete, bezeichnete man auch die Wolkenkratzer und die anderen riesigen Gebäude. Und im Gegensatz zu *Puka* blieb diese Urbedeutung erhalten.«

Hal drückte seine Zigarette in einem Aschenbecher aus und setzte seinen Weg durch die Halle zum Dekansbüro fort. Dort traf er Dr. Bob Kafziel Olvegssen hinter dem Schreibtisch sitzend an.

Weil er der ältere war, sprach Olvegssen natürlich zuerst. Er hatte einen leichten isländischen Akzent.

»Aloha, Yarrow. Was führt Sie zu mir?«

»Shalom, *Abba!* Verzeihen Sie mir, daß ich ohne Aufforderung vor Ihnen erscheine. Aber ich habe einige Angelegenheiten zu regeln, bevor ich abreise.«

»Abreise?«

Hal nahm den Brief aus seinem Handkoffer und reichte ihn Olvegssen.

»Sie können ihn selbstverständlich gern selbst durchsehen, aber ich erspare Ihnen wertvolle Zeit, wenn ich Ihnen sage, daß es sich um einen neuen Auftrag für linguistische Nachforschungen handelt.«

»Sie kommen doch eben erst von einem zurück!« sagte Olvegssen. »Wie kann man von mir noch erwarten, daß ich diese Fakultät effizient und zum Ruhme der Stirche leite, wenn man dauernd Teile des Lehrkörpers für wilde Wortjagden abberuft?«

»Sie wollen doch wohl nicht die Urieliten kritisieren?« fragte Hal boshaft. Er konnte seinen Vorgesetzten nicht ausstehen, obwohl er sich bemühte, dieses unwirkliche Denken zu überwinden.

»*Harumph!* Natürlich nicht! Dazu wäre ich niemals fähig, und ich bin bestürzt über Ihre Anschuldigung!«

»Ich bitte um Entschuldigung, *Abba«*, erwiderte Hal. »Ich dachte nicht im Traum daran, so etwas anzudeuten.«

»Wann müssen Sie fort?« erkundigte sich Olvegssen.

»Mit dem ersten Bus. Ich glaube, er geht in einer Stunde.«

»Und wann kommen Sie zurück?«

»Das weiß nur Sigmen. Wenn die Untersuchung abgeschlossen ist.«

»Melden Sie sich sofort bei mir, wenn Sie zurück sind!«

»Ich muß Sie erneut um Vergebung bitten, aber das kann ich einfach nicht. Bis dahin ist nämlich mein MR längst überfällig, und ich werde gezwungen sein, diese Angelegenheit aus der Welt zu schaffen, ehe ich mich wieder anderen Dingen zuwenden kann. Das wird einige Stunden dauern.«

Olvegssens Blick verdüsterte sich, und er sagte: »Ja, ihr MR. Auch ihr letzter war nicht der allerbeste, Yarrow. Aber ich will doch hoffen, daß der nächste gewisse Verbesserungen aufweist. Andernfalls ...«

Hal fühlte plötzlich Hitze in seinem Körper aufwallen und unterdrückte nur mühsam ein Zittern seiner Beine.

»Ja, Abba?«

Seine Stimme klang schwach und wie aus weiter Ferne.

Olvegssen faltete die Hände und sah Yarrow über die Fingerkuppen hinweg an.

»So sehr ich es auch bedauern würde, aber ich wäre zum Handeln gezwungen. Ein Mann mit niedrigem MR ist unter meinem Personal nicht tragbar. Ich fürchte, daß ich ...«

Eine längere Stille trat ein. Hal spürte, wie ihm der Schweiß aus den Achselhöhlen rann und wie sich auf Stirn und Oberlippe Tropfen ansammelten. Er war sich darüber im klaren, daß Olvegssen ihn absichtlich in der Ungewißheit schweben ließ, aber es widerstrebte ihm einfach, ihn zu fragen. Er wollte diesem selbstgefälligen grauhaarigen *Gimel* nicht die Genugtuung geben, ihn betteln zu hören. Aber Hal wagte auch nicht, sich einen uninteressierten Anschein zu geben.

Falls er überhaupt nichts sagte, würde Olvegssen ihn mit einem Lächeln entlassen, daran gab es keinen Zweifel.

»Was, *Abba?*« fragte Hal und versuchte, den erstickten Klang aus seiner Stimme herauszuhalten.

»Ich fürchte sehr, daß ich mir nicht einmal die Milde leisten könnte, Sie zum Unterricht an höheren Schulen zurückzuversetzen. Wie gern würde ich nachsichtig sein! Aber Gnade in Ihrem Fall würde nur eine Stärkung der Unwirklichkeit bedeuten. Und das könnte ich nicht ertragen. Nein, ich ...«

Hal verwünschte sich selbst, weil es ihm nicht gelang, das Zittern zu unterdrücken.

»Ja, *Abba?*«

»Es täte mir sehr leid, aber ich müßte die Uzziten um Einsichtnahme in Ihren Fall bitten.«

»Nein!« schrie Hal.

»Doch«, sagte Olvegssen, der noch immer die Hände gefaltet hielt. »Es wäre sehr schmerzlich für mich, aber es wäre *unshib,* es nicht zu tun. Nur wenn ich um ihre Hilfe ersuchen würde, könnte ich ruhig schlafen.«

Nun nahm er die Hände auseinander, drehte sich mit seinem Stuhl so herum, daß er sich Hal im Profil darbot, und sagte: »Aber es gibt ja gar keinen Grund, daß ich solche Schritte unternehmen müßte, nicht wahr? Schließlich sind Sie – und nur Sie allein – verantwortlich dafür, was immer mit Ihnen passieren mag. Daher können Sie niemand anders als sich selbst die Schuld zuschieben.«

»So hat es der Vorbote offenbart«, bemerkte Hal. »Ich werde mich anstrengen, Ihnen den Kummer zu ersparen, *Abba.* Ich werde sicherstellen, daß mein *Sept* keinen Grund hat, mir einen niedrigen MR zu geben.«

»Das ist sehr gut«, sagte Olvegssen mit einem skeptischen Unterton. »Ich möchte Sie nicht mit der Prüfung Ihres Briefes aufhalten, denn ich werde mit der heutigen Post ein Duplikat erhalten. Aloha, mein Sohn, und angenehmes Träumen!«

»Erhalten Sie sich Ihre Wirklichkeit, *Abba!*« erwiderte Hal, drehte sich um und ging hinaus. Durch den Schreck fühlte er sich benommen und wußte kaum, was er tat. Ganz automatisch fuhr er zum Flughafen und unterzog sich dort der notwendigen Prozedur, um die Priorität für seine Reise zu erhalten. Als er den Airbus bestieg, war er immer noch nicht bei klarem Verstand.

Eine halbe Stunde später stieg er im Hafen von Los Angeles aus und begab sich zum Fahrkartenschalter, um seinen Platz im Airbus nach Tahiti bestätigen zu lassen.

Als er in der Schlange stand, merkte er, wie ihm jemand leicht auf die Schulter tippte.

Er erschrak und wandte sich dann zu der Person hinter ihm um.

Er fühlte sein Herz klopfen, als wollte es die Brust zerreißen.

Der Mann war ein untersetzter, breitschultriger Bursche mit Schmerbauch und trug eine weite pechschwarze Uniform, dazu einen großen kegelförmigen und glänzendschwarzen Hut. Auf seiner Brust war die silberne Figur des Engels Uzza zu erkennen. Der Offizier beugte sich vor, um die hebräischen Zahlen am unteren Rand des geflügelten Fußes zu überprüfen, den Hal auf der Brust trug. Dann sah er auf ein Papier in seiner Hand.

»Sie sind Hal Yarrow, *shib*«, sagte der Uzzite. »Folgen Sie mir!«

Hinterher kam Hal zu dem Schluß, daß einer der seltsamsten Aspekte dieser Begebenheit seine Unerschrockenheit war. Nicht, daß er ohne die geringste Angst gewesen wäre. Es war nur so, daß er die Furcht so sehr zurückgedrängt hatte, daß sich sein Verstand völlig mit der Einschätzung der Situation und der Suche nach einem Ausweg beschäftigen konnte. Die Unsicherheit und die Konfusion, die ihn während seiner Unterredung mit Olvegssen befallen und noch lange nachgewirkt hatten, schienen sich aufzulösen. Zurück blieb ein kühler und scharfer Verstand; so konnte man der Welt entgegentreten.

Vielleicht lag es daran, daß Olvegssens Drohung zurückhaltender und unbestimmter war, die Verhaftung durch die Uzziten dagegen unmittelbar und mit Sicherheit gefährlicher.

Der Offizier brachte ihn zu einem kleinen Luftwagen, der auf einem Streifen beim Fahrkartengebäude stand, und befahl ihm, darin Platz zu nehmen. Der Uzzite stieg ebenfalls ein und bediente die Zielsteuerung. Der Wagen startete senkrecht bis zu einer Höhe von etwa fünfhundert Metern und schoß dann mit Sirenengeheul auf sein Ziel zu. Hal stand der Sinn gewiß nicht nach Humor, aber dennoch drängte sich ihm der Gedanke auf, daß sich die Polizisten in den letzten tausend Jahren kein bißchen geändert hatten. Auch wenn kein Notfall vorlag, ließen sich die Hüter des Gesetzes keine Gelegenheit entgehen, gehörig Krach zu machen.

Innerhalb von zwei Minuten hatte der Wagen den Landeplatz im zwanzigsten Stock eines Gebäudes erreicht. Der Uzzite, der seit dem anfänglichen Gespräch kein Wort mehr mit Hal gewechselt hatte, bedeutete ihm durch Gesten auszusteigen. Auch Hal hatte keinen Ton von sich gegeben, weil er wußte, daß er damit doch nichts erreichte.

Die beiden Männer gingen eine Rampe hinauf und passierten anschließend eine Reihe von Korridoren, die mit dahineilenden Leuten vollgestopft waren. Hal versuchte, für den Fall einer Flucht die Route im Gedächtnis zu behalten. Obwohl er natürlich wußte, daß ein Entkommen so gut wie unmöglich war. Zudem hatte er bis jetzt keinen Grund, an Situationen zu denken, in denen Davonlaufen der einzige Ausweg war.

Wenigstens hoffte er das.

Endlich hielt der Uzzite vor einer nichtssagenden Bürotür

an. Er stieß sie mit dem Daumen auf und ließ Hal den Vortritt. Sie befanden sich in einem Vorzimmer; eine Sekretärin saß hinter einem Schreibtisch.

»Engel Patterson meldet sich zurück«, sagte der Uzzite. »Ich habe Hal Yarrow, Fachmann LIN-56327.«

Die Sekretärin gab die Information durch ein Sprechgerät weiter, und aus der Wand ertönte eine Stimme, die zum Eintreten aufforderte.

Die Sekretärin betätigte einen Knopf, und die Tür öffnete sich.

Hal ging wiederum voran.

Er trat in einen Raum mit großzügigen Dimensionen, größer noch als sein Klassenzimmer oder seine ganze *Puka* in Sigmen City. Am gegenüberliegenden Ende stand ein mächtiges Pult, das halbmondförmig gebogen war. Dahinter saß ein Mann, und der Anblick dieses Mannes erschütterte Hals Gelassenheit. Er hatte einen *Sept* von hohem Rang erwartet, einen schwarzgekleideten Mann, der den kegelförmigen Hut trug.

Aber dieser Mann war kein Uzzite. Er war in ein fließendes purpurnes Gewand mit einer Kapuze über dem Kopf gehüllt, und auf seiner Brust sah man das große, goldene hebräische L, das *Lamech.* Und er trug einen Bart.

Er war einer der allerhöchsten, ein Urielit. Männer dieses Ranges hatte Hal erst ein Dutzend Mal in seinem Leben gesehen und nur einmal zuvor aus nächster Nähe.

Großer Sigmen, dachte er, *was habe ich nur getan? Ich bin verdammt!*

Der Urielit war ein sehr großer Mann, fast einen halben Kopf größer als Hal. Er hatte ein ovales Gesicht, hervorstehende Wangenknochen und eine lange, schmale und gebogene Nase. Seine Lippen waren dünn, die Augen blaßblau und am Lidrand mit einer Hautfalte versehen.

Hinter Hals Rücken sagte der Uzzite mit sehr leiser

Stimme: »Halt, Yarrow! Stillgestanden! Tun Sie alles, was der Sandalphon Macneff Ihnen sagt, ohne zu zögern und ohne eine falsche Bewegung!«

Hal, dem der Gedanke an Ungehorsam überhaupt nicht in den Sinn gekommen wäre, nickte.

Macneff schaute Hal mindestens eine Minute lang an, während er sich über den buschigen braunen Bart strich.

Dann, als Hal bereits schwitzte und innerlich bebte, sprach Macneff endlich. Seine Stimme klang überraschend tief für einen so mageren Mann.

»Yarrow, was würden Sie davon halten, dieses Leben zu beenden?«

— 4 —

Im nachhinein dankte er Sigmen dafür, daß er nicht seinem ersten Impuls gefolgt war.

Denn, anstatt vor Schreck wie gelähmt zu sein, hatte er sich überlegt, ob er nicht blitzschnell herumwirbeln und den Uzziten angreifen sollte. Der Offizier trug zwar keine sichtbaren Waffen, hatte aber mit Sicherheit einen Revolver in einem Halfter unter der Uniform stecken. Wenn Hal ihn überrumpelte und an die Waffe herankam, konnte er Macneff als Geisel nehmen. Mit ihm als Schild hatte er eine Chance zu fliehen.

Aber wohin?

Er hatte keine genaue Vorstellung. Nach Israel oder in die Malaiische Föderation? Zu beiden war es ein weiter Weg, obgleich Entfernung eigentlich keine Rolle spielte, wenn es ihm gelang, ein Schiff zu stehlen oder unter sein Kommando zu bringen. Aber selbst wenn er damit Erfolg hatte, bestand nur minimale Aussicht, an den Raketenabwehrstellungen vorbeizugelangen. Es sei denn, es gelang ihm, die Wachen zum Narren zu halten – aber dafür kannte er sich zu wenig in militärischen Gepflogenheiten und Codes aus.

Während er diese Möglichkeiten durchspielte, war der Impuls verpufft. Es war klüger, erst einmal abzuwarten, wessen man ihn anklagte. Vielleicht konnte er seine Unschuld beweisen.

Macneffs dünne Lippen verzogen sich zu einem leichten Lächeln, das Hal genau sehen sollte.

»Das ist gut, Yarrow.«

Hal war sich nicht im klaren, ob er damit zum Sprechen aufgefordert war, aber er nahm einfach die Gelegenheit wahr, um den Urieliten nicht zu beleidigen.

»Was ist gut, Sandalphon?«

»Daß Sie rot wurden – und nicht etwa bleich. Ich bin ein Menschenkenner, Yarrow. Schon nach wenigen Sekunden durchschaue ich jeden Mann, dem ich begegne. Und ich sah, daß Sie nicht vor Schreck ohnmächtig wurden, wie es wohl so manchem nach meinen ersten Worten ergangen wäre. Sie hingegen erröteten vor heißblütiger Kampfeslust. Sie waren bereit zu leugnen, Ihren Standpunkt zu verteidigen und alles anzufechten, was ich Ihnen vorwerfen würde. Nun, man könnte einwenden, daß dies keine empfehlenswerte Reaktion sei, daß Ihr Verhalten eine falsche Gesinnung, eine Neigung zum Unwirklichen offenbare. Ich aber sage: *Was ist Wirklichkeit?* Das ist genau die Frage, die der böse Bruder des Vorboten in der großen Debatte aufwarf. Die Antwort ist dieselbe: Daß allein der wirkliche Mensch dies beurteilen kann. Ich bin wirklich, sonst wäre ich nicht Sandalphon. *Shib?*«

Hal, der bemüht war, ruhig zu atmen, nickte nur. Er überlegte sich, daß Macneff wohl doch nicht so gründlich Gedanken lesen konnte, wie er vorgab. Denn er hatte sich nicht zu Hals Plan geäußert, sein Heil in der Gewalt zu suchen. Oder war Macneff doch im Bilde und hatte gute Gründe, ihm zu verzeihen?

»Als ich Sie vorhin fragte, was Sie davon halten würden, dieses Leben zu beenden«, räumte Macneff ein, »wollte ich damit keineswegs andeuten, daß Sie ein Kandidat für das H seien.« Er runzelte die Stirn und fuhr fort: »Obwohl der gegenwärtige Stand ihres MR den Schluß nahelegt, daß Sie bald dorthin kommen könnten. Ich bin mir jedoch sicher, daß Sie – vorausgesetzt, Sie stellen sich für meinen Vorschlag freiwillig zur Verfügung – dieses kleine Problem bald aus der Welt geschafft haben. Dann nämlich wären Sie mit vielen *shib*-Männern in Kontakt, deren Einfluß Sie sich nicht entziehen könnten. *Wirklichkeit* erzeugt *Wirklichkeit.* So sagte Sigmen. Aber ich bin zu voreilig. Zuerst müssen Sie auf dieses Buch schwören« – er griff nach einem Exemplar des *Westlichen Talmud* – »daß nichts von dem, was in diesem Büro besprochen wird, an irgend jemand, unter welchen Umständen auch immer, ausgeplaudert wird. Und daß Sie eher sterben oder Folterungen ertragen werden, als die Stirche zu verraten.«

Hal legte die linke Hand auf das Buch (Sigmen benutzte die linke, weil er schon frühzeitig die rechte verloren hatte) und schwor beim Vorboten und allen Ebenen der Wirklichkeit, daß seine Lippen für immer verschlossen bleiben würden. Wenn er den Schwur brach, verlor er auf ewig die Hoffnung, glorreich vor das Angesicht des Vorboten zu treten und dereinst Herrscher eines eigenen Universums zu werden.

Noch bevor er den Schwur beendete, begann er sich schuldig zu fühlen, weil er erwogen hatte, einen Uzziten niederzuschlagen und einen Sandalphon in seine Gewalt zu bringen. Wie konnte er seinem dunklen Ich nur so plötzlich nachgeben? Macneff war der lebende Stellvertreter Sigmens, während Sigmen durch Zeit und Raum reiste, um die Zukunft seiner Anhänger vorzubereiten. Macneff in irgendeiner Form den Gehorsam zu verweigern bedeutete, dem Vorboten ins Gesicht zu schlagen – und das war so ungeheuerlich, daß Hal nicht einmal den Gedanken daran ertragen konnte.

Macneff legte das Buch auf das Pult zurück und sagte: »Zunächst muß ich Ihnen gestehen, daß Sie versehentlich diesen Auftrag erhielten, das Wort *woggel* auf Tahiti zu erforschen. Es lag wahrscheinlich daran, daß bestimmte Abteilungen der Uzziten nicht so eng zusammenarbeiteten, wie sie es sollten. Dem Grund dieses Irrtums wird nachgegangen, und wir werden wirksame Maßnahmen ergreifen, um ähnliche Fehler für die Zukunft zu verhindern.«

Der Uzzite hinter Hals Rücken seufzte tief, und Hal wurde bewußt, daß auch andere in diesem Raum Gründe hatten, sich zu fürchten.

»Einer der Hierarchen bemerkte beim Durchsehen der Meldungen, daß Sie die Genehmigung beantragt hatten, nach Tahiti zu reisen. Da er um die hohe Sicherheitsstufe dieser Insel wußte, stellte er Nachforschungen an. Das Ergebnis war, daß wir Sie abfangen konnten. Und ich kam nach Prüfung Ihrer Akte zu dem Schluß, daß Sie genau der Richtige sind, um eine bestimmte Position auf dem Schiff einzunehmen.«

Mittlerweile war Macneff hinter dem Pult hervorgekommen und schritt auf und ab, die Hände auf dem Rücken verschränkt und den Körper nach vorn gebeugt. Hal konnte erkennen, wie fahlgelb Macneffs Haut war. Sie hatte fast genau die gleiche Farbe wie jener Elefantenstoßzahn, den er einmal im Museum der Ausgestorbenen Tiere gesehen hatte. Das Purpurrot der Kapuze über dem Kopf betonte noch die Blässe des Mannes.

»Sie werden gebeten, sich freiwillig zur Verfügung zu stellen«, erklärte Macneff, »weil wir nur Männer an Bord haben wollen, die sich voll und ganz ihrer Aufgabe widmen. Dennoch bin ich zuversichtlich, daß Sie meiner Bitte entsprechen werden, denn es wäre mir nicht wohl bei dem Gedanken, auf der Erde einen Zivilisten zurückzulassen, der über die Existenz und das Ziel der *Gabriel* Bescheid weiß. Nicht, daß ich Ihre Loyalität anzweifeln möchte, aber die Spione der Israelis sind sehr gerissen und könnten Sie durch Tricks dazu verleiten, Ihr Wissen zu enthüllen. Oder Sie entführen und Sie mit Drogen zum Reden bringen. Sie sind ergebene Anhänger des Nachboten, diese Israelis.«

Hal wunderte sich, wieso der Gebrauch von Drogen durch die Israelis als unwirklich, durch die Haijac-Union dagegen als *shib* galt. Aber er vergaß es wieder, als er Macneffs weitere Worte vernahm.

»Vor hundert Jahren verließ das erste interstellare Raumschiff der Union mit dem Ziel Alpha Centauri die Erde. Etwa zur gleichen Zeit startete ein israelisches Schiff. Beide Schiffe kehrten nach zwanzig Jahren mit der Nachricht zurück, keine bewohnbaren Planeten gefunden zu haben. Eine zweite Haijac-Expedition kehrte zehn Jahre später zurück, ein zweites israelisches Schiff weitere zwölf Jahre danach. Nicht eine der Expeditionen fand eine Sonne mit Planeten, die von menschlichen Wesen hätten besiedelt werden können.«

»Davon habe ich niemals etwas gehört«, murmelte Hal Yarrow.

»Beide Regierungen haben das Geheimnis sorgsam vor ihren Völkern gehütet, nicht aber untereinander«, sagte Macneff. »Soweit wir wissen, haben die Israelis nach dem zweiten Schiff keine interstellare Expedition mehr ausgeschickt. Die Kosten und der Zeitaufwand sind astronomisch. Wir jedoch haben ein drittes Schiff gestartet, ein viel kleineres und schnelleres als die beiden ersten. Wir haben seit damals eine Menge über interstellare Reisen dazugelernt; das ist alles, was ich dazu sagen möchte. Die dritte Expedition kam vor einigen Jahren zurück und berichtete ...«

»Daß sie einen Planeten gefunden hat, auf dem menschliche Wesen leben können und der bereits von empfindenden Wesen bewohnt wird!« ergänzte Hal, der in seinem Enthusiasmus ganz vergessen hatte, daß man ihn nicht gebeten hatte zu sprechen.

Macneff verhielt den Schritt und blickte Hal mit seinen blaßblauen Augen an.

»Woher wissen Sie das?« fragte er in scharfem Ton.

»Vergeben Sie mir, Sandalphon«, erwiderte Hal, »aber es war unvermeidlich! Sagte nicht der Vorbote in seinem Werk *Zeit und der Weltplan* voraus, daß solch ein Planet gefunden wird? Ich glaube, es war auf Seite 573!«

Macneff lächelte und sagte: »Ich freue mich, daß Ihre Religionsstunden einen solch tiefen Eindruck hinterlassen haben.«

War denn überhaupt etwas anderes möglich? dachte Hal. *Außerdem waren das nicht die einzigen Eindrücke dieser Art. Ich trage immer noch Narben auf dem Rücken, wo Pornsen, mein Sept, mich mit der Peitsche schlug, weil ich meine Lektionen nicht ausreichend gelernt hatte. Er war schon ein guter Eindrücker, dieser Pornsen. War? Ist noch! Als ich älter wurde und meine Beförderung erhielt, wurde er ebenfalls befördert und war immer da, wo ich war. Er war mein Sept im Kinderhort. Er war der Wohnheim-Sept, als ich aufs College ging und schon geglaubt hatte, ich sei ihn los. Und jetzt ist er mein Block-Sept. Er ist dafür verantwortlich, daß ich immer so einen niedrigen MR bekomme.*

Doch rasch regte sich Widerspruch in ihm. Nein – nicht er, sondern ich, und nur ich, bin für alles verantwortlich, was auch immer mit mir geschehen mag. Erhalte ich einen niedrigen MR, dann ist es deswegen, weil mein dunkles Ich es so will. Sterbe ich, geschieht es, weil ich es selbst so wollte. Sigmen, vergib mir meine unwirklichen Gedanken!

»Verzeihen Sie bitte, Sandalphon«, sagte Hal. »Entdeckte die Expedition irgendwelche Anzeichen dafür, daß der Vorbote auf diesem Planeten gewesen ist? Oder traf sie sogar – es wäre wohl zu schön, um wahr zu sein – den Vorboten persönlich an?«

»Nein«, erwiderte Macneff. »Obwohl das nicht heißen soll, daß es dort nicht solche Anzeichen geben könnte. Die Expedition hatte den Befehl, sich einen raschen Überblick über die Bedingungen dort zu verschaffen und dann sofort zur Erde zurückzukehren. Ich möchte Ihnen jetzt nicht genau sagen, wie viele Lichtjahre dieser Stern entfernt ist und wie er heißt. Man kann ihn jedoch mit bloßem Auge nachts in dieser Hemisphäre sehen. Falls Sie an der Expedition teilnehmen, wird man Ihnen nach dem Start des Schiffes sagen, wohin die Reise geht. Und es geht schon sehr bald los.«

»Sie benötigen einen Linguisten?« fragte Hal.

»Das Schiff ist riesengroß«, erklärte Macneff, »aber durch die große Anzahl von Militär und Spezialisten, die wir mitnehmen, mußte die Zahl der Linguisten auf einen begrenzt werden. Wir haben mehrere Fachleute in Betracht gezogen, weil sie *Lamechianer* und damit über jeden Verdacht erhaben waren. Leider ...«

Hal wartete. Macneff machte ein paar Schritte und runzelte nachdenklich die Stirn. Schließlich fuhr er fort: »Leider gibt es nur einen *Lamech*-Linguisten, und der ist für diese Expedition zu alt. Deshalb ...«

»Ich bitte tausendmal um Vergebung«, wandte Hal ein, »aber mir fällt eben etwas ein. Ich bin verheiratet.«

»Kein Problem«, sagte Macneff. »An Bord der *Gabriel* wird es keine Frauen geben. Falls ein Mann verheiratet ist, wird ihm automatisch eine Scheidung gewährt.«

Hal schnappte nach Luft. »Eine Scheidung?«

Macneff hob entschuldigend die Hände und sagte: »Sie sind natürlich entsetzt. Aber aus unserer Lektüre des *Westlichen Talmud* glauben wir Urieliten zu entnehmen, daß der Vorbote eine solche Situation vorausgesehen hat und damit auf die Scheidung einging und entsprechende Vorkehrungen traf. Die Scheidung ist in diesem Fall unvermeidlich, denn das Paar wird für mindestens vierzig Jahre getrennt sein. Natürlich verkleidete der Vorbote seine Vorsorge in einer rätselhaften Sprache. Dank seiner großen und wunderbaren Weisheit wußte er es zu verhindern, daß unsere Feinde, die Israeliten, seinen Worten entnehmen konnten, was wir planten.«

»Ich werde dabeisein«, erklärte Hal. »Erzählen Sie mir weitere Einzelheiten, Sandalphon.«

Sechs Monate später stand Hal in der Beobachtungskuppel der *Gabriel* und verfolgte, wie der Erdball über ihm zusammenschrumpfte. Es war Nacht in dieser Hemisphäre, aber von den Ballungsgebieten Australiens, Japans, Chinas, Südostasiens, Indiens und Sibiriens her leuchtete es herauf. Der Linguist Hal Yarrow sah diese glitzernden Scheiben und flimmernden Halsketten der Kontinente und Inseln in Begriffen aus den Sprachen, die darin gesprochen wurden: Australien, die Philippinen, Japan und Nordchina wurden von denjenigen Angehörigen der Haijac-Union bewohnt, die Amerikanisch sprachen; Südchina, ganz Südostasien, Südindien und Ceylon waren Staaten der Malaiischen Föderation. Dort sprach man Basar. In Sibirien wurde Isländisch gesprochen.

Im Geiste drehte er schnell den Globus und sah Afrika, wo südlich des Saharameeres Suaheli gesprochen wurde. Rings um das Mittelmeer, in Kleinasien, Nordindien und Tibet war Hebräisch die Muttersprache. In Südeuropa, zwischen den Israeli-Republiken und den isländischsprechenden Völkern Nordeuropas, befand sich ein langer, schmaler Landstrich, den man die Mark nannte. Es war Niemandsland, um das die Haijac-Union und die Israelische Republik heftig stritten – seit zweihundert Jahren eine potentielle Kriegsursache.

Keine Macht wollte auf ihren Anspruch verzichten, aber es wollte auch keine irgendeine Maßnahme ergreifen, die zu einem zweiten Apokalyptischen Krieg führen konnte. Daher war die Mark unter den gegebenen Umständen ein unabhängiger Staat und hatte eine eigene selbständige Regierung (die aber außerhalb der Landesgrenzen nicht anerkannt wurde). Seine Bürger sprachen verschiedene Sprachen der Vorkriegswelt, die hier überlebt hatten, ferner Lingo, eine Mischform, deren Vokabular von den anderen sechs Sprachen abstammte und deren Syntax so einfach war, daß man sie auf einem halben Blatt Papier unterbringen konnte.

Vor seinem geistigen Auge sah Hal den Rest der Erde: Island, Grönland, die Karibischen Inseln und die östliche Hälfte Südamerikas. Hier sprachen die Völker in der Sprache Islands, denn diese Insel war den Hawaiiamerikanern zuvorgekommen, als diese nach dem Apokalyptischen Krieg mit der Wiederbesiedelung Nordamerikas und der westlichen Hälfte Südamerikas beschäftigt waren.

Dann gab es noch Nordamerika mit Amerikanisch als Muttersprache aller Einwohner, ausgenommen die zwanzig Nachkommen der Frankokanadier im Hudson-Bay-Naturschutzgebiet.

Hal wartete gespannt darauf, daß diese Erdseite in die Nachtzone rotierte und Sigmen City zu sehen war, deren Lichtermeer in den Raum strahlen würde. Und irgendwo mitten drin lag sein Apartment. Allerdings wohnte Mary bald nicht mehr dort, denn schon in wenigen Tagen würde sie die Nachricht erhalten, daß ihr Ehemann bei einem Unfall während des Flugs nach Tahiti ums Leben gekommen sei. Obwohl sie in der Öffentlichkeit sehr gefaßt auftreten würde, würde sie daheim sicher um ihn weinen, denn auf ihre frigide Art liebte sie ihn. Der Sympathie ihrer Freunde und Kollegen konnte sie sicher sein. Nicht nur deshalb, weil sie den geliebten Ehemann verloren hatte, sondern mehr noch, weil sie mit einem Mann verheiratet gewesen war, der unwirklich gedacht hatte. Denn wenn Hal Yarrow bei einem Zusammenstoß getötet wurde, mußte er es so gewollt haben. So etwas wie einen »Unfall« gab es nicht. Irgendwie hatten alle Passagiere (die alle zur Besatzung der *Gabriel* gehörten und laut diesem geschickt gesponnenen Lügengewebe »umgekommen« waren) gleichzeitig ihrem Tod »zugestimmt«. Sie waren somit in Ungnade gefallen. Man würde ihre »Leichname« nicht bei einer öffentlichen Trauerfeier verbrennen und ihre Asche auch nicht in alle Winde verstreuen. Vielmehr waren die »toten« Körper angeblich den Fischen zugedacht. Die Stirche sorgte für alle.

Hal war sehr traurig wegen Mary und mußte geraume Zeit gegen seine Tränen ankämpfen, als er inmitten der Menge in der Beobachtungskuppel stand.

Doch er sagte sich, daß es so am besten war. Mary und er brauchten nun nicht mehr wie reißende Wölfe aufeinander losgehen; ihr gegenseitiges Quälen hatte ein Ende. Mary war wieder frei für eine andere Ehe. Natürlich in dem Glauben, daß der Tod ihre Bande gelöst hatte, denn von der heimlichen Scheidung durch die Stirche wußte sie ja nichts. Es blieb ihr ein Jahr Zeit, sich zu entscheiden und einen Partner auszuwählen. Von einer Liste, die ihr *Sept* zusammengestellt hatte. Vielleicht würden die psychologischen Hemmnisse, die sie daran hinderten, von Hal ein Kind zu empfangen, nun nicht mehr bestehen. Vielleicht. Hal bezweifelte, daß solch ein freudiges Ereignis eintreten könnte. Unterhalb des Bauchnabels war Mary ebenso gefühllos wie er. Gleichgültig, welcher Ehekandidat des *Sept* auserkoren wurde ...

Der *Sept.* Pornsen. Niemals wieder brauchte Hal dieses feiste Gesicht zu sehen und diese weinerliche Stimme zu hören ...

»Hal Yarrow!« sagte die weinerliche Stimme.

Heiß und kalt lief es ihm über den Rücken. Dann drehte Hal sich langsam um.

Dort stand der untersetzte, pausbäckige Mann und lächelte ihn an.

»Mein geliebter Schützling! Mein ewiges Sorgenkind!« sagte die weinerliche Stimme. »Ich hatte ja keine Ahnung, daß auch du an diesem ruhmreichen Unternehmen teilnimmst. Aber ich hätte es mir denken können! So, wie wir in Liebe verbunden sind! Sigmen selbst muß dies vorgesehen haben. Liebe sei mit dir, mein Schützling!«

»Sigmens Liebe sei auch mit dir, mein Wächter«, erwiderte Hal mit erstickter Stimme. »Wie wundervoll, deine geschätzte Person hier zu sehen! Ich hatte schon geglaubt, wir würden niemals mehr miteinander reden.«

— 5 —

Die *Gabriel* hielt Kurs auf ihr Ziel und tastete sich mit einer Beschleunigung an ihre Höchstgeschwindigkeit von 99,1 Prozent der Lichtgeschwindigkeit heran. Inzwischen begab sich die gesamte Besatzung in den Suspensionsraum, abgesehen von einigen wenigen, die noch für die Kontrollfunktionen benötigt wurden. Dort würden sie nun viele Jahre im Kälteschlaf verbringen. Auch das technische Personal ließ sich kurze Zeit später einfrieren, nachdem es die automatischen Vorrichtungen sorgfältig überprüft hatte. Alle schliefen, während die Triebwerke der *Gabriel* die Beschleunigung auf einen Punkt steigerten, den die Körper der Besatzungsmitglieder wach nicht überstanden hätten. Beim Erreichen der gewünschten Geschwindigkeit würde die Automatik den Antrieb abschalten, und ein stilles, aber nicht leeres Schiff schnellte dem Stern entgegen, der das Ziel der Reise sein sollte.

Viele Jahre später bestimmte der Photonenzähler in der Schiffsnase, daß der Stern nun nahe genug war, um den Bremsvorgang einzuleiten. Wiederum wurde eine für Körper im Normalzustand nicht erträgliche Verzögerungskraft aufgewendet. Bald hatte das Schiff beträchtlich an Geschwindigkeit verloren und wurde auf eine Verzögerung von 1 g justiert. Die Automatik weckte zunächst das technische Personal aus dem Kälteschlaf, um dann mit deren Hilfe den Rest der Besatzung aufzutauen. In dem bis zur Ankunft verbleibenden halben Jahr trafen die Männer alle nötigen Vorbereitungen.

Hal Yarrow war als einer der letzten in den Suspensionsraum gegangen, gehörte aber nun zu den ersten, die herauskamen. Er mußte sich eingehend mit den Aufzeichnungen über die Sprache der wichtigsten Nation auf Ozagen beschäftigen. Die Sprache hieß Siddo, und die Beschäftigung mit ihr erwies sich von Anfang an als schwierig. Der Expedition, die den Planeten Ozagen entdeckt hatte, war es zwar gelungen, zweitausend Siddowörter einer gleichen Zahl amerikanischer Begriffe gegenüberzustellen, doch die Beschreibung der Syntax erwies sich als mangelhaft. Es gab nicht nur viele Lücken, sondern auch Fehler, wie Hal feststellen mußte.

Diese Entdeckung jagte Hal ziemliche Angst ein, denn er sollte einen Schulungstext schreiben und die gesamte Besatzung der *Gabriel* in der Sprache Ozagens unterrichten. Benutzte er dabei die Feinheiten des Siddo, dann lehrte er seine Schüler etwas Falsches. Und selbst dies war mit kaum überwindbaren Schwierigkeiten verbunden.

Zunächst einmal unterschieden sich die Sprechwerkzeuge der Ozagenbewohner ziemlich von denen der Menschen. Kein Wunder also, wenn die so hervorgebrachten Laute entsprechend ungewöhnlich klangen. Eine annähernde Nachahmung ließ sich durchaus bewerkstelligen – aber ob die Ozagenianer dies auch verstehen würden, war ungewiß.

Die grammatische Konstruktion des Siddo stellte ein weiteres Hindernis dar. Bei einer Betrachtung der Zeitformen zeigte sich, daß im Siddo statt einer Beugung des Verbs zur Kennzeichnung von Vergangenheit oder Zukunft ein völlig anderes Wort benutzt wurde. So wurde aus dem maskulinen Infinitiv *dabhumaksanigalu'ahai* (was *leben* bedeutete) im Perfekt *ksu'u'peli'afo* und im Futur *mai'teipa.* Für alle weiteren Zeiten tauchte ebenfalls ein ganz anderes Wort auf. Hinzu kam noch, daß Siddo nicht nur über die drei (für Erdenmenschen) normalen Geschlechter Maskulinum, Femininum und Neutrum verfügte, sondern noch zusätzlich ein »lebloses« und ein »geistiges« Geschlecht kannte. Zum Glück wurde dies jeweils durch eine Beugung kenntlich gemacht, aber jemand mit einer anderen Muttersprache als Siddo würde damit erhebliche Schwierigkeiten haben. Das System der Geschlechtskennzeichnung variierte entsprechend den Zeiten.

Alle anderen Wortarten wie Substantive, Pronomen, Adjektive, Adverben und Konjunktionen wurden nach dem gleichen System behandelt wie die Verben. Um die Konfusion des Sprachgebrauchs komplett zu machen, benutzten verschiedene gesellschaftliche Klassen häufig verschiedene Wörter, um das gleiche auszudrücken.

Die Siddoschrift war allenfalls mit dem alten Japanisch zu vergleichen. Ein Alphabet gab es nicht; statt dessen verwendete man Schriftzeichen, deren Linien, Form und Winkelbeziehung zueinander die Bedeutung ausmachten. Durch nachfolgende kleine Zeichen wurde die korrekte Beugung des Geschlechts angegeben.

In der Abgeschiedenheit seines Studienraumes fluchte Hal laut vor sich hin. Warum mußten ausgerechnet die Siddos das dominierende Volk des Planeten sein? Sie beherrschten einen der zwei Kontinente Ozagens; in der anderen Hemisphäre verteilte sich die Landmasse auf zwanzig verschiedene Nationen. Und jede dieser Nationen besaß eine Sprache, die sich vom Siddo genauso unterschied wie Siddo vom Isländischen oder von Suaheli. In einer jedoch hatte sich schon vor längerer Zeit ein phonetisches Alphabet entwickelt, das früher oder später wohl die schwierigen, im Siddo gebräuchlichen Schriftzeichen ersetzen würde. Außerdem hatte diese Sprache den Vorteil, relativ einfach zu sein, auch für Menschen von der Erde.

Aber die Haijac-Expedition, die Ozagen erkundet hatte, war zu dem Schluß gekommen, Siddo zum Kontaktpunkt zu machen, weil dieser Staat am größten und mächtigsten zu sein schien. Selbst wenn der Leiter der Expedition später diesen Entschluß als Fehler eingesehen hätte, würde er dies wohl kaum zugegeben haben.

Hal mußte sich also wohl oder übel seiner Aufgabe zuwenden. Er studierte die Wellenlinien des Siddo auf dem Oszilloskop und versuchte die Muskelbewegungen zu ergründen, welche die Erdenmenschen machen mußten, um die Siddolaute wenigstens annähernd zu simulieren. Er begann, ein Wörterbuch Siddo-Amerikanisch anzulegen, und hoffte, daß es die Haijacs befähigen würde, simple Aussagen zu machen. Und er kam gehörig ins Schwitzen, denn es war seine Pflicht, selbst fließend Siddo zu sprechen. Was natürlich eigentlich nur durch einen jahrelangen Aufenthalt bei den Eingeborenen zu erreichen war.

Bedauerlicherweise würde es dazu kaum kommen. Denn wenn alles nach Plan verlief, waren in einigen Jahren alle Ozagenianer tot.

Hal nutzte die sechs Monate zwischen dem Einfrieren der ersten Expeditionsmitglieder bis zur Suspension des technischen Personals für die Arbeit. Was ihn bei diesem Projekt am meisten ärgerte, war Pornsens ständige Anwesenheit. Der *Sept* fühlte sich dazu verpflichtet, Hal zu beobachten, und ging erst mit diesem zusammen in den Tiefschlaf. Der einzige entschädigende Aspekt für Hal war, daß er nicht mit Pornsen sprechen mußte, wenn er nicht wollte, denn die Dringlichkeit seiner Arbeit war eine ausreichende Entschuldigung. Nach einiger Zeit jedoch wurde er seiner Einsamkeit überdrüssig und unterhielt sich mit dem *Sept,* da dieser weit und breit das einzige verfügbare menschliche Wesen war.

Hal Yarrow gehörte zu den ersten, die den Suspensionsraum vierzig Jahre später verließen. Sein Verstand akzeptierte die Feststellung, daß so viel Zeit vergangen war, aber gefühlsmäßig konnte er dies nur schwer verarbeiten. Es gab überhaupt keine Veränderungen an seiner äußeren Erscheinung oder denen der anderen Männer. Und das einzige, was sich außerhalb des Schiffes verändert zu haben schien, war die gesteigerte Helligkeit des Sterns, dem sie entgegentrieben.

Schließlich wurde der Stern für sie zum hellsten Objekt im All. Dann konnten sie die ihn umkreisenden Planeten erkennen. Ozagen, der vierte Planet von der Sonne aus, zeichnete sich ab. Annähernd so groß wie die Erde, sah er – aus der Entfernung – genau wie diese aus. Nachdem mehrere Wochen lang die Computer mit Daten gefüttert worden waren, glitt die *Gabriel* in eine Umlaufbahn. Vierzehn Tage lang umkreiste das Schiff den Planeten, während von der *Gabriel* selbst und von Beibooten aus – die in die Atmosphäre eintauchten und sogar einige Landungen unternahmen – Beobachtungen angestellt wurden. Die beiden Kontinente wurden durch einen viele tausend Kilometer breiten Ozean getrennt. Ihr Zielkontinent war erst vor siebenhundert Jahren von den Eingeborenen entdeckt worden. Sie hatten dort Wesen vorgefunden, die den Menschen erstaunlich ähnelten, und sie in einem sechs Jahrhunderte dauernden Krieg vernichtet.

Dann endlich gab Macneff den Befehl zur Landung der *Gabriel.*

Langsam senkte sich das Schiff, das aufgrund seiner gewaltigen Masse ungeheure Mengen Treibstoff verbrauchte, in die Atmosphäre hinab. Das Ziel war die Hauptstadt an der Ostküste, die ebenfalls den Namen Siddo trug. In der Lichtung eines Parks im Herzen der Stadt setzte die *Gabriel* so sanft wie herabfallender Schnee auf. Im Grunde war die ganze Stadt ein einziger Park; es gab so viele Bäume, daß man aus der Luftperspektive nur schwer an die geschätzten 250000 Einwohner glauben konnte. Es gab viele Gebäude, und einige waren sogar zehn Stockwerke hoch. Aber da sie sehr weit auseinanderlagen, hinterließen sie keinen massigen Eindruck. Auf den weitläufigen Straßen wuchs eine Grasart, die so hart war, daß sie jeglicher Beanspruchung standhielt. Nur die lebhafte Hafenfront Siddos schien einer Erdenstadt zu ähneln, denn dort standen die Häuser dicht beieinander, und auf dem Wasser drängten sich Segelschiffe und Schaufelraddampfer in großer Zahl.

Die *Gabriel* kam herab, und die Menge, die sich unten versammelt hatte, stob auseinander. Die riesige graue Masse ging auf der Wiese nieder und begann sofort, unmerklich in den Boden zu sinken. Der Sandalphon Macneff befahl, den Hauptausstieg zu öffnen. Dicht gefolgt von Hal Yarrow, der ihm beistehen sollte, falls er bei seiner Begrüßungsrede an die Empfangsdelegation ins Stottern kam, trat Macneff ins Freie. Er setzte seinen Fuß auf den ersten bewohnbaren Planeten, den die Menschen der Erde entdeckt hatten.

Wie Kolumbus, dachte Hal

Wird sich die Geschichte wiederholen?

Vom Tag ihrer Landung an blieb das Raumschiff *Gabriel* im Park. Vom Morgengrauen bis zum Sonnenuntergang wagte sich die Besatzung unter die Ozagenianer – die von den Menschen den verächtlichen Namen Woggelwanzen erhalten hatten –, um alles mögliche über Sprache, Sitten, Geschichte, Biologie und anderes herauszufinden. Das besondere – nicht offen gezeigte – Interesse der Menschen galt der Technologie des Planeten, obwohl von daher wenig zu befürchten war. Soweit es bestimmt werden konnte, waren die *Wogs* in den Naturwissenschaften nicht weiter fortgeschritten als die Menschen des frühen zwanzigsten Jahrhunderts (nach Christus). Aber die Expeditionsmitglieder mußten sichergehen, daß ihren Augen nichts verborgen blieb. Kaum auszudenken, wenn die *Wogs* Waffen verheerender Wirkung versteckt hielten, die nur darauf warteten, die unwissenden Besucher zu treffen …

Die Existenz von Raketen und atomaren Sprengköpfen war nicht zu befürchten. Offensichtlich war Ozagen bis jetzt nicht in der Lage, diese herzustellen. Aber in den biologischen Forschungen schienen die *Wogs* sehr weit zu sein. Und davor mußte man genauso Angst haben wie vor thermonuklearen Waffen. Darüber hinaus blieben Krankheiten eine dauernde tödliche Drohung. Was für einen Ozagenianer dank einer in Jahrtausenden erworbenen Immunität nur eine leichte Unpäßlichkeit war, konnte einem Terraner den raschen Tod bringen.

Also hieß die Devise: langsam und vorsichtig. Alles nur mögliche herausfinden. Daten sammeln, korrelieren, interpretieren. Vor Beginn des Projekts Ozagenozid sicherstellen, daß eine Vergeltung unmöglich ist.

Darum ging es auch, als vier Monate nach Ankunft der *Gabriel* auf Siddo zwei scheinbar freundliche Terraner sich mit zwei anscheinend freundlichen Woggelwanzen zu einer gemeinsamen Fahrt trafen. Sie wollten die Ruinen einer vor zweitausend Jahren von den inzwischen ausgestorbenen Humanoiden erbauten Stadt untersuchen. In Wahrheit waren die Terraner durchdrungen von einem Traum, der auf dem Planeten Erde vierundvierzig Jahre zuvor und zweiundvierzig Lichtjahre entfernt geträumt worden war.

Sie fuhren in einem für menschliche Wesen phantastisch anmutenden Fahrzeug …

— 6 —

Der Motor bockte, und ein Ruck ging durch den Wagen. Der Ozagenianer auf dem rechten Rücksitz beugte sich herüber und schrie irgend etwas.

Hal Yarrow wandte sich um und brüllte: »Was?«

Dann wiederholte er nochmals in Siddo: »*'Abhudaï'akhu?*«

Fobo, der direkt hinter Hal saß, hielt seinen Mund an das Ohr des Menschen. Er übersetzte für Zugu, obwohl sich sein Amerikanisch mit dem Trillern und den Resonanztönen sehr sonderbar anhörte.

»Zugu sagt und betont nachdrücklich, du solltest mal mit der kleinen Stange rechts neben dir pumpen. Das bringt dem ... Vergaser ... mehr Alkohol.«

Die Antennen auf Fobos Kopfhaube kitzelten Hals Ohren. Hal sagte eine aus dreißig Silben bestehende Wortfolge auf, was, grob gesagt, etwa bedeutete: »Ich danke dir.« Sie bestand anfänglich aus dem Verb in der Form der ersten Person Singular des maskulinen Präsens. Damit verknüpft waren: eine Silbe, die anzeigte, daß Sprecher wie Zuhörer frei von Verpflichtungen waren; das gebeugte Pronomen der ersten Person; eine weitere Silbe, die ausdrückte, daß der Sprecher seinen Zuhörer als den Klügeren von ihnen beiden anerkannte; das maskuline Pronomen in der dritten Person Singular sowie zwei Silben, die durch ihre Reihenfolge die ganze gegenwärtige Situation als erheiternd einstuften. Umgekehrt angeordnet, hätten sie der Situation einen ernsten Anstrich verliehen.

»Was hast du gesagt?« rief Fobo, und Hal zuckte die Achseln. Ihm war plötzlich klargeworden, daß er einen Knacklaut als Unterbrechung vergessen hatte, wodurch der Sinn des Satzes verändert wurde. Jedenfalls hatte Hal keine Lust, den Satz noch einmal zu wiederholen.

Statt dessen betätigte er die Drosselklappe, wie Fobo ihm geraten hatte. Hierbei mußte er sich über den *Sept* lehnen, der rechts neben ihm saß.

»Entschuldige tausendmal!« bellte Hal.

Pornsen sah Yarrow nicht an. Die Hände hielt er im Schoß verschränkt. Die Knöchel waren weiß. Wie sein Schutzbefohlener sammelte er gerade die ersten Erfahrungen mit einem Verbrennungsmotor. Aber im Gegensatz zu Hal wurde Pornsen durch den Krach, den Qualm, das Holpern und Stolpern und nicht zuletzt durch die Vorstellung erschreckt, in einem handgesteuerten Bodenfahrzeug zu sitzen.

Hal grinste. Er war von diesem wunderlichen Gefährt sehr angetan, denn es erinnerte ihn an die Bilder von Automobilen des zweiten Jahrzehnts des zwanzigsten Jahrhunderts in den Geschichtsbüchern der Erde. Und es war schon ein aufregendes Erlebnis, das schwergängige Lenkrad zu drehen und dabei zu spüren, wie das gewichtige Fahrzeug seiner Muskelkraft gehorchte. Das Knallen der vier Zylinder und der Dunst von verbrennendem Alkohol reizten ihn sehr.

Es war romantisch, etwa so, als setzte man sich mit einem Segelboot dem offenen Meer aus. Er hoffte sehnlichst, noch mehr in dieser Art unternehmen zu können, solange er auf Ozagen war.

Hinzu kam noch – obwohl er sich dies selbst nicht eingestehen würde –, daß ihm alles das Spaß machte, was Pornsen Angst einjagte.

Doch sein Spaß fand ein Ende. Die Zylinder pufften, der Wagen bockte und ruckte und rollte schließlich langsam aus. Die beiden Woggelwanzen sprangen seitwärts heraus (Türen gab es nicht) und klappten die Motorhaube hoch. Hal folgte ihnen, während Pornsen sitzen blieb und eine Packung *Barmherziger Seraphim* (falls Engel rauchten, dann rauchten sie *BS)* aus seiner Uniformtasche holte und sich eine Zigarette ansteckte. Mit zitternden Händen.

Hal fiel auf, daß dies bereits die vierte war, die Pornsen seit dem Morgengebet rauchte. Wenn Pornsen nicht aufpaßte, würde er das Quantum überschreiten, das einem *Sept* erster Klasse zustand. Was bedeuten würde, daß Hal Pornsen bei einer künftigen Verlegenheit um Hilfe bitten konnte, indem er ihn daran erinnerte ... Nein! Das wäre ein zu schändlicher Gedanke. Ausgesprochen unwirklich und nur Bestandteil einer Pseudozukunft. Er liebte den *Sept,* und der *Sept* liebte ihn. Er sollte wirklich nicht solche unsigmenitischen Wege des Verhaltens einschlagen.

Aber wenn Hal an all die zurückliegenden Schwierigkeiten dachte, in denen er gesteckt hatte und noch steckte – dann konnte er schon die Hilfe Pornsens gebrauchen.

Er schüttelte seinen Kopf, um sich von diesen Gedanken zu befreien, und beugte sich über den Motor. Er wollte Zugu bei der Arbeit zusehen. Zugu schien genau zu wissen, was er zu tun hatte. Was auch kein Wunder war, denn er war der Erfinder und Erbauer des einzigen – soweit die Terraner wußten – Fahrzeugs auf Ozagen, das von einem Verbrennungsmotor angetrieben wurde.

Mit einem Schraubenschlüssel drehte Zugu ein langes, schmales Rohr aus einem runden Glasgehäuse heraus. Hal erinnerte sich, daß dies ein Einspritzsystem war. Der Kraftstoff lief vom Tank in das Glasgehäuse, das eine Sedimentkammer bildete. Von dort aus gelangte er in das Einspritzröhrchen, das den Treibstoff in den Vergaser weiterleitete.

»Geliebter Sohn! Bleiben wir den ganzen Tag hier hängen?« rief Pornsen barsch.

Obwohl die Ozagenianer ihm Maske und Brille als Windschutz gegeben hatten, waren seine zusammengepreßten Lippen als deutliche Warnung erkennbar. Es war klar, daß der *Sept,* wenn es nicht bald weiterging, einen negativen Bericht über seinen Schützling erstatten würde.

Der Schutzengel pro tempore hatte nämlich jene zwei

Tage warten wollen, die nötig gewesen wären, um ein Beiboot beanspruchen zu können. Der Ausflug zu den Ruinen hätte dann nur fünfzehn Minuten gedauert und wäre eine geräuschlose und komfortable Reise gewesen. Hal hatte eingewendet, daß sich bei einer Überlandfahrt das dicht bewaldete Gebiet wesentlich besser erkunden ließ als aus der Luft. Daß die Vorgesetzten ihm recht gegeben hatten, trug natürlich noch mehr zu Pornsens Verärgerung bei. Denn wo sein Schützling war, da mußte auch er sein.

Deshalb schmollte er nun schon den ganzen Tag lang, während der junge Terraner, assistiert von Zugu, die Karre über die Waldwege kutschierte. Nur ein einziges Mal brach Pornsen sein Schweigen. Dies war, als er Hal an die Heiligkeit des menschlichen Individuums erinnerte und ihn ermahnte, langsamer zu fahren.

Hal erwiderte »Vergib mir, werter Wächter!« und nahm seinen Fuß vom Gaspedal. Aber nach kurzer Zeit verstärkte er allmählich wieder den Druck. So sausten und brausten sie über das holprige und staubige Gelände.

Zugu schraubte beide Enden des Röhrchens ab, steckte das eine in den Mund, holte tief Luft und blies dann kräftig hindurch. Es kam jedoch nichts herausgeflogen. Zugu schloß seine großen blauen Augen und blähte erneut seine Backen auf. Er versuchte es noch einmal, aber es geschah wieder nichts, außer daß sein blaßgrünes Gesicht einen olivfarbenen Ton annahm. Nun klopfte er mit dem Kupferstück auf die Motorhaube. Dann blies er wiederum angestrengt hindurch. Aber ohne Ergebnis.

Um seinen dicken Bauch herum trug Fobo einen Gürtel, an dem ein Lederbeutel hing. In diesen griff er hinein und zog mit Zeigefinger und Daumen ein winziges blaues Insekt hervor. Sanft schob er das Tier in das Röhrchen. Nach fünf Sekunden fiel ein gehetztes rotes Insekt am anderen Ende heraus. Dahinter das blaue Insekt mit gefräßig gekreuzten Mandibeln. Geschickt fing Fobo seinen kleinen Liebling auf und versenkte ihn wieder in dem Beutel. Das rote Tierchen zerquetschte er unter seiner Sandale.

»Sieh da!« rief Fobo aus. »Ein Alkoholfresser! Er lebt im Kraftstofftank und saugt sich ungehindert voll. Die im Treibstoff enthaltenen Kohlehydrate zieht er heraus. Ein Schwimmer im goldenen Meer des Alkohols! Was für ein Leben! Aber bisweilen wird er zu wagemutig, begibt sich in die Sedimentkammer, verspeist den Filter und gelangt in die Kraftstoffdüse. Seht! Zugu ersetzt gerade eben einen Filter. Es wird gleich weitergehen.«

Fobo hatte einen seltsamen, übelriechenden Atem. Hal fragte sich, ob der *Wog* wohl Schnaps getrunken hatte. Da er noch nie zuvor einen alkoholdurchtränkten Atem gerochen hatte, konnte Hal sich auf keine Erfahrungen stützen. Aber der Gedanke daran machte ihn nervös. Wenn der *Sept* erst einmal wußte, daß auf dem Rücksitz eine Flasche hin- und hergereicht wurde, würde er Hal nicht einen Moment mehr aus den Augen lassen.

Die *Wogs* nahmen wieder hinten Platz. »Es kann weitergehen!« sagte Fobo.

»Einen Augenblick noch«, flüsterte Pornsen Hal zu. »Ich halte es für besser, wenn Zugu dieses Ding fährt.«

»Wenn du den *Wog* bittest, daß er fahren soll, wird er merken, daß du mir, deinem Mitmenschen, nicht sehr viel Vertrauen schenkst«, entgegnete Hal. »Du möchtest doch sicher nicht, daß er den Eindruck gewinnt, du hieltest einen *Wog* einem menschlichen Wesen für überlegen, oder?«

Pornsen hüstelte, als machte es ihm Mühe, Hals Bemerkung zu schlucken, aber dann beeilte er sich zu sagen: »Na-na-natürlich nicht! Sigmen bewahre! Ich hatte doch nur dein Wohlergehen im Sinn, weil ich glaubte, die strapaziöse Fahrt mit dieser primitiven und gefährlichen Kiste habe dich ermüdet.«

»Danke für deine liebevolle Fürsorge«, sagte Hal. Und grinsend fügte er hinzu: »Es ist sehr angenehm, dich an meiner Seite zu wissen, stets bereit, mich vom Pfad der Pseudozukunft fernzuhalten«

Pornsen erwiderte: »Ich habe auf den *Westlichen Talmud* geschworen, daß ich dich durch dieses Leben geleiten werde.«

Die Erwähnung des heiligen Buches war für Hal eine Züchtigung. So fuhr er anfangs, nachdem er den Motor angelassen hatte, sehr langsam, um dem *Sept* zu gehorchen. Aber schon nach fünf Minuten wurde sein Fuß schwerer, und die Bäume zischten nur so vorbei. Hal schaute zu Pornsen. Dessen strenge Miene und die zusammengebissenen Zähne verrieten ihm, daß Pornsen sich bereits wieder Gedanken über den Bericht machte, den er dem oberen Uzziten bei der Rückkehr zum Raumschiff erstatten würde. Er sah wütend genug aus, um ein *'Meter* für seinen Schützling zu verlangen.

Hal Yarrow holte viel von dem Wind, der gegen seine Gesichtsmaske schlug, in seine Lungen hinein. Zum H mit Pornsen! Zum H mit dem *'Meter!* Das Blut pulsierte in seinen Adern. Die Luft dieses Planeten war nicht die stickige Luft der Erde, und seine Lungen labten sich daran wie ein lechzender Blasebalg. In diesem Moment fühlte er sich, als könnte er selbst dem Erzurieliten auf der Nase herumtanzen.

»Paß auf!« schrie Pornsen.

Aus den Augenwinkeln heraus erblickte Hal das große antilopenähnliche Tier, das aus dem Wald auf die Straße hüpfte, genau der rechten Wagenseite entgegen. Im gleichen Moment riß er das Lenkrad herum, um ihm auszuweichen. Das Fahrzeug kam ins Schleudern und drehte sich um die eigene Achse.

Hals Fahrkünste waren noch zu ungeübt, um durch geschicktes Manövrieren ein Schleudern zu verhindern.

Seine mangelnden Fertigkeiten waren nicht verhängnisvoll, wenn man von dem Tier absah. Dessen Körpermasse krachte gegen die rechte Seite des Fahrzeugs. Die langen Hörner verfingen sich in Pornsens Jacke und rissen den rechten Ärmel auf. Durch den Aufprall des Tieres war das Ausbrechen des Fahrzeugs gebremst worden. Es raste nun von der Straße weg in gerader Linie einen schrägen Erdhügel hinauf, hob auf dessen Ende vom Boden ab und kam mit dem Knall von vier gleichzeitig platzenden Reifen wieder auf. Aber auch dieser Aufschlag brachte das Gefährt noch nicht zum Stehen. Ein großes Gebüsch tauchte vor Hal auf. Er ruckte am Lenker. Zu spät.

Sein Brustkorb stieß so hart gegen das Lenkrad, als wollte er die Lenksäule in das Armaturenbrett hineinschieben. Fobo prallte gegen Hals Rücken, was das Gewicht auf dessen Brust noch vermehrte. Beide schrien auf, und der *Wog* fiel herunter.

Bis auf ein Zischen war nun alles still. Aus dem demolierten Kühler schoß ein Dampfstrahl genau durch jene Äste, in deren rauher Umarmung sich Hal befand.

Hal Yarrows Blick durchdrang die Dampfschwaden und fiel auf ein Paar großer brauner Augen. Verwirrt schüttelte er den Kopf. Augen? Und Arme, die wie Äste aussahen? Oder waren es Äste, die Armen ähnelten? Er glaubte sich in den Fängen einer braunäugigen Dryade. Oder hießen sie Nymphen? Wen konnte er fragen? Über solche Geschöpfe durfte man nichts wissen. Die Wörter *Nymphe* und *Dryade* waren aus allen Büchern gestrichen worden, sogar aus Hacks Ausgabe des *Revidierten und wirklichen Milton.* Nur weil Hal Linguist war, hatte er die Gelegenheit erhalten, das unzensierte *Verlorene Paradies* zu lesen und somit etwas von der klassischen griechischen Mythologie zu erfahren.

Gedanken gingen ihm durch den Kopf wie Lichter, die im Kontrollzentrum eines Raumschiffs aufflammten. Nymphen verwandelten sich manchmal in Bäume, um ihren Verfolgern zu entkommen. War dies eine von den sagenhaften Waldfrauen, die ihn mit großen und schönen Augen durch die längsten Wimpern, die er je gesehen hatte, anschaute?

Hal schloß die Augen und fragte sich, ob nicht eine Kopfverletzung diese Vision bewirkt hatte und ob sie von Dauer sein würde. Halluzinationen wie diese würde er gern behalten. Ihn kümmerte es nicht, ob sie der Wirklichkeit entsprachen oder nicht.

Dann öffnete er seine Augen. Die Erscheinung war verschwunden.

Es war diese Antilope, die mich angesehen hat, dachte er. *Sie wird irgendwie mit dem Leben davongekommen sein. Sie lief um das Gebüsch herum und schaute zurück. Antilopenaugen. Und mein dunkles Ich formte den Kopf um die Augen, das lange schwarze Haar, den dünnen weißen Hals, die schwellenden Brüste ... Nein! Das ist unwirklich! Es war mein kranker Geist, der durch den Schock betäubt wurde und sich momentan dem widmete, was schon die ganze Zeit über auf dem Schiff gewuchert war und überzuschäumen drohte. Die lange Zeit, ohne irgendeine Frau zu Gesicht zu bekommen ...*

Er vergaß die Augen, denn er mußte würgen. Ein schwerer, ekelhafter Geruch lag über dem Wagen. Der Zusammenstoß mußte die *Wogs* sehr erschreckt haben. Sonst hätten sie kaum jene Schließmuskel unbeabsichtigt gelockert, die den Hals des »Böllerbeutels« verschlossen. Dieses Organ, eine an der schmalsten Stelle des Rückens gelegene Blase, war von den animalischen Vorfahren der Ozagenianer als wirksame Abwehrwaffe benutzt worden, ähnlich wie eine Bombarde. Inzwischen nur noch ein verkümmertes Organ, diente der Böllerbeutel als Mittel zur Befreiung von extremer Nervenanspannung. Dies funktionierte sehr wirkungsvoll, brachte aber auch Probleme mit sich. So mußten die Psychiater der *Wogs* beispielsweise bei der Therapie entweder ihre Fenster weit öffnen oder Gasmasken tragen.

Keoki Amiel Pornsen kroch mit Zugus Hilfe aus dem Gebüsch hervor, in das er geschleudert worden war. Seine Leibesfülle, die himmelblaue Uniform und die weißen Engelsflügel aus Nylon ließen ihn wie einen fetten blauen Käfer erscheinen. Er stand auf und setzte die Schutzmaske ab. Ein kreidebleiches Gesicht kam zum Vorschein. Mit zitternden Fingern tastete er über die gekreuzten Symbole Sanduhr und Schwert, die Insignien der Haijac-Union. Schließlich fand Pornsen die Lasche, nach der er suchte. Er öffnete den Magnetverschluß der Tasche und nahm eine Packung *Barmherziger Seraphim* heraus. Die Zigarette zwischen den Lippen, versuchte er, zittrig wie er war, vergeblich den Anzünder dagegen zu halten.

Hal hielt die glühende Spule seines eigenen Anzünders an Pornsens Zigarette. Mit ruhiger Hand.

Einunddreißig Jahre der Disziplin ließen sein innerliches Grinsen nicht auf dem Gesicht erscheinen.

Pornsen nahm dankend an. Eine Sekunde später enthüllte sich durch das Beben seiner Lippen, daß er die Überlegenheit Yarrow gegenüber größtenteils verloren hatte. Er erkannte, daß er Hal nicht erlauben konnte, ihm eine Gefälligkeit zu erweisen – und sei es auch nur eine derart kleine wie diese –, um ihm anschließend eine Standpauke zu halten.

Trotzdem begann er förmlich: »Hal Shamshiel Yarrow ...«

»*Shih, Abba*, ich höre und gehorche«, erwiderte Hal ebenso förmlich.

»Wie kannst du dir den Unfall erklären?«

Hal war überrascht, denn Pornsens Stimme klang erheblich milder als erwartet. Er blieb jedoch auf der Hut, denn er hatte den Verdacht, daß Pornsen ihn in Sicherheit wiegen wollte, um dann loszuschlagen, wenn Hal nicht mehr auf einen Angriff gefaßt war.

»Ich – oder genauer, der Nachbote in mir – wich von der Wirklichkeit ab.

Mein dunkles Ich bewirkte vorsätzlich eine Pseudozukunft«

»Ach, wirklich?« sagte Pornsen, nicht ohne einen gewissen Sarkasmus.

»Du sagst, dein dunkles Ich, der Nachbote in dir, war am Werk? Genau das erzählst du mir schon, seitdem du sprechen kannst. Warum mußt du die Schuld immer anderen zuschieben? Du weißt – du solltest es jedenfalls wissen, da ich schon so oft gezwungen war, dich auszupeitschen –, daß du und nur du allein verantwortlich bist. Wenn man dich lehrte, daß Abkehrungen von der Wirklichkeit auf das dunkle Ich zurückzuführen sind, dann wird man dir auch gesagt haben, daß der Nachbote nichts ausrichten kann, wenn du – dein wirkliches Ich, Hal Yarrow – nicht völlig zur Zusammenarbeit bereit ist.«

»Das ist *shib* wie die linke Hand des Vorboten«, sagte Hal. »Aber, mein verehrter *Sept*, du hast etwas vergessen bei deiner kleinen Lektion.«

Seine Stimme war jetzt ebenso sarkastisch wie die von Pornsen.

»Was meinst du damit?« fragte Pornsen schrill.

»Ich meine«, antwortete Hal triumphierend, »daß auch du bei dem Unfall beteiligt warst! Daher bist du genauso verantwortlich dafür wie ich!«

Pornsen starrte ihn ungläubig an. Dann sagte er weinerlich: »Aber ... aber – du hast den Wagen gefahren!«

»Nach allem, was du mir immer wieder erzählt hast, macht das überhaupt keinen Unterschied!« sagte Hal und grinste zufrieden. »Du warst damit einverstanden, daß es zu dem Zusammenstoß kam. Sonst hätte das Tier uns nämlich verfehlt.«

Pornsen hörte auf, an der Zigarette zu paffen. Seine Hand zitterte.

Yarrow beobachtete die andere Hand, die locker an Pornsens Seite herabhing, und besonders die Finger, die über die sieben Lederschnüre des Peitschenstiels strichen, der in Pornsens Gürtel steckte.

»Du hast immer schon Anzeichen von bedauerlichem Stolz und Selbständigkeit erkennen lassen. Dies hat den Beigeschmack eines Verhaltens, wie es der Menschheit vom Vorboten, wirklich sei sein Name, offenbart wurde. Ich habe« – Pornsen paffte an der Zigarette – »zwei Dutzend Männer und Frauen zum H geschickt. Der Vorbote möge ihnen vergeben! Das habe ich nicht gern getan, denn ich liebte sie aus meinem ganzen Herzen. Ich weinte, als ich sie der heiligen Hierarchie meldete und sie in deren Reich eingehen ließ, denn ich bin ein zartbesaiteter Mann.« (Paff!) »Aber es war meine Pflicht als Schutzengel pro tempore, auf abscheuliche Krankheiten der Persönlichkeit zu achten. Sie hätten sich ausbreiten und die Anhänger Sigmens anstecken können. Das Unwirkliche darf nicht geduldet werden. Das Ich ist zu schwach und auch zu kostbar, als daß man es der Versuchung aussetzen dürfte. Seit deiner Geburt bin ich dein *Sept.*« (Paff!) »Du warst stets ein ungehorsames Kind. Aber du konntest durch Liebe zur Unterwerfung und Reue gebracht werden; du bekamst meine Liebe oft zu spüren.« (Paff!)

Yarrow hatte ein kribbelndes Gefühl auf dem Rücken. Er sah, wie sich die Hand des *Sept* um den Stiel des »Liebhabers« schloß, der aus dem Gürtel hervorlugte.

»Doch eigentlich wandtest du dich von der wahren Zukunft erst ab und zeigtest deine Schwäche für die Pseudozukunft, als du achtzehn warst.

Das war zu der Zeit, als du dich entschieden hattest, ein *Inter* statt ein Spezialist zu werden. Ich warnte dich, daß du als *Inter* in unserer Gesellschaft nicht sehr weit kommen würdest. Aber du bestandest darauf. Und weil wir nun mal *Inter* brauchen und weil ich von meinen Vorgesetzten überstimmt worden bin, habe ich dir erlaubt, einer zu werden. Das war *unshib* genug. Aber als ich dir die Frau suchte, die sich am besten dazu eignete, deine Ehegattin zu werden – wie es meine Pflicht und mein Recht war, denn wer sonst als dein dich liebender *Sept* kennt den Frauentyp, der am besten zu dir paßt? –, erkannte ich, wie Stolz und unwirklich du doch bist. Du hattest Einwände, du protestiertest, du versuchtest, mich zu übergehen, und du hieltest mich ein Jahr lang hin, ehe du der Heirat zustimmtest. Dieses Jahr des unwirklichen Verhaltens kostete die Stirche ein neues Wesen ...«

Hals Gesicht wurde bleich. Hierdurch wurden sieben dünne rote Striemen sichtbar, die sich vom Mundwinkel über die Wange bis zum Ohr hinzogen.

»Ich habe die Stirche nichts gekostet!« knurrte Hal. »Mary und ich waren neun Jahre lang verheiratet, bekamen aber keine Kinder. Tests haben erwiesen, daß keiner von uns beiden physisch steril ist. Deshalb muß es daran gelegen haben, daß wir nicht fruchtbar dachten, daß zumindest einer von uns beiden es nicht tat. Ich ersuchte um eine Scheidung, obwohl ich wußte, daß ich im H enden könnte. Warum drängtest du nicht auf unsere Scheidung, wie es deine Pflicht verlangt hätte, anstatt meine Bitte abzuschlagen?«

Pornsen blies zwar sehr lässig den Rauch heraus, aber er ließ eine Schulter etwas tiefer hängen als die andere. Als wäre etwas in ihm zusammengebrochen. Yarrow, der dies bemerkte, war sich bewußt, daß er seinen *Sept* nun in die Defensive getrieben hatte.

Pornsen sagte: »Als ich feststellte, daß du auf der *Gabriel* warst, dachte ich sofort, daß dies kaum auf deinen Wunsch zurückzuführen sein konnte, der Stirche zu dienen. Zugleich nahm ich an, daß du dich aus einem bestimmten Grund verpflichtet hattest.« (Paff) »Und jetzt bin ich *shib* – *shib* bis in die Knochen –, daß dein sündiges Verlangen, von deiner Frau loszukommen, der Grund war. Und da Unfruchtbarkeit, Ehebruch und interstellare Reisen die einzigen legalen Scheidungsgründe sind, wobei Ehebruch den Gang ins Reich der Hierarchie bedeutet, gab es für dich nur einen Ausweg. Du wurdest als Besatzungsmitglied der *Gabriel* auf legale Weise für tot erklärt. Du …«

»Sprich du mir nicht von legalen Dingen!« schrie Hal. Er bebte vor Zorn und haßte sich gleichzeitig dafür, weil es ihm nicht gelang, sich zu beherrschen.

»Du weißt doch ganz genau, daß du deine Aufgabe als *Sept* nicht sorgfältig erfüllt hast, als du mein Gesuch auf Eis legtest! Ich mußte mich verpflichten …«

»Ja, so dachte ich es mir!« sagte Pornsen. Er lächelte und paffte Rauchwolken aus. »Ich lehnte es ab, weil ich es für unwirklich hielt. Ich hatte nämlich einen Traum, weißt du, einen sehr lebhaften Traum. Ich sah, daß Mary nach zwei Jahren ein Kind von dir zur Welt brachte. Es war kein falscher Traum, sondern einer, der die unverkennbaren Merkmale einer Offenbarung des Vorboten enthielt. Nach diesem Traum wußte ich, daß dein Scheidungsbegehren ein Verlangen nach Pseudozukunft war. Ich erkannte, daß die wahre Zukunft in meinen Händen lag und daß ich sie nur durch Lenkung deines Betragens zustande bringen konnte. Am Tag danach zeichnete ich diesen Traum auf. Nur eine Woche nach der Überprüfung deines Antrags war das, und …«

»Du hast bewiesen, daß dich der Nachbote mit einem Traum verblendet hat und daß du keineswegs eine Offenbarung des Vorboten erfahren hast!« schrie Hal erneut. »Ich werde dies melden, Pornsen! Deine eigenen Worte haben dich überführt!«

Pornsen wurde blaß. Er sperrte den Mund auf, so daß seine Zigarette zu Boden fiel. Seine Backen zitterten vor Furcht. »Wie meinst du das?«

»Wie kann sie nach zwei Jahren ein Kind bekommen, wenn ich nicht auf der Erde bin, um es zu zeugen? So wird das, was du vorgibst, geträumt zu haben, niemals eine wirkliche Zukunft haben! Daher hast du eine Täuschung des Nachboten zugelassen. Und du weißt ja, was das bedeutet! Daß du nämlich ein Kandidat für das H bist!«

Der *Sept* erstarrte. Seine tieferliegende Schulter richtete sich wieder auf zur Höhe der anderen. Seine rechte Hand schnellte zum Peitschenstiel, schloß sich um die *crux ansata* an dessen Ende und riß ihn vom Gürtel herunter. Die Peitsche knallte in der Luft, nur wenige Zentimeter von Hals Gesicht entfernt.

»Siehst du das?« kreischte Pornsen. »Sieben Schnüre! Für jede der Sieben Tödlichen Unwirklichkeiten eine! Du hast sie schon zu spüren bekommen, und du wirst sie gleich wieder spüren!«

Hal sagte barsch: »Halt die Fresse!«

Verblüfft ließ Pornsen das Kinn fallen. Wimmernd brachte er hervor: »Wie ... wie kannst du es wagen? Ich, dein geliebter *Sept*, bin ...«

»Ich habe dir doch gesagt, du sollst die Fresse halten!« entgegnete Hal, zwar nicht mehr so laut, aber unvermindert scharf. »Dein Gewinsel macht mich krank. Seit Jahren leide ich schon darunter.«

Er sprach noch, als er sah, daß Fobo auf sie zukam. Hinter dem *Wog* lag die Antilope tot auf der Straße.

Das Tier ist tot. Ich glaubte schon, es wäre davongekommen. Diese Augen, die mich durch das Gebüsch anstarrten. Antilopenaugen? Aber da sie tot ist – wessen Augen sah ich dann?

Pornsens Stimme rief Hal in die Gegenwart zurück.

»Mein Sohn, ich glaube, wir haben im Zorn gesprochen und nicht aus vorsätzlicher Boshaftigkeit. Wir wollen einander verzeihen und werden den Uzziten nichts davon erzählen, wenn wir zum Schiff zurückkehren.«

»*Shib*, von mir aus«, willigte Hal ein.

Zu seiner Überraschung sah er, wie sich Pornsens Augen mit Tränen füllten. Und noch erstaunter, beinahe schockiert, war Hal, als Pornsen den Versuch machte, den Arm um seine Schultern zu legen.

»Ach, mein Junge, wenn du wüßtest, wie sehr ich dich liebe, wie weh es mir getan hätte, wenn ich dich bestrafen müßte.«

»Ich kann es kaum glauben«, sagte Hal, wandte sich von Pornsen ab und ging Fobo entgegen.

Auch Fobo hatte Tränen in seinen unmenschlich großen und runden Augen. Aber aus einem ganz anderen Grund. Er weinte um die Antilope und vielleicht auch, weil er noch unter dem Schock des Unfalls stand. Mit jedem Schritt aber, den er in Richtung Hal machte, schwand der Schmerz aus seinem Gesichtsausdruck, und die Tränen versiegten. Mit seinem rechten Zeigefinger machte er über seinem Kopf ein kreisförmiges Zeichen.

Dies war, wie Hal wußte, ein religiöses Zeichen, das die *Wogs* in den verschiedensten Situationen verwendeten. Nun schien es so, als ob Fobo es gebrauchte, um seine Spannung abzubauen. Plötzlich lächelte er dieses gräßliche V-in-V-Lächeln einer Woggelwanze. Und er war gutgelaunt. Obgleich überempfindlich, war sein Nervensystem nicht beschädigt worden.

Fobo hatte sie erreicht und fragte: »Ein Aufeinanderprallen der Charaktere, Freunde? Eine Meinungsverschiedenheit, eine Erörterung oder ein Streit?«

»Nein, nichts von alledem«, erwiderte Hal. »Wir waren nur ein wenig durcheinander. Sag mal, wie weit müssen wir noch bis zu den Ruinen laufen? Euer Auto ist ein Trümmerhaufen. Richte bitte Zugu aus, daß es mir leid tut.«

»Zerbrecht euch nicht den Schädel … den Kopf. Zugu war ohnehin im Begriff, ein neues und besseres Fahrzeug zu bauen. Was den Weg anbelangt, wird er sehr angenehm und reizvoll sein. Es ist nur noch ein ... Kilometer? Oder so ungefähr.«

Hal warf Maske und Brille in den Wagen, wohin auch die Ozagenianer ihre Sachen gelegt hatten. Aus der Ablage in der Rückenlehne des hinteren Sitzes nahm er seinen Handkoffer, ließ den von Pornsen aber dort stehen. Allerdings mit einem leichten Schuldgefühl, denn als Schützling des *Sept* hätte er ihm anbieten müssen, den Koffer zu tragen.

»Zum H mit ihm«, murmelte er.

Zu Fobo sagte er: »Haben Sie keine Angst, daß die Sachen gestohlen werden?«

»Wie bitte?« sagte Fobo, begierig darauf, ein neues Wort zu lernen.

»Was heißt ... gestohlen?«

»Wenn man jemand einen Besitzgegenstand heimlich und ohne Erlaubnis wegnimmt, um ihn für sich zu behalten. Eine strafbare Handlung vor dem Gesetz. Ein Verbrechen.«

»Ein Verbrechen?«

Hal gab es auf und begann, mit großen Schritten den Weg hinaufzulaufen. Hinter ihm war der *Sept,* verärgert über die Zurückweisung und darüber, daß sein Schützling gegen die Etikette verstieß, indem er ihn zwang, sein Gepäck selbst zu tragen. »Werde nur nicht zu dreist, du – du *Inter!«* schrie Pornsen hinter ihm her.

Hal drehte sich nicht um, sondern hastete vorwärts. Die boshafte Erwiderung, die er schon flüsternd formuliert hatte, ließ er verpuffen. Aus den Augenwinkeln heraus hatte er weiße Haut in dem grünen Laubwerk erspäht.

Es war nur ein Aufblitzen, das so schnell verschwand, wie es gekommen war. Und er konnte auch nicht ausschließen, daß es sich um einen Vogel handelte, der seine weißen Flügel ausbreitete. Doch, er konnte. Auf Ozagen gab es keine Vögel.

— 7 —

Soo Yarrow. Soo Yarrow. Wuhfvayfvoo, soo Yarrow.

Hal wachte auf. Er brauchte einen Moment, um herauszufinden, wo er war. Dann, als er etwas klarer sah, erinnerte er sich, daß er in einem der Marmorräume in einer Ruinenstadt der humanoiden Säugetiere schlief. Durch den Eingang ergoß sich das Mondlicht, ein weit helleres als auf der Erde. Es schien auf eine kleine Gestalt, die sich verkehrt herum an den Türbogen schmiegte, und glänzte nur kurz auf einem Insekt, das dicht darunter flog. Ein langes und dünnes Etwas flimmerte nieder, fing den Flieger und zerrte ihn in ein plötzlich aufklaffendes Maul.

Die von den Ruinenwächtern geliehene Eidechse tat ihr möglichstes, um Belästigungen fernzuhalten.

Hal drehte den Kopf herum und schaute zum offenen Fenster direkt über ihm. Auch dort hielt ein Insektenfänger mit seiner Zunge fleißig den Raum von Moskitos frei.

Die Stimme schien von jenseits des mondgebleichten und engen Rechtecks gekommen zu sein. Er lauschte so angestrengt, als wollte er die Stille zwingen, die Stimme wieder hervorzubringen. Aber da war nichts als Stille. Dann ließ ihn ein Rasseln und Schnauben hinter ihm zusammenzucken und herumwirbeln. Eine Kreatur von der Größe eines Waschbären stand im Türeingang. Es war ein Quasi-Insekt, einer der sogenannten Lungenkäfer, die in der Nacht den Wald durchstreiften, und stellte eine Entwicklung der Arthropoden dar, die es auf der Erde nicht gab. Im Gegensatz zu seinen Vettern auf Terra war es nicht ausschließlich von Tracheen oder Atemröhren für Sauerstoff abhängig. Ein Paar dehnbarer Säcke, wie die eines Froschs, blähte sich auf und fiel hinten in seinem Maul zusammen. Von denen war auch jenes schnaubende Geräusch verursacht worden.

Obwohl der Lungenkäfer in seiner Gestalt der unheimlichen Gottesanbeterin glich, machte sich Hal keine Sorgen. Fobo hatte ihm versichert, daß er einem Menschen nicht gefährlich werden konnte.

Ein schriller Ton, wie von einem Wecker, erfüllte plötzlich den Raum.

Pornsen richtete sich in seinem Feldbett an der Wand auf. Als er das Insekt erblickte, schrie er gellend auf, so daß es davonjagte. Der Lärm, der von dem Mechanismus an Pornsens Handgelenk herrührte, verstummte.

Pornsen legte sich wieder hin. »Das ist nun schon das sechste Mal, daß mich diese Insektensippschaft aufweckt«, stöhnte er.

»Stell doch deinen Armbandkasten ab«, sagte Hal.

»Damit du dich aus dem Raum schleichen und deinen Samen auf den Boden schleudern kannst?« erwiderte Pornsen.

»Du hast nicht das Recht, mich eines solch unwirklichen Betragens zu bezichtigen«, entgegnete Hal. Er sprach eher mechanisch, ohne allzu großen Zorn, denn er war in Gedanken mehr mit der Stimme beschäftigt.

»Der Vorbote selbst sagte, daß niemand über jeden Zweifel erhaben ist«, murrte Pornsen. Er seufzte und murmelte beim Einschlafen: »Ob das Gerücht wohl wahr ist ... der Vorbote könnte selbst auf diesem Planeten sein ... er behütet uns ... er sagte vorher ...«

Hal saß auf seinem Bett und beobachtete Pornsen, bis dieser zu schnarchen begann. Auch Hals Lider wurden immer schwerer. Sicherlich hatte er nur von dieser sanften, leisen Stimme, die weder eine irdische noch eine ozagenianische Sprache benutzte, geträumt. So mußte es sein, weil es wie eine menschliche Sprache geklungen hatte und er und der *Sept* die einzigen Exemplare des *Homo sapiens* im Umkreis von dreihundert Kilometern waren.

Es war eine Frauenstimme gewesen. Vorbote! Eine Frau zu

hören! Nicht Mary. Nie wieder wollte er ihre Stimme oder auch nur *von* ihr hören. Sie war die einzige Frau, die er je ... konnte er es überhaupt sagen ... *gehabt* hatte. Es war eine erbärmliche, widerwärtige und erniedrigende Prüfung gewesen, die ihm auferlegt wurde. Aber es hatte ihn nicht von dem Wunsch abgehalten – er war froh, daß der Vorbote nicht hier war und seine Gedanken lesen konnte –, eine andere Frau zu finden, die ihm jene Ekstase vermitteln mochte, von der er nichts als den Samenerguß kannte. Vorbote hilf!

Und der war, dessen war er sich sicher, nichtssagend und langweilig, verglichen mit dem, was auf ihn wartete ...

»Soo Yarrow. Wuhfvayfvoo. Sa mfa, zh'net tastinak. R'gateh wa f'net.«

Langsam erhob sich Hal vom Bett. Eiskalt lief es ihm den Rücken hinunter. Das Flüstern kam vom Fenster her. Er sah dorthin. Der Umriß eines Frauenkopfes tauchte in diesem Rechteck aus Mondlicht auf. Das Fenster wurde zur Kaskade. Mondwasser überflutete weiße Schultern. Das Weiß eines Fingers kreuzte das Schwarz eines Mundes.

»Poo wamoo to ba choo. E'ooteh. Silahs. Fvooneh. Fvit, silfvoopleh.«

Wie betäubt, aber so gehorsam, als hätte man ihn unter Hypno-Lipno gesetzt, begann er auf den Eingang zuzugehen. Hal befand sich jedoch nicht so sehr in Trance, daß er sich nicht vergewissert hätte, ob Pornsen noch schlief.

Einen Moment lang überkamen ihn seine Reflexe, die darauf drängten, den *Sept* zu wecken. Aber dann zog er die nach Pornsen ausgestreckte Hand wieder zurück. Er mußte die Gelegenheit einfach wahrnehmen. Das Eindringliche und die Furcht in der Stimme der Frau sagten ihm, daß sie verzweifelt war und ihn brauchte. Und daß sie nicht wollte, daß er Pornsen weckte, war offensichtlich.

Was würde Pornsen wohl sagen oder tun, wenn er wüßte, daß sich direkt außerhalb des Raumes eine Frau befand?

Eine Frau? Wie kam eine Frau hierher?

Ihre Worte waren Hal irgendwie vertraut vorgekommen. Ihn überkam das seltsame und vage Gefühl, daß er die Sprache kennen müßte. Dies war aber nicht der Fall.

Er hielt inne. Wo hatte er nur seine Gedanken? Wenn Pornsen wach wurde und schaute, ob sein Schützling noch im Bett lag ... Hal ging zum Bett zurück und schob seinen Koffer unter das Leintuch, das ihm der Wächter besorgt hatte. Seine Jacke rollte er zusammen und verstaute sie daneben, wobei das eine Ende herausschaute und auf dem Kopfkissen lag. Falls Pornsen sehr verschlafen war, würde er den dunklen Klumpen auf dem Kissen und die Masse unter dem Bettuch vielleicht für Hal halten.

Sacht und barfüßig ging er auf den Eingang zu. Kurz davor blieb er jedoch erneut stehen. Ein Zylinder von der Größe einer Konservenbüchse hockte auf der Lauer. Wenn irgendein Gegenstand, der größer war als eine Maus, fünfzig Zentimeter weit in das Strahlenfeld um den Zylinder geriet, wurde ein Signal zu dem kleinen Gehäuse abgestrahlt, das auf dem silbernen Armband um Pornsens Handgelenk befestigt war. Das Gehäuse würde einen schrillen Alarm geben – wie beim Erscheinen des Lungentierchens – und den *Sept* selbst aus dem tiefsten Schlaf reißen.

Der Zweck dieser Einrichtung war nicht nur die Absicherung gegen unbefugte Eindringlinge, sondern sie sollte auch verhindern, daß Hal unbemerkt von Pornsen den Raum verließ. Hals einzige Ausrede, um nach draußen zu gelangen, wäre, daß er seine Notdurft verrichten wollte, denn in den Ruinen gab es keine funktionierenden Toiletten mehr. Der *Sept* würde mitkommen, um sich zu vergewissern, daß er nicht etwas anderes im Sinn hatte.

Hal hob eine Fliegenpatsche mit einem meterlangen Stiel aus biegsamem Holz auf. Diese Masse würde nicht ausreichen, um das Feld zu aktivieren. Mit zitternder Hand schob er den Zylinder mit dem Ende des Stiels beiseite, ganz sanft, denn er mußte sich vorsehen, daß er nicht umstürzte und dadurch erst recht den Alarm auslöste. Der Steinboden war glücklicherweise vom Schutt, der sich in Jahrhunderten aufgehäuft hatte, gereinigt worden. Das Gestein darunter war glatt; Generationen von Füßen hatten es poliert.

Als er endlich draußen war, langte Hal noch einmal hinein und ließ den Zylinder an seine vorherige Stelle zurückgleiten. Sein Herz pochte heftig unter der doppelten Belastung: einerseits das Manipulieren des mechanischen Wächters, andererseits die Begegnung mit einer fremden Frau. Dann ging er um die Ecke herum.

Die Frau hatte sich vom Fenster in den Schatten der Statue einer knienden Göttin zurückgezogen. Hal wollte gerade auf sie zugehen, als er sah, warum sie sich versteckt hatte: Fobo kam ihm entgegenspaziert. Hal beeilte sich nun, denn er wollte den *Wog* aufhalten, ehe er das Mädchen bemerkte und so nah herangekommen war, daß Pornsen durch ihre Stimme geweckt wurde.

»Shalom, aloha, angenehmes Träumen, Sigmen möge dich lieben«, sagte Fobo. »Du scheinst nervös zu sein. Liegt das an dem Zwischenfall vom Vormittag?«

»Nein. Ich bin nur etwas ruhelos. Außerdem wollte ich diese Ruinen mal im Mondlicht bewundern.«

»Erhaben, schön, sonderbar und ein wenig traurig«, bemerkte Fobo.

»Ich muß an diese Leute denken, an die vielen Generationen, die hier lebten. Wie sie geboren wurden, wie sie spielten, lachten, weinten, litten, Kinder zur Welt brachten und starben. Und alle sind sie tot und zu Staub geworden. Ach, Hal, das bringt mich zum Weinen und ist wie eine Vorahnung meines eigenen Schicksals.«

Fobo nahm ein Taschentuch aus dem Beutel an seinem Gürtel und putzte sich die Nase.

Hal sah ihn an. Wie menschlich – in mancher Hinsicht – dieses Monstrum, dieser Eingeborene Ozagens, doch war. Ozagen. Ein merkwürdiger Name mit dazugehöriger Geschichte. Und diese erzählte davon, daß der Entdecker des Planeten beim ersten Anblick der Bewohner ausgerufen hatte: »Oz again!«[1]

Es war verständlich, denn die Ureinwohner ähnelten Frank Baums Professor Woggelwanze. Ihre Körper waren ziemlich rund und die Glieder im Verhältnis dazu sehr mager. Sie hatten Münder, die wie zwei breite und flache V's geformt waren, die man ineinandergesetzt hatte. Mit dicken und lappigen Lippen. Eigentlich hatte eine Woggelwanze vier Lippen, denn die Schenkel der zwei V's wurden durch einen tiefen Saum voneinander getrennt. Einst, viele Phasen der Evolution zurück, waren diese Lippen modifizierte Arme gewesen. Jetzt waren sie rudimentäre Glieder, so sehr als echte Labien getarnt und so funktionell, daß niemand ihren eigentlichen Ursprung vermutet hätte. Wenn sich der breite V-in-V-Mund zu einem Lächeln öffnete, wurden Terraner erschreckt, denn statt der erwarteten Zähne waren da gezackte Kämme aus Kieferknochen zu sehen. Vom Gaumen hing eine Hautfalte herab; der einstige Epipharynx war nun eine verkümmerte obere Zunge. Gerade dieses Organ war an vielen Lauten des Siddo beteiligt und erschwerte den Menschen die Nachahmung so sehr. Die Haut der Ozagenianer war ebenso ohne Pigmente wie der Teint des rothaarigen Hal. Aber wo seine Gesichtsfarbe rosa schimmerte, war ihre von einem sehr blassen Grün. Denn nicht Eisen, sondern Kupfer trug den Sauerstoff in ihre Blutgefäße.

Fobo hatte die Haube mit den beiden Antennenattrap-

---

1 Anmerkung des Herausgebers«: Gemeint ist »ein neues Land Oz«. Der Ausruf bezieht sich auf L. Frank Baums» klassische Jugendbücher über die Phantasie-Welt Oz.

pen, das Zeichen seiner Zugehörigkeit zum Clan der Heuschrecken, abgenommen. Obwohl dies seine Ähnlichkeit mit Professor Woggelwanze verminderte, unterstrichen der kahle Vorschädel und der steife blonde und spiralenartige Flaum, der auf seinem Hinterschädel sproß, sie wieder deutlich. Und auch die knochenlose, komische lange Nase, die gerade aus seinem Gesicht ragte, verstärkte diese Übereinstimmung. Zwei Fühler verbargen sich in diesem Knorpelstück: seine Riechorgane.

Der erste Terraner, der die *Wogs* gesehen hatte, wäre in seiner Bemerkung bestätigt worden. Aber es war zweifelhaft, ob er sie überhaupt gemacht hatte. Erstens benutzte die hiesige Sprache das Wort *Ozagen* für Mutter Erde, und zweitens hätte der Mann aus der ersten Expedition es wohl kaum gewagt, das Wort Oz auszusprechen, selbst wenn er daran gedacht hatte. In der Haijac-Union waren die Oz-Bücher verboten; er konnte sie nicht gelesen haben – es sei denn, er hätte Gelegenheit gehabt, sie bei einem Bücherschmuggler zu erstehen. Das war schon möglich und wäre in der Tat die einzige Erklärung. Wie hätte der Raumfahrer, der Hal die Geschichte erzählte, sonst darauf kommen können? Der Urheber mochte sich vielleicht noch keine Sorgen gemacht haben, daß die Behörden etwas über seine Lektüre verbotener Bücher herausfanden. Raumfahrer waren berühmt – oder berüchtigt – für ihre Tollkühnheit und ihren laschen Umgang mit den Vorschriften der Stirche, wenn sie nicht auf der Erde waren.

Hal wurde sich bewußt, daß Fobo mit ihm sprach.

»... dieses Wort *Inter,* das Pornsen nannte, als er so ärgerlich und aufgebracht war. Was bedeutet es?«

»Es bezeichnet eine Person, die in keiner Wissenschaft ein Spezialist ist, aber über ein ziemlich übergreifendes Wissen verfügt. Eigentlich bin ich ein Verbindungsoffizier zwischen verschiedenen Forschern und Regierungsbeamten. Meine

Aufgabe besteht darin, die aktuellen wissenschaftlichen Berichte zusammenzufassen, zu integrieren und sie dann der Hierarchie zu präsentieren.«

Hal blickte flüchtig zu der Statue hinüber.

Die Frau war nicht mehr zu sehen.

»Die Wissenschaft«, fuhr er fort, »unterteilt sich in so viele Spezialgebiete, daß die Kommunikation sogar zwischen Forschern desselben Bereichs schwierig wird. Jeder Wissenschaftler verfügt über eingehende Kenntnisse in seinem eigenen kleinen Sektor, hat aber keinen allgemeinen Überblick. Je mehr er von seinem Fach weiß, desto weniger wird er gewahr, was andere in verwandten Abteilungen erarbeiten. Ihm bleibt einfach nicht die Zeit, um auch nur einen Bruchteil aus der Flut von Veröffentlichungen zu lesen. Es ist so schlimm, daß von zwei Medizinern, die sich mit Dysfunktionen der Nase beschäftigen, der eine das linke und der andere das rechte Nasenloch behandelt.«

Entsetzt hob Fobo seine Hände.

»Aber die Wissenschaft käme ja zum Stillstand! Du übertreibst sicherlich!«

»Was die beiden Ärzte anbelangt, ja«, sagte Hal mit dem Anflug eines Lächelns. »Aber ansonsten habe ich nicht sehr übertrieben. Und es ist eine Tatsache, daß die Wissenschaft in geometrischer Progression nicht mehr solche Fortschritte macht wie einst. Da sind der Zeitmangel des Wissenschaftlers und die unzureichende Kommunikation. Eine Entdeckung in einem anderen Bereich kann ihm bei der eigenen Forschungsarbeit keine Hilfe sein, weil er überhaupt nichts davon erfährt.«

Hal sah, wie ein Kopf hinter dem Sockel der Statue hervorgestreckt wurde und wieder verschwand. Er kam allmählich ins Schwitzen.

Fobo fragte Hal nach der Religion des Vorboten, und Hal versuchte, so schweigsam wie nur eben möglich zu sein, und ignorierte einige Fragen völlig, obgleich es ihm doch irgendwie peinlich war. Eines konnte man dem *Wog* bestimmt nicht nachsagen: daß er nicht logisch dachte. Und Logik war ein Licht, in dem Hal nicht übermäßig gebadet wurde – so hatten es ihn die Urieliten gelehrt.

Schließlich meinte er: »Alles, was ich dir sagen kann, ist, daß es absolut zutrifft, wenn man sagt, die meisten Menschen könnten subjektiv in der Zeit reisen. Die einzigen aber, die es objektiv können, sind der Vorbote, sein böser Schüler, der Nachbote, und die Frau des Nachboten. Ich weiß, daß es wahr ist, weil der Vorbote vorhersagte, was in der Zukunft geschehen würde, und jede seiner Prophezeiungen erfüllte sich.

Und ...«

»Jede Vorhersehung?«

»Nun ja, bis auf eine. Aber die erwies sich als unwirkliche Prognose, als eine Pseudozukunft, die der Nachbote auf unerklärliche Weise in den *Westlichen Talmud* eingefügt hat.«

»Wie könnt ihr wissen, daß jene Vorhersagen, die noch nicht in Erfüllung gegangen sind, nicht ebenfalls gefälschte Eintragungen sind?«

»Nun ... wir können es nicht. Man muß eben abwarten, bis die Zeit dafür gekommen ist. Dann ...«

Fobo lächelte und ergänzte: »Dann wißt ihr, daß diese besondere Prophezeiung vom Nachboten geschrieben und eingefügt worden ist.«

»Natürlich. Die Urieliten arbeiten jedoch schon seit einigen Jahren an einer Methode, von der sie sagen, daß sie durch innere Evidenz beweisen wird, ob zukünftige Ereignisse wirklich oder unwirklich sind. Als wir die Erde verließen, erwarteten wir bereits, von der Entdeckung einer unfehlbaren Methode zu hören. Jetzt werden wir natürlich bis zu unserer Rückkehr im ungewissen bleiben.«

»Ich habe das Gefühl, unsere Unterhaltung macht dich

nervös«, sagte Fobo. »Vielleicht setzen wir sie besser ein anderes Mal fort. Sag mal, was hältst du von den Ruinen?«

»Sehr interessant. Selbstverständlich habe ich ein fast persönliches Interesse an diesem ausgestorbenen Volk, weil es Säuger waren, so ähnlich wie wir Terraner. Ich kann einfach nicht begreifen, daß diese Wesen, die einst diesen riesigen Kontinent bevölkerten, vollkommen verschwinden konnten. Wenn sie so gewesen wären wie wir, hätten sie überlebt. Falls sie euch nicht hätten besiegen können, wären sie zumindest imstande gewesen, euch von diesem Kontinent fernzuhalten.«

»Es mag noch vereinzelt welche in den abgelegenen Wäldern und Dschungelgebieten geben. Aber so weit wir wissen, sind alle in den Kriegen mit uns umgekommen. Wir haben gewonnen, weil wir uns einig waren, während sie sich noch nach Beginn des Krieges gegenseitig bekämpften. Wir machten eine Vielzahl von Friedensangeboten, die sie aber alle ablehnten. So waren wir gezwungen, sie zu vernichten. Sie waren sehr dekadent. Eine streitsüchtige, gefräßige und verdorbene Brut.«

Nur allzu menschlich, dachte Hal Yarrow. Aber er enthielt sich eines Urteils über die Korrektheit von Fobos Darstellung des Krieges. *Die Geschichtsbücher werden von den Siegern geschrieben.*

»Bei Gelegenheit werde ich dir von ihrem Verfall und Untergang erzählen«, erklärte Fobo. »Es ist in vielerlei Hinsicht eine phantastische Geschichte. Aber jetzt gehe ich doch besser ins Bett.«

»Ich bin zu aufgeregt dazu. Wenn es dir nichts ausmacht, werde ich noch etwas herumstöbern. In diesem hellen Mondlicht sind die Ruinen so schön.«

»Das erinnert mich an ein Gedicht unseres berühmten Barden Shamero. Wenn es mir noch vollständig im Gedächtnis wäre und ich es angemessen ins Amerikanische übertragen könnte, dann würde ich es aufsagen.«

Fobos V-in-V-Mund gähnte.

»Ich glaube, ich gehe jetzt zu Bett, ruhe mich aus, begebe mich in Morpheus' Arme. Aber eines noch: Hast du irgendwelche Waffen, Schußwaffen, mit denen du dich gegen Nachtschwärmer verteidigen kannst?«

»Es ist mir erlaubt, ein Messer in einer Scheide bei mir zu tragen«, erwiderte Hal.

Fobo griff unter seinen Umhang und zog eine Pistole hervor. Er reichte sie Hal und sagte: »Hier! Ich hoffe nicht, daß du sie benutzen mußt, aber man kann ja nie wissen. Wir leben in einer wilden, räuberischen Welt, mein Freund. Das zeigt sich besonders hier draußen auf dem Lande.«

Hal betrachtete neugierig die Waffe, die denjenigen ähnlich war, die er in Siddo gesehen hatte. Verglichen mit den kleinen automatischen Pistolen in der *Gabriel*, war diese recht grob gearbeitet, strahlte aber die ganze Aura und Faszination einer fremdartigen Waffe aus. Hinzu kam noch, daß sie den frühen Stahlpistolen auf der Erde so ähnelte. Der sechseckige Lauf war nicht ganz dreißig Zentimeter lang; das Kaliber schien etwa eines von zwölf Millimetern zu sein. Eine Revolvertrommel enthielt fünf Messingpatronen, die Schwarzpulver, Bleikugeln und Zündhütchen aus vermutlich einem Quecksilberfulminat zum Inhalt hatten. Seltsamerweise hatte die Pistole keinen Abzug; eine starke Feder ließ den Schlagbolzen gegen die Patrone prallen, sobald man ihn mit dem Finger lockerte. Hal hätte auch gern den Mechanismus gesehen, der die Trommel drehte, wenn der Bolzen zurückgezogen wurde. Aber er wollte Fobo nicht länger als nötig aufhalten.

Dennoch konnte er sich die Frage nicht verkneifen, warum die Siddos keinen Abzug verwendeten. Fobo war überrascht. Als er sich Hals Erklärung angehört hatte, zwinkerte er mit seinen großen runden Augen (ein sonderbarer und zuerst irritierender Anblick, weil sich das untere Augenlid bewegte) und sagte: »Daran habe ich noch gar nicht gedacht! Die Handhabung scheint wirklich praktischer und weniger mühsam zu sein, nicht wahr?«

»Mir ist das ganz klar«, sagte Hal. »Aber ich bin nun mal ein Mensch von der Erde und denke auch so. Nicht ohne Verwunderung habe ich festgestellt, daß ihr Ozagenianer nicht immer so denkt wie wir.«

Er gab Fobo den Revolver zurück und erklärte: »Ich kann ihn leider nicht annehmen. Das Tragen von Schußwaffen ist mir untersagt.«

Fobo sah ihn erstaunt an, hielt es aber anscheinend nicht für ratsam, nach dem Grund zu fragen. Vielleicht war er auch nur zu müde.

So sagte er: »Na gut. Shalom, aloha, angenehmes Träumen, Sigmen möge dich besuchen.«

»Shalom auch dir«, erwiderte Hal. Er schaute dem breiten Rücken des *Wog* hinterher, bis er im Schatten verschwunden war. Eine seltsame Zuneigung zu diesem Geschöpf erfüllte ihn. Ungeachtet seiner äußerst fremdartigen und nichtmenschlichen Erscheinung, gefiel ihm Fobo.

Hal drehte sich um und ging auf die Statue der Großen Mutter zu. Als er im Schatten des Sockels angelangt war, sah er, wie die Frau in den Schatten huschte, den ein dreistöckiger Schutthaufen warf. Er folgte ihr, und dann erblickte er sie ein paar Steinwürfe entfernt. Sie lehnte sich gegen einen Monolithen. Etwas weiter weg lag der See, der silbern und schwarz im Mondschein schimmerte.

Hal ging näher und war noch etwa fünf Meter von ihr entfernt, als sie mit leiser und kehliger Stimme sprach: *»Bo sfa, soo Yarrow.«*

»Bo sfa«, sprach er nach, denn irgendwie wußte er, daß es eine Begrüßung sein mußte.

»Bo sfa«, wiederholte sie, und dann sagte sie in Siddo, weil

sie ihm offensichtlich bei der Übersetzung des Satzes helfen wollte: »*'Abhu'umaigeitsi'i.*«

Was ungefähr soviel hieß wie: »Guten Abend.«

Hal verschlug es den Atem.

— 8 —

Aber natürlich! Jetzt wußte er, wieso ihre Worte so vage vertraut geklungen hatten und der Rhythmus ihrer Sprache ihn so stark an ein nicht allzuweit zurückliegendes Ereignis erinnerte. Da war etwas, das ihm seine Forschungsarbeit in der verschwindend kleinen Gemeinschaft der Französischsprechenden im Hudson-Bay-Naturschutzgebiet ins Gedächtnis rief.

Bo sfa! Bo sfa war *bon soir.*

Obwohl ihre Ausdrucksweise, linguistisch betrachtet, sehr überholt war, konnte sie nicht ihre Abstammung leugnen. *Bo sfa.* Und diese anderen Worte, die er durch das Fenster gehört hatte. *Wuhfvayfvoo.* Das hieße demnach *levez-vous.* »Stehen Sie auf« auf französisch.

Soo Yarrow. Konnte das *monsieur* Yarrow heißen? Das *m* am Anfang war weggefallen, das *eu* entwickelte sich so, daß es etwa einem *ou*-Laut ähnelte. So mußte es sein. Noch andere Veränderungen waren an diesem degenerierten Französisch zu erkennen: Erweiterung der Aspiration; Wegfall der Nasale; Vokalverschiebung; ein Knacklaut als Ersatz des *k* vor Vokalen. Ein Wechsel von *d* zu *t;* des *l* nach *w;* das *f* verschob sich zu einem Laut zwischen *v* und *f. W* war zu *f* geworden. Was gab es noch? Sicherlich Bedeutungsumwandlungen bei einigen Wörtern und die Ablösung alter Wörter durch neu entstandene.

Aber allen Ungewöhnlichkeiten zum Trotz – dies war subtiles Gallisch.

»Bo sfa«, wiederholte er erneut.

Und dann fiel ihm auf, wie unpassend dieser Gruß doch war! Da trafen sich zwei menschliche Wesen gut vierzig Lichtjahre von der Erde entfernt: ein Mann, der ein subjektives Jahr lang keine Frau mehr gesehen hatte, und eine Frau, die sich offensichtlich verstecken mußte und dazu noch in großer Furcht zu sein schien. Und vielleicht auch die einzige Frau war, die es auf diesem Planeten noch gab. Und er konnte nur »Guten Abend« sagen!

Er ging noch ein paar Schritte näher. Die Schamröte stieg ihm ins Gesicht. Und fast hätte er sich umgedreht und wäre weggerannt. Ihre weiße Haut wurde nämlich nur von zwei dünnen schwarzen Stoffstreifen unterbrochen. Der eine verlief quer über ihre Brüste, der andere rautenförmig um die Hüften herum. Solch einen Anblick hatte Hal in seinem Leben noch nicht geboten bekommen, abgesehen von jenem verbotenen Foto.

Als er erkannte, daß sie einen Lippenstift benutzte, war seine Verlegenheit mit einem Mal verflogen. Er atmete stoßweise und wurde von Furcht ergriffen. Ihre Lippen waren so scharlachrot wie die der ungeheuer bösen Gattin des Nachboten.

Hal zwang sich, nicht zu zittern. Er mußte rational denken. Diese Frau konnte doch nicht Anna Changer sein, die aus weit entfernter Vergangenheit auf diesen Planeten gekommen war, um ihn zu verführen, gegen die wirkliche Religion aufzuhetzen. Sie würde nicht dieses entartete Französisch sprechen, wenn sie Anna Changer wäre. Auch würde sie kaum an eine so unbedeutende Person wie Hal herantreten. Sie wäre zum obersten Urieliten, zu Macneff, gegangen.

Er gab seinen Gedanken einen kleinen Ruck und betrachtete das Lippenstiftproblem von einer anderen Seite. Mit der Ankunft des Vorboten waren alle Kosmetika verschwunden. Keine Frau wagte … nun, das war nicht ganz richtig

… es war nur die Haijac-Union, in der keine Kosmetika benutzt wurden. Israelische, malaiische und Bantufrauen legten Rouge auf. Aber dann wußte auch jeder gleich, um was für eine Art von Frau es sich handelte.

Noch ein Schritt. Nun war er nahe genug, um festzustellen, daß es ein natürliches Lippenrot war und nicht Tünche. Er fühlte sich unendlich erleichtert. Sie konnte nicht die Frau des Nachboten sein. Sie konnte nicht einmal von der Erde stammen. Sie mußte eine Humanoide des Planeten Ozagen sein. Die Wandgemälde in den Ruinen stellten Frauen mit roten Lippen dar, und Fobo hatte ihm erklärt, daß diese mit dem flammenden Pigment geboren worden waren.

War eine Frage beantwortet, so ergab sich bereits wieder eine neue. Wieso sprach sie eine irdische Sprache, oder genauer, ein daran angelehntes Idiom? Denn diese Mundart existierte auf der Erde nicht.

Im nächsten Moment schon vergaß er seine Zweifel. Sie schmiegte sich an ihn, und er legte den Arm um sie und versuchte recht unbeholfen, sie zu trösten. Sie weinte und schüttete ihr Herz aus. Die Worte sprudelten aber so aus ihr hervor, daß Hal, obwohl er wußte, daß es irgendwie Französisch war, nur hier und da etwas verstehen konnte.

Er bat sie, doch langsamer zu sprechen. Sie hielt inne, neigte den Kopf leicht nach links und strich dann ihr Haar nach hinten. Diese Geste war charakteristisch für sie, wenn sie nachdachte – wie Hal später herausfand.

Ganz langsam fing sie noch mal von vorn an. Aber je weiter sie fortfuhr, desto schneller sprach sie. Ihre knallroten Lippen schienen von ihr losgelöst und mit eigenen Sorgen beladen zu sein.

Fasziniert sah Hal zu.

Verlegen nahm er seinen Blick von ihnen und versuchte, in ihre großen dunklen Augen zu schauen, was ihm aber nicht gelingen wollte.

Sie erzählte ziemlich zusammenhanglos, wiederholte sich häufig und berichtigte sich an einigen Stellen. Viele Wörter konnte Hal nicht verstehen, sondern mußte sich deren Sinn aus dem Zusammenhang zusammenreimen. Aber er verstand soviel, daß ihr Name Jeannette Rastignac war und daß sie von einer Hochebene in den Tropengebirgen dieses Kontinents stammte. Daß ihre drei Schwestern und sie, soweit sie wußte, die einzigen Überlebenden ihrer Art seien. Daß sie von einem Erkundungstrupp der *Wogs* gefangengenommen und nach Siddo gebracht worden war. Daß sie erst vor kurzem entkommen konnte und sich in den Ruinen und den umliegenden Wäldern versteckt hatte. Daß sie sich vor all den schrecklichen Dingen fürchtete, denen sie nachts im Wald begegnen konnte. Daß sie sich von wilden Früchten und Beeren oder auch von Lebensmitteln ernährte, die sie auf den Farmen der *Wogs* stahl. Daß sie Hal gesehen hatte, als sein Fahrzeug mit der Antilope zusammenstieß. Was er für die Augen dieses Tieres gehalten hatte, waren die ihren gewesen.

»Woher kanntest du meinen Namen?« fragte Hal.

»Ich folgte dir und belauschte dein Gespräch, konnte dich jedoch nicht verstehen. Kurz darauf hörte ich aber, wie du auf den Namen Hal Yarrow antwortetest. Den Namen zu behalten war keine Schwierigkeit. Was mich verwirrte, war die Ähnlichkeit von dir und diesem anderen Mann mit meinem Vater. Also mußtet ihr menschliche Wesen sein. Da ihr euch aber nicht in der Sprache meines Vaters unterhalten habt, konntet ihr nicht auf diesem Planeten zu Hause sein.

Dann fiel es mir ein! Mein Vater hatte mir einmal erzählt, daß sein Volk von einem anderen Planeten nach *Wuhbopfey* kam, und so war es nur logisch, daß ihr von dort, der ursprünglichen Welt der Menschen, stammt.«

»Jetzt verstehe ich überhaupt nichts mehr«, sagte Hal. »Die Vorfahren deines Vaters kamen auf diesen Planeten, nach Ozagen? Aber ... aber davon ist nichts bekannt! Fobo sagte mir ...«

»Nein, nein, du verstehst nicht richtig! Mein Vater, Jean-Jacques Rastignac, wurde auf einem anderen Planeten geboren. Aber seine Vorfahren waren zu jenem Planeten von einem noch viel weiter entfernten Planeten gekommen.«

»Ja, dann müssen die Siedler von der Erde gekommen sein. Aber es gibt darüber keine Aufzeichnungen. Zumindest habe ich nie welche gesehen. Und sie müssen Franzosen gewesen sein. Wenn es wahr ist, dann verließen sie die Erde und begaben sich zu diesem anderen System vor mehr als zweihundert Jahren. Und es kann sich unmöglich um Frankokanadier gehandelt haben, denn von denen waren nach dem Apokalyptischen Krieg nur wenige am Leben geblieben. Es können nur europäische Franzosen gewesen sein. Aber der letzte Europäer, der Französisch sprach, starb vor zweieinhalb Jahrhunderten. Also ...«

»Es ist verwirrend, *nespfa?* Ich weiß nur, was mir mein Vater erzählte ... Er sagte, daß er mit einigen anderen von *Wuhbopfey* im Verlauf einer Forschungsreise auf *Ozagen* gestoßen ist. Sie landeten auf diesem Planeten, und seine Kameraden wurden getötet. Er fand meine Mutter ...«

»Deine Mutter? Das wird ja immer verwickelter«, stöhnte Hal.

»Sie war eine Eingeborene. Ihr Volk hatte schon immer hier gelebt. Sie bauten diese Stadt und ...«

»Dein Vater war ein Mensch von der Erde? Und du entstammst seiner Vereinigung mit einer humanoiden Eingeborenen Ozagens? Unmöglich! Die Chromosomen können doch nicht zusammengepaßt haben!« »Ich kümmere mich nicht um Chromosomen!« sagte Jeannette mit zitternder Stimme. »Du siehst mich doch vor dir stehen, oder nicht? Ich lebe! Mein Vater und meine Mutter schliefen miteinander – und hier bin ich. Das kannst du nicht leugnen!«

»Das war nicht meine Absicht ... ich meine ... es schien ...«, sagte Hal. Er wußte nicht, was er sagen sollte, und sah sie nur an.

Plötzlich begann sie zu schluchzen und umarmte ihn sehr eng dabei. Seine Hände lagen auf ihren zarten, weichen Schultern, und ihre Brüste preßten sich gegen seine Rippen.

»Rette mich«, sagte sie gebrochen. »Ich kann es nicht mehr ertragen. Du mußt mich mitnehmen und mich retten.«

Yarrow dachte fieberhaft nach. Bevor Pornsen wach wurde, mußte er wieder in den Ruinen sein. Und am nächsten Tag konnte er sie nicht treffen, weil ein Beiboot vom Schiff die beiden Haijacs am Morgen abholen würde. Was er auch immer unternehmen wollte, er mußte es in den nächsten Minuten mit ihr besprechen.

Plötzlich hatte er einen Plan; er war aus einer Idee hervorgegangen, die schon lange tief in seinem Inneren heranreifte. Die Saat dafür hatte schon in ihm gesteckt, bevor das Schiff die Erde verließ. Aber er war bisher nicht mutig genug gewesen, die Initiative zu ergreifen. Jetzt war dieses Mädchen aufgetaucht. Sie hatte er gebraucht, um den Funken überspringen zu lassen, der ihn anzündete und einen Weg beschreiten ließ, von dem es kein Zurück mehr gab.

»Jeannette«, sagte er erregt, »hör mir genau zu! Du mußt hier jede Nacht auf mich warten. Egal, was im Dunkeln herumspukt – du mußt hier sein. Ich kann dir nicht genau sagen, wann es mir gelingt, ein Beiboot zu bekommen und hierher zu fliegen. Ich denke aber, irgendwann in den nächsten drei Wochen. Auch wenn ich bis dahin nicht gekommen bin, warte weiter auf mich. *Warte weiter!* Ich werde kommen! Und dann werden wir in Sicherheit sein, zumindest für einige Zeit. Willst du das tun? Kannst du dich hier verstecken? Und warten?«

Sie nickte mit dem Kopf und sagte: *»Fi.«*

— 9 —

Zwei Wochen später flog Yarrow vom Raumschiff *Gabriel* aus zu den Ruinen. Sein nadelförmiges Beiboot glänzte im Vollmond, wie es so über das weiße Marmorbauwerk dahinschwebte und zur Landung ansetzte. Still und ausgebleicht lag die Stadt da. Große Steinwürfel und Sechsecke, Zylinder, Pyramiden und Statuen, die wie Spielzeug aussahen, das ein Riesenkind verstreut hatte und zu Bett gegangen war, um für immer zu schlafen.

Hal stieg aus und blickte nach links und rechts. Dann schritt er auf einen gewaltigen Bogen zu. Seine Taschenlampe erhellte das Dunkel, seine Stimme schallte von den fernen Dächern und Mauern zurück.

»*Jeannette! Sah mfa. Fo tami,* Hal Yarrow. *Jeannette! Ou eh tu?* Ich bin's, dein Freund. Wo bist du?«

Er ging die fünfzig Meter breite Treppe hinab, die zur Gruft der Könige führte. Der Strahl der Lampe hüpfte die Stufen herauf und herunter und schien plötzlich auf die schwarzweiße Gestalt des Mädchens.

»Hal!« rief sie, zu ihm aufblickend. »Der Großen Mutter Stein sei Dank! Jede Nacht habe ich gewartet! Aber ich wußte, daß du kommen würdest!«

Die Tränen standen in ihren Augen; ihr roter Mund zuckte, als mühte sie sich ab, ein Schluchzen zurückzuhalten. Er wollte sie in die Arme schließen und liebkosen, aber es war schon ungeheuerlich, eine unbekleidete Frau auch nur anzuschauen. Sie zu umarmen war undenkbar. Trotzdem dachte er sehr intensiv daran.

Im nächsten Moment, als hätte sie die Ursache seiner Unentschlossenheit erahnt, kam sie auf ihn zu und legte den Kopf an seine Brust. Ihre Schultern waren dabei so sehr gekrümmt, als wollte sie sich in ihn eingraben. Hal legte die

Arme um sie. Seine Muskeln spannten sich, und Blut strömte in seine Lenden.

Er ließ sie los und schaute zur Seite. »Wir können später reden. Jetzt haben wir keine Zeit zu verlieren. Komm!«

Schweigend folgte sie ihm bis zu dem Beiboot. Dann, vor der Tür, zögerte sie. Ungeduldig gestikulierte er, sie möge einsteigen und neben ihm Platz nehmen.

»Du wirst mich sicher für einen Feigling halten«, sagte sie. »Aber ich habe noch nie eine Flugmaschine betreten. Den Boden zu verlassen ...«

Er konnte sie nur verwundert ansehen. Die Einstellung eines Menschen, der nicht an das Reisen in der Luft gewöhnt war, konnte er nur schwer begreifen.

»Steig ein!« befahl Hal.

Ganz gehorsam kletterte sie nun herein und setzte sich auf den Sitz des Copiloten. Sie zitterte aber sehr dabei und sah mit weiten braunen Augen auf die Instrumente vor ihr und um sie herum.

Hal blickte auf seine Uhr.

»Uns bleiben noch zehn Minuten, um in mein Apartment in der Stadt zu gelangen. Eine Minute, um dich dort abzusetzen, und eine halbe für die Rückkehr zum Schiff. Fünfzehn Minuten werde ich wohl für meinen Bericht über die Erkundungen bei den *Wogs* brauchen und dreißig Sekunden für den Heimweg zu meinem Apartment. Alles zusammen nicht einmal eine halbe Stunde. Nicht schlecht.«

Er lachte. »Ich wollte schon vor zwei Tagen kommen, aber ich mußte abwarten, bis alle Beiboote mit Automatik besetzt waren. Dann täuschte ich vor, es sehr eilig zu haben, da ich wichtige Aufzeichnungen vergessen hätte und zu meinem Apartment zurückfliegen müßte, um sie zu holen. So konnte ich eines der handgesteuerten Boote ausleihen, die sonst für Erkundungen außerhalb der Stadt eingesetzt werden. Ich hätte niemals die Erlaubnis des OD dafür erhalten, wenn er nicht hierdurch überrumpelt worden wäre.«

Hal faßte an ein großes goldenes Abzeichen an seiner linken Brust. Dort prangte ein hebräisches L.

»Das bedeutet, daß ich einer der Auserwählten bin. Ich habe das *'Meter* bestanden.«

Jeannette, die anscheinend ihre Furcht abgelegt hatte, stieß einen kleinen Schrei aus, als sie im Schein der Armaturenbeleuchtung Hals Gesicht sah.

»Hal Yarrow! Was haben sie mit dir gemacht?« Mit den Fingern berührte sie seine Wange.

Purpurrote Ringe lagen unter seinen Augen; seine Wangen waren eingefallen, und auf einer zuckte ein Muskel. Ein Fleck überdeckte seine Stirn; die sieben Striemen der Peitsche hoben sich deutlich von der blassen Haut ab.

»Mich wird wohl jeder für verrückt erklären, daß ich es getan habe«, sagte er. »Ich steckte meinen Kopf in das Maul des Löwen. Und er biß ihn nicht ab. Statt dessen biß ich ihm in die Zunge.«

»Was willst du damit sagen?«

»Paß auf. Kommt es dir nicht merkwürdig vor, daß Pornsen heute abend nicht bei mir ist und mir seinen scheinheiligen Atem in den Nacken bläst? Nein? Nun, du weißt nichts darüber. Es gab für mich überhaupt nur eine Möglichkeit, die Genehmigung zu erhalten, aus meinem Schiffsquartier in ein Apartment in Siddo ziehen zu dürfen. Das heißt, ohne einen *Sept* zu leben, der einen auf Schritt und Tritt überwacht. Und ohne dich hier draußen im Wald allein zu lassen. Und *das* konnte ich nicht.«

Sie strich mit dem Finger von seiner Nase zum Mundwinkel hinunter. Normalerweise wäre er unter der Berührung erschreckt zusammengefahren, weil er jeglichen engen Kontakt haßte. Nun aber zog er sich nicht zurück.

»Hal«, sagte sie sanft. *»Mo sheh.«*

Ihm wurde ganz heiß. *Mein Lieber.* Nun, warum denn nicht?

Um den Rausch, den ihm ihre Berührung bereitete, abzuschwächen, sagte er: »Es gab also nur eins, was ich tun konnte: mich freiwillig für das *'Meter* zu melden.«

»*Wuh Met? 'Es'ase'asah?*«

»Nur dadurch kann man von der ständigen Beschattung durch einen *Sept* befreit werden. Wenn man es einmal hinter sich gebracht hat, ist man rein, über jeden Verdacht erhaben – zumindest theoretisch. Auf mein Gesuch war die Hierarchie nicht gefaßt. Von keinem der Wissenschaftler – geschweige denn von mir – hatten sie eine freiwillige Meldung erwartet. Urieliten und Uzziten müssen sich dem unterziehen, wenn sie darauf hoffen wollen, eines Tages in die Hierarchie vorzudringen.«

»Urieliten? Uzziten?«

»Um es in alten Begriffen auszudrücken: Priester und Polizisten. Der Vorbote entlehnte jene Wörter – die Namen von Engeln – für Religions- und Regierungszwecke aus dem Talmud. Verstehst du?«

»Nein.«

»Es wird dir schon bald verständlicher erscheinen. Jedenfalls bitten nur die größten Ehrgeizlinge darum, vor das *'Meter* treten zu dürfen. Es ist zwar auch wahr, daß es insgesamt sehr viele Leute tun – aber nur, weil sie dazu gezwungen werden. Die Urieliten räumten mir nur sehr düstere Aussichten ein, aber das Gesetz verpflichtete sie, mir den Versuch zu gestatten. Außerdem hatten sie Langeweile und wollten unterhalten werden – auf ihre grimmige Art.«

Bei dem Gedanken daran verfinsterte sich sein Blick. »Einen Tag später sollte ich mich im Psycholabor um 23.00 SZ – Schiffszeit – melden. Ich ging in meine Kabine – Pornsen war nicht da –, öffnete meinen Laborkoffer und nahm eine Flasche mit dem Etikett ›Prophetennahrung‹ heraus.

Sie enthält gewöhnlich ein Pulver auf Peyotebasis. Das ist eine Droge, die einst von den indianischen Medizinmännern Amerikas verwendet wurde.«

»Kfe?«

»Hör nur weiter. Das Wichtigste wirst du schon verstehen. Prophetennahrung wird von jedem während der Purifikationsperiode eingenommen. Das sind jene zwei Tage, an denen man in eine Zelle gesperrt wird, fastet, betet, von elektrischen Peitschen gezüchtigt wird und Wahnvorstellungen hat, die durch den Hunger und die Prophetennahrung ausgelöst werden. Dazu kommt noch das subjektive Reisen in die Zeit.«

»Kfe?«

»Sag nicht dauernd ›Was?‹. Ich habe keine Zeit, um dir jeden Tinnef zu erklären ... Es kostete mich zehn Jahre hartes Studium, es in all seinen Zusammenhängen zu begreifen. Obwohl auch dann noch eine Menge Fragen offen blieben. Aber ich stellte sie nicht. Man hätte mich für einen Zweifler halten können. Nun, jedenfalls war in meiner Flasche keine Prophetennahrung. Sondern ein Ersatzstoff, den ich heimlich zubereitet hatte, gerade noch, bevor das Raumschiff die Erde verließ. Wegen dieses Pulvers wagte ich es, mich dem *'Meter* zu unterziehen. Und war auch nicht so erschreckt, wie ich es eigentlich hätte sein müssen ... Obwohl mir noch bang genug zumute war, das kannst du mir glauben!«

»Ich glaube dir doch. Du warst tapfer. Du hast deine Furcht überwunden.«

Er spürte, daß er rot wurde. Zum ersten Mal in seinem Leben hatte man ihm ein Kompliment gemacht.

»Einen Monat vor Abreise der Expedition nach Ozagen hatte ich in einer der zahlreichen wissenschaftlichen Zeitschriften, die ich rezensieren mußte, die Nachricht gefunden, daß eine bestimmte Droge künstlich hergestellt worden war. Ihre Wirkung bestand in der Vernichtung des Virus eines sogenannten Marsianischen Ausschlags. Was mich interessierte, war die Fußnote. Sie war nur in kleiner Schrift gedruckt und auf hebräisch, wodurch klar wurde, daß der Biochemiker deren Wichtigkeit erkannt hatte.«

»Pookfe?«

»Warum? Nun, ich kann mir gut vorstellen, daß der Text in hebräischer Sprache abgefaßt wurde, damit kein Laie ihn verstehen sollte. Wenn solch ein Geheimnis allgemein bekannt würde ... Nun, die Fußnote kommentierte kurz die Entdeckung, daß ein Mann, der an dem Ausschlag litt, vorübergehend gegen die Wirkung von Hypno-Lipno immun war. Und daß die Urieliten während der *'Meter*-Sitzungen peinlichst auf gute Gesundheit ihres Kandidaten achten sollten.«

»Es macht mir ziemliche Mühe, dich zu verstehen«, sagte sie.

»Ich werde etwas langsamer vorgehen. Hypno-Lipno ist die weitverbreitete sogenannte Wahrheitsdroge. Ich erkannte sofort die Folgerungen, die sich aus der Fußnote ergaben. Die Einleitung des Artikels beschrieb, wie der Marsianische Ausschlag zu experimentellen Zwecken unter Narkose injiziert wurde. Der Name der Droge war nicht erwähnt, aber ich brauchte nicht sehr lange, um in anderen Journalen herauszufinden, worum es sich handelte und wie man es herstellt. Ich dachte mir, wenn der echte Ausschlag gegen Hypno-Lipno immun machte, warum sollte dies nicht auch ein künstlich erzeugter bewirken? Gesagt, getan. Ich bereitete mir ein Quantum zu, steckte ein Band mit Fragen über mein Privatleben in den Psychotester, spritzte »Ausschlags«-Droge und Wahrheitsdroge ein und schwor mir, den Tester über mein Leben zu belügen. Und ich *konnte* lügen, obwohl ich mit Hypno-Lipno vollgepumpt war!«

»Es war sehr klug von dir, daran zu denken«, murmelte sie.

Als sie gegen seinen Bizeps drückte, versteifte er ihn. So

eitel dies auch war, er wollte gern, daß sie ihn für stark hielt.

»Unsinn!« erwiderte er. »Ein Blinder hätte erkannt, was zu tun war. Ich wäre aber kaum überrascht gewesen, wenn die Uzziten den betreffenden Chemiker festgenommen und Anweisung zur Verwendung einer anderen Wahrheitsdroge gegeben hätten. In diesem speziellen Fall wären sie jedoch zu spät gekommen. Bevor auch nur irgend etwas verlautete, hob unser Schiff ab. Jedenfalls gab mir der erste Tag des *'Meters* keinen Grund zur Beunruhigung. Ich unterzog mich der zwölfstündigen schriftlichen und mündlichen Prüfung in Serialismus. Das sind Dunnes Zeittheorien und Sigmens Erweiterungen dazu. Diesen Test kannte ich schon seit einigen Jahren. Leicht, aber auf die Dauer ermüdend. Am nächsten Tag stand ich sehr früh auf, nahm ein Bad und aß die Prophetennahrung. Ohne ein weiteres Frühstück begab ich mich in die Purifikationszelle. Zwei Tage lang lag ich allein auf einer Pritsche. Von Zeit zu Zeit trank ich einen Schluck Wasser oder injizierte die Droge. Ab und zu drückte ich auf den Knopf für die mechanische Rute und ließ mich auspeitschen. Je mehr Züchtigungen, weißt du, desto mehr Ansehen. Visionen hatte ich überhaupt keine. Dafür wurde ich heftig von dem Ausschlag befallen. Das bereitete mir jedoch keine Sorgen, denn wenn dies jemand verdächtig vorkam, dann konnte ich erklären, daß ich eine Allergie gegen Prophetennahrung hätte. Das kommt bei einigen Leuten vor.«

Hal schaute nach unten. Wälder im Mondschein, gelegentlich das quadratische oder sechseckige Licht eines Gehöfts. Vor ihnen lag die hohe Bergkette, die Siddo schützend umgab.

»Und«, fuhr er fort, unbewußt schneller sprechend, als die Berge näherrückten, »am Ende der Purifikation stand ich auf, zog mich an und verspeiste das zeremonielle Mahl aus Heuschrecken und Honig.«

»Puh!«

»Heuschrecken sind gar nicht mal so schlimm, wenn man von Kindheit an daran gewöhnt ist.«

»Sie sind eine Delikatesse«, sagte sie. »Ich habe sie auch schon oft gegessen. Nur die Kombination mit Honig finde ich ekelhaft.«

Achselzuckend sagte er: »Ich werde jetzt die Kabinenbeleuchtung abschalten. Lege dich flach auf den Boden! Und ziehe diesen Umhang und die Maske über! Damit gehst du glatt als *Wog* durch.«

Gehorsam glitt sie aus dem Sitz. Bevor er die Lichter ausknipste, sah er zu ihr nach unten. Sie beugte sich gerade vor, um den Umhang aufzuheben, und so war Hal der Anblick ihrer herrlich geformten Brüste vergönnt. Die Brustwarzen waren von dem gleichen tiefen Rot wie ihre Lippen. Obwohl er seinen Blick schnell abwandte, prägte er sich dieses üppige Bild dennoch ein. Er verspürte eine heftige Erregung, war sich aber bereits der Scham bewußt, die folgen würde.

Mit Unbehagen setzte er seine Erzählung fort: »Dann trat der Hierarch ein. Der Sandalphon Macneff. Hinter ihm die Theologen und die dunnologischen Spezialisten: die psychoneuralen Parallelisten, die Interventionisten, die Substratumisten, die Chronentropisten, die Pseudotemporalisten und die Kosmoobservisten. Ich mußte mich auf einen Stuhl setzen. Dann wurde ich mit Drähten eingeschnürt, und man steckte mir Nadeln in Arme und Rücken. Ich erhielt eine Injektion Hypno-Lipno, und das Licht wurde ausgemacht. Nun sprach man Gebete; Kapitel aus *dem Westlichen Talmud* und den *Revidierten Schriften* wurden gesungen. Dann schien von der Decke ein Scheinwerfer direkt auf das Elohimeter ...«

»'Es 'ase' asah?«

»Elohim ist das hebräische Wort für Gott. Ein Meter ist, nun, dies zum Beispiel.« Er deutete auf die Instrumentafel. »Das Elohimeter ist rund und riesig, und sein Zeiger, so lang wie mein Arm, schnellt unvermittelt hoch oder hinab. Der Rand des Ziffernblatts ist mit hebräischen Buchstaben markiert, von denen man annimmt, daß sie den Prüfern etwas bedeuten. Die meisten Leute wissen nicht, was die Nadel anzeigt. Aber als *Inter* habe ich Zugang zu den Büchern, die den Test beschreiben.«

»Dann kanntest du die richtigen Antworten, *nespfa?«*

»Fi. Obwohl das noch nicht genügt hätte, weil Hypno-Lipno die Wahrheit, die Realität ans Licht bringt … Es sei denn, man leidet an Marsianischem Ausschlag, natürlichem oder künstlich erzeugtem.«

Sein plötzliches Lachen klang nicht sehr freudig.

»Unter der Einwirkung der Droge, Jeannette, werden alle schmutzigen und üblen Dinge, die man getan oder gedacht hat, der ganze Haß auf die Vorgesetzten, all die Zweifel an der Richtigkeit der Dogmen des Vorboten aus dem Unterbewußtsein hervorgespült – wie Seifenreste, die sich vom Boden einer schmutzigen Badewanne lösen. Glitschig und unaufhaltsam brodelt es unter einer Schaumschicht empor. Aber ich saß ganz ruhig da und behielt den Zeiger im Auge. Es ist so, als würdest du in Gottes Gesicht blicken, Jeannette – man kann es einfach nicht ertragen. Und ich log. Natürlich übertrieb ich es nicht allzusehr und stellte mich nicht als unglaublich rein und zuverlässig dar. Einige kleinere unwirkliche Handlungen gestand ich ein. Der Zeiger flackerte dann jedesmal und bewegte sich um ein paar Buchstaben auf der Umrandung zurück. In den wesentlichen Punkten aber antwortete ich, als hinge mein Leben davon ab. Was ja auch wirklich so war. Und ich erzählte ihnen von meinen Träumen – meinen subjektiven Zeitreisen.«

»Subjectif?«

»Fi. Jeder reist subjektiv in der Zeit. Aber der Vorbote ist der einzige Mensch – ausgenommen sein erster Schüler, des-

sen Frau sowie ein paar biblische Propheten –, der objektiv gereist ist. Nun, meine Träume waren prachtvolle Gebilde, architektonisch gesehen, und genau das, was sie hören wollten. Zuletzt, gewissermaßen als Krönung meiner Lügen, berichtete ich vom Erscheinen des Vorboten auf Ozagen und seinem Gespräch mit dem Sandalphon Macneff. Dieses Ereignis soll angeblich in einem Jahr stattfinden.«

»Oh, Hal«, hauchte sie. »Warum hast du ihnen denn das alles erzählt?«

»Weil, *ma sheh,* die Expedition Ozagen unter diesen Umständen nicht vor Ablauf dieses Jahres verlassen wird. Man wird nicht abreisen, ohne die günstige Gelegenheit wahrzunehmen, Sigmen persönlich zu sehen, wie er den Strom der Zeit hinauf und hinunter fährt. Und auch nicht, ohne ihn – und mich – als Lügner hinzustellen. Diese faustdicke Lüge wird uns ein gemeinsames Jahr bescheren ...«

»Und danach?«

»Darüber können wir uns zu gegebener Zeit Gedanken machen.«

Ihre kehlige Stimme murmelte in der Dunkelheit: »Und all das hast du für mich getan ...«

Hal erwiderte nichts darauf, denn er war zu sehr damit beschäftigt, das Flugboot etwa auf gleicher Höhe mit den Hausdächern zu halten. Ganze Gebäudekomplexe, durch Wälder großzügig voneinander getrennt, huschten vorbei. Er flog so schnell, daß er fast über das Ziel, Fobos schloßähnliches Haus, hinausgeschossen wäre. Durch seine Türme mit den Zinnen und Schießscharten, die wasserspeienden steinernen Tierköpfe und die aus vielen Nischen spähenden Insekten wirkte das dreistöckige Gebäude sehr mittelalterlich. Zum nächsten Haus bestand ein Abstand von mindestens hundert Metern, denn die *Wogs* bauten Städte, in denen man noch Bewegungsfreiheit hatte.

Jeannette setzte die Nachtmaske mit dem langen Rüssel

auf. Die Tür des Bootes sprang auf, und sie rannten über den Gehweg in das Gebäude hinein. Nachdem sie durch die Eingangshalle und über die Treppen zum zweiten Stockwerk gestürmt waren, dauerte es noch eine Weile, bis Hal den Schlüssel gefunden hatte. Das Schloß hatte Hal von einem *Wog*-Schlosser anfertigen und von einem *Wog*-Zimmermann installieren lassen, denn dem Kollegen des Zimmermanns auf dem Schiff durfte er nicht vertrauen. Es bestand die Gefahr, daß Nachschlüssel hergestellt wurden.

Als er den Schlüssel endlich in der Hand hielt, hatte er einige Mühe, ihn hineinzustecken, und er kam außer Atem, bis es ihm gelang, die Tür zu öffnen. Hal stieß Jeannette fast hinein. Sie hatte die Maske abgenommen.

»Warte, Hal«, sagte sie und lehnte sich mit ihrem ganzen Gewicht gegen ihn. »Hast du nicht etwas vergessen?«

»Oh, *Vorbote!* Was denn? Etwas Schwerwiegendes?«

»Nein. Ich dachte nur«, sie lächelte und senkte dann die Lider, »es sei ein Brauch auf Terra, daß Männer ihre Bräute über die Schwelle tragen. So hat es mir jedenfalls mein Vater erzählt.«

Er war verdutzt. Braut! Sie hielt anscheinend einiges für selbstverständlich, das ihm gar nicht so selbstverständlich erschien.

Da er nicht die Zeit hatte, um Einwände zu erheben, hob er sie hoch und trug sie in das Apartment. Drinnen setzte er sie ab und sagte: »Ich bin so schnell wie möglich zurück. Falls jemand klopft und versucht hereinzukommen, verstecke dich in diesem Wandschrank, von dem ich dir erzählt habe. Gib keinen Laut von dir und komm nicht heraus, wenn du nicht sicher bist, daß ich es bin.«

Sie legte plötzlich die Arme um ihn und küßte ihn. *»Mo sheh, mo gwah, mo fooh.«*

Hal wurde davon förmlich überrumpelt. Er brachte kein Wort heraus und erwiderte auch nicht ihren Kuß. Die Worte, mit denen sie ihn bedacht hatte, kamen ihm irgendwie albern vor. Wenn er ihr verstümmeltes Französisch richtig übersetzte, hatte Jeannette ihn ihren Liebsten, ihren großen, starken Mann, genannt.

Er wandte sich um und schloß die Tür hinter sich; aber nicht so schnell, daß er nicht mehr gesehen hätte, wie die Flurbeleuchtung auf ein weißes, von einer Kapuze schwarz umrahmtes Gesicht schien. Ein über die Maßen roter Mund befleckte dieses Weiß.

Der Gedanke, daß Jeannette nicht eine solch frigide Sexualpartnerin sein würde, wie die Stirche das offiziell so sehr schätzen, ließ ihn erbeben.

— 10 —

Für den Heimweg benötigte Hal eine Stunde länger, denn auf der *Gabriel* befragte ihn der Sandalphon über weitere Einzelheiten der Prophezeiung über das Erscheinen Sigmens. Zudem mußte Hal den Bericht über die Erkundungen des Tages diktieren. Anschließend befahl er einem Matrosen, ihn mit dem Flugboot zum Apartment zurückzubringen. Auf dem Weg zur Startrampe traf er Pornsen.

»*Shalom, Abba*«, grüßte Hal. Er lächelte und rieb seine Knöchel gegen das hervorstehende *Lamech* auf dem Schild.

Die linke Schulter des *Sept,* die ohnehin stets tiefer hing, sackte noch weiter hinab, als wäre sie eine Flagge, die zur Kapitulation gesenkt wurde. Wenn es von nun an galt, Peitschenhiebe auszuteilen, dann würde dies von Yarrow besorgt werden.

Mit geschwellter Brust wollte Hal weitergehen, aber Pornsen fragte ihn: »Einen Moment, Sohn. Fährst du in die Stadt zurück?«

»*Shib.*«

»*Shib.* Ich werde mit dir kommen, denn ich habe im gleichen Haus ein Apartment. Im dritten Stock, direkt neben dem Fobos.«

Hal wollte schon ablehnen, besann sich dann aber anders. Der *Sept* konnte sich ein Lächeln nicht verkneifen. Er drehte sich um und ging voraus. Verbissen folgte ihm Hal. Hatte der *Sept* ihn bespitzelt und sein Treffen mit Jeannette belauscht? Nein, sonst hätte er Hal wohl sofort verhaften lassen.

Der *Sept* hatte eine hervorstechende Eigenschaft: seine Kleinlichkeit. Er wußte, daß seine Gegenwart Hal ärgerte und daß seine Anwesenheit im gleichen Haus ihm die Freude vergiftete, frei von Überwachung zu leben.

Zwischen den Zähnen knurrte Hal ein altes Sprichwort: »Die Zähne eines *Sept* fallen nie aus.«

Am Flugboot wartete bereits der Matrose. Sie stiegen ein und glitten lautlos in die Nacht hinaus.

Beim Apartmentgebäude angelangt, betrat Hal den Eingang vor Pornsen. Es bereitete ihm Genugtuung, die Etikette zu verletzen und dem Mann seine Verachtung zu zeigen.

Bevor er die Tür öffnete, blieb Hal stehen. Der Schutzengel ging schweigend hinter ihm vorbei. Von einem teuflischen Einfall getrieben, rief Hal: »*Abba.*«

Pornsen wandte sich um.

»Was ist?«

»Hättest du nicht Lust, meine Räume zu inspizieren und nachzusehen, ob ich nicht eine Frau versteckt halte?«

Das Gesicht des kleinen Mannes lief puterrot an. Er schloß die Augen und schwankte, schäumend vor Wut. Als er sie wieder öffnete, schrie er: »Yarrow! Wenn ich je eine unwirkliche Person gesehen habe, dann bist du es! Es ist mir gleichgültig, wie du zur Hierarchie stehst! Ich glaube, du bist – du bist – einfach nicht *shib!* Du hast dich sehr verändert. Früher warst du so bescheiden und gehorsam. Nun bist du arrogant.«

Hal entgegnete, zuerst noch ruhig, aber dann mit anschwellender Stimme: »Es ist noch gar nicht so lange her, da hast du mich als widerspenstig vom Tag meiner Geburt an beschrieben. Jetzt scheint es so, als sei ich ein Beispiel für hervorragendes Verhalten, auf das die Stirche mit – entschuldige das Klischeewort – Stolz hinweisen kann. Vermutlich habe ich mich immer so gut betragen, wie man es von mir erwarten konnte. Du aber warst und bist ein schäbiger, bösartiger und widerlicher Pickel am Arsch der Stirche und solltest gequetscht werden, bis du zerplatzt!«

Hal hörte auf zu schreien, denn er bekam kaum noch Luft. Sein Herz hämmert wie wild; seine Ohren dröhnten, und sein Blick wurde verschwommen.

Mit ausgestreckten Händen bewegte sich Pornsen rückwärts. »Hal Yarrow! Hal Yarrow! Beherrsche dich! Vorbote, wie mußt du mich hassen! Und ich glaubte all die Jahre, du liebtest mich, ich sei dein geliebter *Sept* und du mein geliebter Schützling. Aber du haßtest mich. Warum?«

Das Dröhnen ließ nach. Hal begann die Umgebung wieder klarer zu sehen.

»Meinst du das im Ernst?« sagte er.

»Selbstverständlich! Ich habe doch nicht geträumt! Alles, was ich dir je getan habe, war für dich; wenn ich dich bestrafte, brach mir das Herz. Aber ich zwang mich dazu, indem ich mir sagte, daß es zu deinem Besten wäre.«

Hal brach in Gelächter aus. Er lachte und lachte, während Pornsen den Flur hinabrannte und mit einem einzigen Blick aus kalkweißem Gesicht in seinem Apartment verschwand.

Schwach und zitternd lehnte Hal am Eingang.

Dies hatte er überhaupt nicht erwartet, denn er war sich völlig sicher gewesen, daß Pornsen ihn als widerspenstiges und unnatürliches Monster verabscheute und es ihm besondere Lust bereitete, Hal zu erniedrigen und auszupeitschen.

Hal schüttelte den Kopf. Der *Sept* war sicher nur verstört und versuchte, sich zu rechtfertigen.

Er schloß die Tür auf und trat ein. Ihm wollte der Gedanke nicht aus dem Kopf gehen, daß der Mut, offen gegen Pornsen aufzutreten, auf Jeannette zurückging. Ohne sie war er ein Nichts, ein schmollendes, aber ängstliches Kaninchen. Wenige Stunden des Zusammenseins mit ihr hatten es ihm ermöglicht, viele Jahre strenger Disziplin abzustreifen.

Er knipste das Licht im Vorraum an. Als er in das Eßzimmer hineinsah, bemerkte er, daß die Küchentür geschlossen war. Das Klappern von Töpfen war zu hören. Er schnupperte.

Steaks!

Doch in seine Freude mischte sich leichte Verärgerung. Er hatte ihr doch ausdrücklich gesagt, sich bis zu seiner Rückkehr zu verstecken. Wenn er nun ein *Wog* oder ein Uzzite gewesen wäre?

Die Scharniere quietschten, als er die Tür öffnete. Jeannette stand mit dem Rücken zu ihm, und bei dem ersten Aufschrei des ungeölten Eisens wirbelte sie herum. Der Kochlöffel fiel ihr aus der einen Hand; die andere hielt sie vor den offenen Mund.

Die ärgerlichen Worte erstarben ihm auf den Lippen. Wenn er nun mit ihr schimpfte, würde sie wahrscheinlich in Tränen ausbrechen.

»*Mo choo!* Hast du mich erschreckt!«

Er grunzte undeutlich und ging an ihr vorbei, um die Deckel auf den Töpfen anzuheben.

»Weißt du«, sagte sie mit einem Zittern in der Stimme, als ahnte sie seinen Zorn und wollte sich verteidigen. »Ich habe ein derart schlimmes Leben hinter mir, immer in der Furcht, gefaßt zu werden, daß alles Unerwartete mich erschreckt. Ich bin immer bereit loszurennen.«

»Wie mich diese *Wogs* doch zum Narren gehalten haben!« sagte Hal mürrisch. »Ich dachte, sie seien so sanft und freundlich – und nun muß ich feststellen, daß sie dich zwei Jahre lang gefangengehalten haben.«

Sie sah ihn mit ihren großen Augen an. Ihr Gesicht hatte wieder Farbe bekommen; ihre roten Lippen lächelten.

»Ach, so schlimm waren sie gar nicht. Sie verhielten sich wirklich sehr freundlich und gaben mir alles, was ich wollte, nur nicht meine Freiheit. Sie befürchteten, ich würde zu meinen Schwestern zurückkehren.«

»Wieso störte sie das?«

»Oh, sie glaubten, es könnten noch einige Männer meiner Rasse im Dschungel überlebt haben und mit mir Kinder zeugen. Sie haben schreckliche Angst, daß mein Volk wieder anwächst und gegen sie Krieg führt. Sie sind gegen den Krieg.«

»Sie sind schon merkwürdige Wesen«, sagte Hal. »Aber wir können nicht erwarten, daß wir jene verstehen, die die Wirklichkeit des Vorboten nicht kennen. Zudem stehen sie den Insekten näher als den Menschen.«

»Mensch zu sein bedeutet nicht unbedingt, daß man besser ist«, sagte Jeannette mit einer Spur von Schroffheit.

»Alle Geschöpfe Gottes haben ihren angemessenen Platz im Universum«, erwiderte er. »Der Platz des Menschen ist überall, zu jeder Zeit. Er kann jede erdenkliche Position im Raum erobern und in jeder Richtung in der Zeit reisen. Und wenn er eine Kreatur vertreiben muß, um deren Platz und Zeit zu bekommen, so ist dies sein gutes Recht.«

»Zitierst du den Vorboten?«

»Natürlich.«

»Vielleicht hat er recht. Vielleicht. Aber was ist der Mensch? Er ist ein vernunftbegabtes Wesen. Ein *Wog* ist ebenfalls ein vernunftbegabtes Wesen. Daher ist auch der *Wog* ein Mensch. *Nespfa?*«

»Shib oder *sib*, wir wollen uns nicht streiten. Warum essen wir nicht?«

»Ich wollte nicht mit dir streiten.«

Sie lächelte und fügte hinzu: »Ich werde den Tisch decken. Du wirst sehen, ob ich kochen kann oder nicht. Darüber wird es keine Zwistigkeiten geben.«

Nachdem das Geschirr aufgetragen war, setzten sich die beiden an den Tisch. Hal faltete die Hände, legte sie auf den Tisch, beugte seinen Kopf und betete.

»Isaac Sigmen, Bote vor dem Menschen, wirklich sei dein Name, wir danken dir, daß du diese gesegnete Gegenwart ermöglicht hast, die einst nur ungewisse Zukunft war. Wir danken dir für diese Speise, die du aus dem Potential hast wirklich werden lassen. Wir hoffen und wissen, daß du den Nachboten vernichten, seine bösen Versuche, die Vergangenheit zu erschüttern und so die Gegenwart zu ändern, vereiteln wirst. Mache dieses Universum dauerhaft und wirklich, und verhindere den Fluß der Zeit. Die an diesem Tisch Versammelten danken dir. So möge es geschehen.«

Er nahm die Hände wieder auseinander und sah Jeannette an. Sie starrte ihn gebannt an.

Einer Eingebung folgend, sagte er: »Wenn du willst, kannst du auch beten.«

»Wirst du mein Gebet nicht für unwirklich halten?«

Er zögerte mit der Antwort. »Ja. Ich weiß nicht, warum ich dich eigentlich gefragt habe. Einen Israeli oder Bantu würde ich sicherlich nicht bitten zu beten. Ich würde nicht am gleichen Tisch mit ihm essen. Aber du ... du bist etwas Besonderes ... weil du keiner Klasse zugeteilt wurdest ... wahrscheinlich. Ich ... ich weiß es nicht.«

»Danke«, sagte Jeannette.

Mit dem Mittelfinger ihrer rechten Hand zeichnete sie ein Dreieck in die Luft. In die Höhe schauend, sagte sie: »Große Mutter, wir danken dir.«

Hal ließ sich das seltsame Gefühl nicht anmerken, das ihn überkam, als er einer Ungläubigen beim Gebet zuhörte. Er zog die Schublade unter dem Tisch heraus und entnahm zwei Gegenstände. Den einen reichte er Jeannette, und den anderen setzte er auf seinen Kopf.

Es handelte sich um eine Kappe mit weiter Krempe, von der ein Schleier herunterhing, der sein Gesicht verdeckte.

»Setze sie auf«, sagte er zu Jeannette.

»Warum?«

»Damit wir uns nicht gegenseitig beim Essen zusehen«, entgegnete er ungeduldig. »Zwischen dem Schleier und deinem Gesicht bleibt genügend Platz, damit du mit Löffel und Gabel hantieren kannst.«

»Aber warum denn?«

»Ich sagte es bereits. Damit wir uns nicht beim Essen zusehen.«

»Würde dir übel, wenn du mir beim Essen zuschautest?« sagte sie sehr betont.

»Natürlich.«

»Natürlich? Wieso natürlich?«

»Weil essen so ... ach ... ich weiß nicht ... so animalisch ist.«

»Hat dein Volk das schon immer so gemacht? Oder fingen sie damit an, als sie feststellten, daß sie Tiere sind?«

»Vor der Ankunft des Vorboten aßen sie nackt und ohne Scham. Aber sie befanden sich in einem Zustand der Unwissenheit.«

»Verstecken die Israelis und die Bantus auch ihre Gesichter, wenn sie essen?«

»Nein.«

Jeannette erhob sich vom Tisch.

»Ich kann mit diesem Ding vor dem Gesicht nicht essen. Ich müßte mich dessen schämen.«

»Aber ... ich muß meine Essenskappe aufbehalten«, sagte Hal stockend. »Ich könnte die Speisen nicht runterbekommen.«

Sie sprach ein paar Worte in einer ihm unbekannten Sprache. Aber auch die ungewohnten Laute konnten nicht verbergen, wie bestürzt und verletzt sie war.

»Es tut mir leid«, sagte er. »Aber es ist nun mal so. Und es ist auch richtig so.«

Zögernd setzte sie sich wieder. Dann legte sie die Kappe an.

»Nun gut, Hal. Aber wir müssen noch darüber reden. Später. Es gibt mir das Gefühl, von dir isoliert zu sein. Es entsteht keine Gemeinsamkeit, kein Miteinanderteilen der schönen Dinge, die uns dieses Leben bietet.«

»Mach bitte keine Geräusche, während du ißt«, sagte Hal. »Und wenn du sprechen mußt, schlucke erst einmal alles hinunter. Ich habe schon mein Gesicht abgewendet, als ein *Wog* vor mir aß, aber die Ohren konnte ich nicht schließen.«

»Ich werde mich bemühen, dir keine Übelkeit zu bereiten«, sagte Jeannette. »Nur eine Frage noch: Wie haltet ihr eigentlich eure Kinder beim Essen ruhig?«

»Sie essen nie mit den Erwachsenen zusammen. Genauer gesagt, die einzigen Erwachsenen an ihrem Tisch sind die *Sept.* Und die bringen ihnen schon sehr bald anständiges Verhalten bei.«

»Oh.«

Das Mahl ging lautlos vonstatten, bis auf das unvermeidliche Klappern des Bestecks auf dem Teller. Als Hal fertig war, nahm er die Kappe ab.

»Jeannette, du bist eine hervorragende Köchin. Das Gericht war so gut, daß es fast schon eine Sünde war, wie es mir geschmeckt hat. Die Suppe war die beste, die ich je gegessen habe. Das Brot war köstlich; der Salat war superb, und das Steak war perfekt.«

Jeannette hatte schon vorher ihre Kappe abgelegt. Ihr Essen stand noch fast vollständig da. Trotzdem lächelte sie.

»Meine Tanten haben mir das beigebracht. Bei meinem

Volk lehrt man die Frauen schon in jungen Jahren alles, was einem Mann gefällt.«

»Alles?«

Hal lachte nervös. Um seine Unsicherheit zu überspielen, steckte er sich eine Zigarette an.

Jeannette fragte, ob sie auch eine haben könnte.

»Da ich sowieso schon schmore, kann ich auch qualmen«, sagte sie kichernd.

Hal begriff nicht ganz, was sie meinte, aber er lachte mit, um ihr zu zeigen, daß er wegen der Sache mit den Essenskappen nicht mehr böse war.

Jeannette zündete ihre Zigarette an, machte einen Zug, hustete und rannte zum Ausguß, um sich ein Glas Wasser zu holen. Mit tränenden Augen kam sie an den Tisch zurück, griff aber sofort wieder zur Zigarette und versuchte es noch mal. Nach kurzer Zeit schon inhalierte sie wie ein versierter Raucher.

»Du besitzt ein verblüffendes Nachahmungstalent«, bemerkte Hal. »Ich habe dich beobachtet, wie du meine Bewegungen und meine Sprechweise imitierst. Weißt du, daß deine Aussprache des Amerikanischen genauso gut ist wie die meine?«

»Wenn du mir einmal etwas zeigst oder sagst, dann brauchst du es selten ein zweites Mal zu tun«, erwiderte Jeannette. »Ich möchte damit jedoch nicht behaupten, daß ich eine höhere Intelligenz besitze. Wie du schon sagtest, habe ich einen gewissen Instinkt für das Nachahmen. Womit ich nicht sagen will, daß ich nicht hin und wieder auch einen originellen Gedanken habe.«

Amüsant und unbeschwert begann sie nun, von ihrem Leben mit Vater, Schwestern und Tanten zu erzählen. Ihre gute Laune schien echt; offensichtlich sprach sie nicht nur, um die Mißstimmung zu verbergen, die bei der Mahlzeit entstanden war. Sie hatte die Angewohnheit, beim Lachen die Augenbrauen zu heben, was bezaubernd aussah. Ein dünner Strich von schwarzen Härchen zog sich vom Nasenbein hoch, teilte sich in rechten Winkeln, bog sich leicht über den Augenhöhlen und endete mit einem kleinen Haken.

Hal fragte sie, ob die Form ihrer Augenbrauen eine Eigenart des Volkes ihrer Mutter sei. Lachend erwiderte sie, daß sie diese von ihrem Vater, dem Mann von der Erde, geerbt hätte.

Ihr Lachen war leise und melodiös, und es ging Hal nicht so auf die Nerven wie das seiner Ex-Ehefrau. Darin eingelullt, fühlte er sich sehr wohl. Und jedesmal, wenn er daran dachte, wie diese Situation vorübergehen könnte, und seine Stimmung umzuschlagen drohte, versetzte sie ihn durch einen Spaß wieder in bessere Laune. Sie hatte anscheinend die Gabe, genau das vorauszusehen, was seine Schwermut vertrieb und seine Heiterkeit erregte.

Etwa nach einer Stunde erhob sich Hal, um in die Küche zu gehen. Im Vorbeigehen strich er ganz impulsiv mit den Fingern über ihr dichtes, welliges Haar.

Sie hob ihr Gesicht und schloß die Augen, als erwartete sie, von ihm geküßt zu werden. Aber aus unerfindlichem Grund tat er es nicht. Er wollte es tun, konnte sich aber nicht dazu entschließen, den ersten Schritt zu tun.

»Das Geschirr muß abgewaschen werden«, sagte er. »Es darf nicht geschehen, daß ein unerwarteter Besucher zwei Gedecke auf dem Tisch sieht. Und auch auf etwas anderes werden wir achten müssen: Verstecke die Zigaretten und lüfte regelmäßig die Räume. Jetzt, da ich durch das *'Meter* bin, verlangt man, daß ich auf so unwirkliche Kleinigkeiten wie Zigarettenrauchen verzichte.«

Falls Jeannette enttäuscht war, so zeigte sie es nicht. Sie machte sich sofort daran abzuräumen. Hal rauchte und grübelte, welche Möglichkeiten es gab, Tabak zu bekommen. Die Zigaretten verschafften ihr solch einen Genuß, daß ihm die Vorstellung Kummer machte, daß Jeannette sie entbehren müßte. Eines der Besatzungsmitglieder, zu dem er ein gutes Verhältnis hatte, war Nichtraucher und verkaufte seine Ration an seine Kollegen. Vielleicht konnte ein *Wog* als Mittelsmann fungieren, bei dem Matrosen Zigaretten kaufen und sie dann an Hal weitergeben.

Fobo konnte dies besorgen ... aber die ganze Transaktion mußte vorsichtig ausgeführt werden ... vielleicht war überhaupt das Risiko zu groß ...

Hal seufzte. Es war schon wundervoll, Jeannette um sich zu haben, aber sie fing an, sein Leben kompliziert zu machen. Da saß er nun und dachte über eine verbrecherische Tat nach, als wäre dies die natürlichste Sache auf der Welt.

Mit strahlenden Augen stand sie vor ihm, die Hände in die Hüften gestemmt.

»Hal, *mo namoo,* wenn wir jetzt noch etwas zu trinken hätten ... dann wäre der Abend so richtig gelungen.«

Er stand auf. »Entschuldige. Ich habe vergessen, daß du nicht weißt, wie man Kaffee macht.«

»Nein, nein. Ich habe an alkoholische Getränke gedacht, nicht an Kaffee.«

»Alkohol? Großer Sigmen, Mädchen, wir *trinken* nicht! Das wäre das Widerwärtigste ...«

Hal hielt inne. Sie war sehr betroffen. Er beherrschte sich. Schließlich konnte man ihr keinen Vorwurf machen. Sie entstammte einer anderen Kultur. Genaugenommen war sie nicht einmal ganz menschlich.

»Es tut mir leid«, sagte er. »Es hängt mit der Religion zusammen. Es ist verboten.«

Tränen füllten ihre Augen, und ihre Schultern bebten. Sie legte eine Hand vor das Gesicht und begann zu schluchzen. »Du verstehst mich nicht. Ich muß es haben. Ich *muß.«*

»Aber warum?«

Nur sehr zögernd begann sie zu erzählen. »Weil ... während meiner Gefangenschaft hatte ich nur wenig Unterhaltung. Meine Bewacher gaben mir Alkohol; das ließ die Zeit vorübergehen, und ich vergaß mein schreckliches Heimweh. Ehe ich mich versah, war ich eine – eine Alkoholikerin.«

Hal ballte die Faust und knurrte: »Diese verdammten ... Wanzen!

»Nun weißt du, warum ich einen Drink haben muß. Für den Augenblick würde es mir bessergehen. Und später kann ich vielleicht versuchen, darüber hinwegzukommen. Ich weiß, ich schaffe es, wenn du mir dabei hilfst.«

Er machte eine hilflose Gebärde. »Aber – aber woher soll ich ihn bekommen?« Bei dem Gedanken an Handel mit Alkohol wurde ihm ganz mulmig zumute. Aber wenn sie ihn brauchte, würde er eben sein möglichstes tun, um ihn zu beschaffen.

»Vielleicht kann Fobo dir welchen geben«, sagte sie eilig.

»Aber Fobo war einer deiner Wächter! Würde er nicht Verdacht schöpfen, wenn ich ihn um Alkohol bitte?«

»Er wird annehmen, daß es für dich ist.«

»Na gut«, sagte er mürrisch und hatte gleichzeitig ein schlechtes Gewissen wegen seiner Verdrossenheit. »Aber es ist mir unerträglich, daß irgend jemand glaubt, *ich* sei ein Trinker. Auch wenn es nur ein *Wog* ist.«

Sie kam zu ihm und schien förmlich gegen ihn zu fließen. Ihre Lippen fühlten sich sehr weich an, und ihr Körper drängte sich gegen den seinen, als wollte er ihn durchdringen. Eine Minute lang hielt er sie in dieser Umarmung, dann löste er seinen Mund von ihrem.

»Muß ich dich denn wirklich verlassen?« flüsterte er. »Könntest du nicht auf den Schnaps verzichten? Nur für heute abend? Morgen werde ich welchen besorgen.«

Ihre Stimme war brüchig. »Oh, *mo namoo,* ich wünschte, ich könnte es. Ich wünschte es so sehr. Aber ich kann nicht. Ich kann einfach nicht.

Glaube mir ...«

»Ich glaube dir.«

Er ließ sie los und ging in den vorderen Raum. Aus einem Fach nahm er Umhang, Kapuze und Nachtmaske heraus. Seinen Kopf hielt er gebeugt; seine Schultern ließ er herabhängen. Alles würde verdorben werden. Er konnte sich ihr nicht mehr nähern – nicht, wenn ihr Atem nach Alkohol roch. Und sie würde sich wahrscheinlich wundern, warum er so kühl war. Dann könnte er es nicht fertigbringen, ihr zu sagen, wie abstoßend sie auf ihn wirkte, weil dies ihre Gefühle verletzen würde. Noch schlimmer war, daß sie in jedem Fall gekränkt war, wenn er ihr keine Erklärung anbot.

Bevor er ging, gab sie ihm einen Kuß auf die inzwischen erkalteten Lippen.

»Beeile dich! Ich warte darauf.«

»Jaja.«

— 11 —

Hal Yarrow klopfte sacht gegen die Tür von Fobos Apartment, das neben seinem lag. Die Tür wurde nicht sofort geöffnet. Was auch kein Wunder war – bei dem Lärm, der drinnen herrschte. Nur widerwillig schlug Hal fester gegen die Tür, denn er wollte nicht Pornsens Aufmerksamkeit erwecken. Der *Sept* wohnte gegenüber von Fobo und konnte seine Tür öffnen, um nachzusehen, was auf dem Flur vor sich ging. Es war nicht günstig, wenn Pornsen heute abend sah, daß er den Empathisten besuchte. Obwohl Hal jedes Recht hatte, ohne *Sept*-Begleitung die Wohnung eines *Wogs* zu betreten, war ihm wegen Jeannette unbehaglich zumute. Er traute dem *Sept* durchaus zu, daß er seine, Hals, *Puka* aufsuchte, während er auf seiner inoffiziellen Erkundung war. Und wenn Pornsen dies tat, dann hatte er Hal. Alles wäre aus.

Aber Hal beruhigte sich mit der Überlegung, daß Pornsen kein sehr mutiger Mann war und sich, wenn er sich anmaßte, Hals Räume zu betreten, ebenfalls der Gefahr aussetzte, entdeckt zu werden. Und Hal konnte als Lamechianer soviel Druck ausüben, daß Pornsen nicht nur in Ungnade fallen und degradiert werden würde, sondern auch noch zu einem Kandidaten für das H wurde.

Auf jeden Fall hatte Hal Jeannette geraten, sich immer in dem Schrank zu verbergen, den ein *Wog*-Zimmermann für Hal angefertigt hatte. Die Tür zu dieser winzigen Kammer verschmolz so eng mit der Rückwand des Schranks, daß man sie erst nach eingehender Nachforschung entdecken würde.

Laut und ungeduldig klopfte Hal erneut gegen die Tür. Und diesmal wurde sie geöffnet. Abasa, Fobos Frau, lächelte ihn an.

»Hal Yarrow!« In Siddo sagte sie: »Willkommen! Warum kommst du nicht herein, ohne anzuklopfen?«

Hal war entsetzt. »Aber das geht doch nicht!«

»Warum nicht?«

»So etwas machen wir einfach nicht.«

Abasa zuckte mit den Schultern, war aber zu höflich, um eine weitere Bemerkung zu machen. Immer noch lächelnd, sagte sie: »Nun komm schon herein. Ich beiße nicht!«

Hal trat ein und schloß die Tür hinter sich, nicht ohne ein weiteres Mal zu Pornsens Tür zu blicken. Sie blieb geschlossen.

In der Wohnung hallte das Geschrei von zwölf spielenden Wog-Kindern von den Wänden eines Raumes wider, der so groß war wie ein Basketballspielfeld. Abasa führte Hal zum anderen Ende hinüber, wo ein Korridor begann. Sie gingen an einer Nische vorüber, in der drei *Wog*-Frauen, offenbar Abasas Gäste, um einen Tisch saßen. Sie waren damit beschäftigt zu nähen, zu plaudern und aus hohen Gläsern zu trinken. Die wenigen Worte, die er hörte, konnte Hal nicht verstehen; *Wog*-Frauen benutzten im Gespräch untereinander ein Vokabular, das auf ihr Geschlecht begrenzt war. Wie Hal erfahren hatte, starb dieser Brauch durch die Einwirkungen der zunehmenden Verstädterung jedoch mehr und mehr aus. Abasas Töchter lernten die Sprache der Frauen bereits nicht mehr.

Abasa geleitete Hal bis an das Ende des Korridors, öffnete eine Tür und rief: »Fobo, Liebling! Hal Yarrow, der Nasenlose, ist hier!«

Hal mußte schmunzeln, als er diese Beschreibung hörte. Bei der ersten Konfrontation mit diesem Ausdruck hatte er sich beleidigt gefühlt. Aber er wußte inzwischen, daß die *Wogs* ihn nicht als Schimpfwort verwendeten. Und Fobo selbst würde nicht daran denken, diese Bezeichnung in Hals Gegenwart zu gebrauchen.

Fobo kam an die Tür. Er war nur mit einem Slip bekleidet, und Hal kam nicht umhin, zum hundertsten Mal die Feststellung zu machen, wie seltsam doch der Rumpf der Ozagenianer war: eine warzenlose Brust und eine merkwürdige Konstruktion von Schulterblättern, die mit der ventralen Spina verbunden waren (sollte man es ein Vordergrat im Gegensatz zum Rückgrat des Menschen nennen?).

»Du bist wirklich willkommen, Hal«, sagte Fobo in der Siddo-Sprache. Dann wechselte er auf Hals Sprache über: »Shalom. Welcher glückliche Zufall führt dich her? Setz dich doch. Ich würde dir gern etwas zu trinken anbieten, aber im Moment ist mir alles ausgegangen.«

Hal glaubte, seine Enttäuschung nicht auf dem Gesicht zu zeigen, aber Fobo mußte sie wahrgenommen haben.

»Ist etwas nicht in Ordnung?« fragte er.

Hal entschloß sich, gleich zur Sache zu kommen. »Ja. Wo kann ich einen Liter Schnaps bekommen?«

»Du benötigst welchen? *Shib.* Ich werde mit dir gehen. Die

nächste Kneipe ist ein Treffpunkt von Angehörigen der unteren Klasse; dort wirst du Gelegenheit haben, auf engstem Raum einen Aspekt der Gesellschaft Siddos kennenzulernen, von dem du zweifellos nur wenig weißt.«

Der *Wog* ging in einen anderen Raum und kehrte dann mit Kleidungsstücken über dem Arm zurück. Um seinen fetten Bauch legte er einen breiten Ledergürtel und befestigte daran eine Scheide mit einem kurzen Rapier. Dann steckte er zusätzlich noch eine Pistole in den Gürtel. Über die Schultern zog er einen langen grünen Umhang mit vielen schwarzen Rüschen, und auf den Kopf setzte er die dunkelgrüne Schädelkappe mit den zwei künstlichen Fühlern. Diese Kopfbedeckung war das Symbol für den Klan der Heuschrecken. Einst war es für einen *Wog* dieses Klans von Bedeutung gewesen, sie ständig außerhalb des Hauses zu tragen. Doch inzwischen hatte das Klan-System nicht mehr die wichtigste Funktion in der Gesellschaft, obwohl sein politischer Nutzen immer noch beträchtlich war.

»Ich benötige einen Drink, irgend etwas Alkoholisches«, sagte Fobo. »Weißt du, in meinem Beruf als Empathologe begegnen mir viele Fälle von Nervenzusammenbrüchen. Ich behandle so viele Neurotiker und Psychotiker therapeutisch, daß ich mich in ihre Lage versetzen, ihre Emotionen so wie sie empfinden muß. Dann entreiße ich mich wieder dieser Identifikation und mache eine objektive Analyse ihrer Probleme. Durch den Gebrauch von diesem« – er tippte auf seinen Kopf – »und diesem« – er tippte auf seine Nase – »werde ich zu anderen, dann wieder ich selbst, und auf diese Weise gelingt es mir manchmal, sie zu befähigen, sich selbst zu helfen.«

Hal wußte, daß Fobo, als er auf seine Nase deutete, damit ausdrücken wollte, daß die zwei äußerst sensiblen Fühler im Inneren des projektilartigen Rüssels die Art und den Fluß der Emotionen seiner Patienten feststellen konnten.

Der Schweißgeruch eines *Wogs* war vielsagender als sein Gesichtsausdruck.

Fobo führte Hal den Korridor entlang zu dem großen Raum, wo er Abasa sagte, wohin er ging, und herzliche Nasenreibungen mit ihr austauschte.

Dann reichte Fobo Hal eine Maske, die wie das Gesicht eines *Wogs* geformt war, und setzte selbst seine eigene auf. Hal fragte gar nicht, wozu dies gut war, denn er wußte, daß es ein Brauch aller Siddos war, Nachtmasken zu tragen. Sie dienten einem nützlichen Zweck, denn sie hielten die vielen stechenden Insekten ab. Fobo erklärte ihre soziale Funktion.

»Wir Siddos der Oberschicht tragen sie auch im Hause, wenn wir auf einem ... wie heißt das amerikanische Wort?«

»Kneipenbummel?« sagte Hal. »Wenn eine Person aus der Oberschicht die Vergnügungsviertel der unteren Klassen aufsucht?«

»Wenn wir auf einem Kneipenbummel sind«, ergänzte Fobo. »Normalerweise behalte ich die Maske nicht auf, wenn ich einen Treffpunkt der niederen Klassen besuche, denn ich will mit den Leuten zusammen Spaß haben und nicht über sie lachen. Heute aber, da du nun mal ein – ich scheue den Ausdruck –, ein Nasenloser bist, halte ich es für besser, die Maske zu tragen.«

Als sie das Gebäude verlassen hatten, fragte Hal: »Aber wozu Revolver und Degen?«

»Oh, es ist nicht sehr gefährlich, aber es ist doch besser, vorsichtig zu sein. Erinnerst du dich noch, was ich dir bei den Ruinen erzählte? Die Insekten meines Planeten haben sich weit über das auf deiner Welt bekannte Maß hinaus entwickelt und spezialisiert. Hast du von den Parasiten und Mimetikern gehört, die Ameisenkolonien überfallen? Von den Käfern, die wie Ameisen aussehen und diese aufgrund der Ähnlichkeit hereinlegen? Von den Pygmäenameisen und den anderen Kreaturen, die in den Wänden und Kolonien hausen und Eier und Brut fressen? Wir selbst haben, jenen ähnlich, Feinde, die uns berauben. Wesen, die sich in Abwasserkanälen, Kellern, hohlen Bäumen oder in Erdlöchern verstecken und nachts in der Stadt umherschleichen. Deshalb erlauben wir unseren Kindern auch nicht, im Dunkeln draußen zu sein. Unsere Straßen sind gut beleuchtet und werden von Patrouillen bewacht, aber sie werden oft durch bewaldete Flächen getrennt ...«

Sie durchquerten einen Park auf einem von großen Gaslampen beleuchteten Weg. Siddo war noch im Übergangsstadium zwischen Elektrizität und älteren Energieträgern; es war durchaus nicht ungewöhnlich, eine Straße mit elektrischen Lampen und die nächste mit Gaslampen vorzufinden. Als sie auch den Park passiert hatten und auf eine breite Straße kamen, sah Hal weitere Zeugnisse der Kultur Ozagens, Altes und Nagelneues einträchtig beieinander. Es gab von Huftieren – gleichen Vorfahren entstammend wie Fobo – gezogene Wagen und Räderfahrzeuge mit Dampfantrieb. Tiere und Wagen füllten die Hauptverkehrsstraße, die mit einem zähen Gras bewachsen war, das allen Belastungen standhielt.

Und die Häuser standen so weit auseinander, daß man sich nur schwer an den Gedanken gewöhnen konnte, in einer Hauptstadt zu sein. Zu schade, dachte Hal. Die *Wogs* hatten im Moment mehr als genug Lebensraum, aber die expandierende Einwohnerzahl würde unweigerlich zur Bebauung der Freiräume mit Häusern und Gebäuden führen. Ozagen würde eines Tages genauso überbevölkert sein wie die Erde.

Dann verbesserte er sich. Überbevölkert, ja – aber nicht von Woggelwanzen. Falls die *Gabriel* ihren Auftrag wie geplant erledigte, würden menschliche Wesen aus der Haijac-Union die Eingeborenen ersetzen.

Dieser Gedanke bereitete ihm einen plötzlichen Schmerz,

und er überlegte sich – was natürlich unwirklich war –, daß dieses Ziel ein schreckliches Unrecht darstellte. Mit welchem Recht kamen Wesen von einem anderen Planeten hierher und durften kaltschnäuzig alle Einwohner ermorden?

Es war recht so, weil der Vorbote es gesagt hatte.

»Da ist es«, sagte Fobo.

Er zeigte auf einen großen Bau vor ihnen, der drei Stockwerke hatte und irgendwie an die Form einer Zikkurat erinnerte. Er war mit Bogen ausgestattet, die von den Obergeschossen bis zum Boden verliefen. Diese Bogen hatten Stufen, auf denen die Bewohner der oberen Etagen umhergehen konnten. Wie in vielen der älteren Bauten Siddos, gab es auch in diesem kein inneres Treppenhaus; die Bewohner gelangten direkt von außen in ihre Apartments.

Obwohl sie schon sehr alt war, hatte die Schenke eine große elektrische Leuchtreklame über dem Eingang im Erdgeschoß.

»Durokos Glückliches Tal«, übersetzte Fobo die Schriftzeichen.

Die Bar befand sich im Keller. Hal, der vor dem penetranten Alkoholdunst erschauderte, welcher die Treppen heraufstieg, folgte dem *Wog.* Im Eingang blieb er stehen.

Starker Schnapsgetuch, durchsetzt mit lauten Takten einer seltsamen Musik und noch lauteren Gesprächen. Die sechseckigen Tische waren von *Wogs* umlagert, die sich über große Zinnkrüge beugten, um sich gegenseitig anzubrüllen. Jemand fuhr fahrig mit den Händen in der Luft herum und ließ einen Maßkrug fallen. Eine Kellnerin eilte herbei und wischte die Überbleibsel mit einem Lappen auf. Als sie sich vornüberbeugte, erhielt sie von einem jovialen und sehr fetten Grüngesicht einen schallenden Schlag auf ihr Hinterteil. Seine Tischkumpane lachten mit weitgeöffneten breiten V-in-V-Lippen aus vollem Halse. Auch die Kellnerin lachte und sagte etwas zu dem Dicken, was wohl sehr witzig gewesen sein mußte, denn die Leute an den Nachbartischen brachen in lautes Gelächter aus.

Auf einer Bühne am anderen Ende des Raumes schlug eine fünfköpfige Band seltsam schräge Töne an. Hal erkannte drei Instrumente, die mit irdischen vergleichbar waren: eine Harfe, eine Trompete und eine Trommel. Ein vierter Musiker spielte nicht direkt mit, sondern stachelte ab und zu mit einem langen Stab ein kaninchengroßes, heuschreckenartiges Geschöpf in einem Käfig an. Solcherart gereizt, rieb das Insekt seine hinteren Flügel an den Hinterbeinen und gab vier laute Zirptöne von sich, denen ein langer, nervtötender Schrei folgte.

Der fünfte Musiker bediente rhythmisch einen Blasebalg, der mit einem Sack und drei kurzen, schmalen Pfeifen verbunden war. Ein dünnes Quäken war das Ergebnis.

Fobo rief laut: »Glaube nur nicht, dieser Krach sei typisch für unsere Musik. Das ist nur billige Unterhaltungsmusik. Ich werde dich demnächst mal zu einem Symphoniekonzert mitnehmen, da wirst du dann hören, was wirklich großartige Musik ist.«

Der *Wog* führte Hal zu einer der offenen Nischen, die sich entlang der Wand befanden. Sie setzten sich, und eine Kellnerin kam zu ihnen.

Schweiß rann ihr die Stirn und die röhrenförmige Nase hinunter.

»Behalte deine Maske auf, bis wir unsere Drinks bekommen haben«, sagte Fobo. »Dann können wir die Vorhänge zuziehen.«

Die Kellnerin sagte etwas in Siddo, und Fobo wiederholte es für Hal auf amerikanisch. »Bier, Wein oder Käfersaft? Ich persönlich würde die ersten beiden nicht anrühren. Das ist was für Frauen und Kinder.«

Hal, der sich nicht blamieren wollte, sagte mit gespielter Forschheit: »Für mich natürlich auch das letztere!«

Fobo hielt zwei Finger hoch, und die Kellnerin war sehr schnell mit zwei großen Maßkrügen zurück. Der *Wog* hielt seine Nase daran und atmete tief ein. Verzückt schloß er die Augen, hob den Krug und trank mit tiefen Zügen. Als er das Gefäß absetzte, rülpste er laut und schmatzte mit den Lippen.

»Schmeckt beim Aufstoßen genauso gut wie beim Hinunterschlucken!« brüllte er.

Hal wurde übel. Als Kind war er zu oft gezüchtigt worden, weil er laut aufgestoßen hatte. »Aber Hal«, sagte Fobo, »du trinkst ja gar nicht!«

Yarrow erwiderte leise: *»Damif'ino.«* Was soviel hieß wie: »Hoffentlich tut's nicht weh.« Und dann trank er.

Feuer lief durch seine Kehle wie Lava vom Hang eines Vulkans. Und wie ein Vulkan brach es aus Hal hervor: Er keuchte und schnaufte; die alkoholische Flüssigkeit schoß aus seinem Mund heraus; seine Augen schlossen sich und quetschten Tränen hervor.

»Sehr gut, nicht?« fragte Fobo ruhig.

»Ja, wirklich gut«, krächzte Hal aus einer Kehle, die für immer gebrandmarkt zu sein schien. Obwohl er das meiste ausgespuckt hatte, mußte wohl etwas direkt durch die Eingeweide in die Beine gelangt sein. Dort unten fühlte er nämlich eine heiße Flut hin und her Wogen, als würde sie gezogen von einem unsichtbaren Mond, der in seinem Kopf kreiste.

Einem großen Mond, der gegen die Innenseite seines Schädels anschwoll und diese traktierte.

»Nimm noch einen!«

Mit dem zweiten Schluck wurde er schon besser fertig – zumindest äußerlich, denn er hustete und spuckte nicht. Aber innerlich machte er ihm ziemlich zu schaffen. Sein Magen krümmte sich, und Hal war sicher, daß er sich selbst schändete. Nach ein paar tiefen Atemzügen glaubte er schon, die Flüssigkeit unten behalten zu können. Dann mußte er aufstoßen. Die Lava ergoß sich in seinen Hals.

»Entschuldigung«, sagte er und errötete.

»Warum?« fragte Fobo.

Hal hielt dies für eine der spaßigsten Antworten, die er jemals gehört hatte. Er lachte lauthals und nippte an dem Maßkrug. Wenn er ihn rasch leerte und dann die Flasche für Jeannette kaufte, konnte er zurückkehren, bevor die ganze Nacht vertan war.

Als der Krug nur noch halbvoll war, hörte Hal, undeutlich und weit entfernt, wie vom anderen Ende eines langen Tunnels, daß Fobo ihn fragte, ob er sich dafür interessiere, wie der Alkohol hergestellt werde.

»Shib«, sagte Hal.

Er stand auf, mußte sich aber mit einer Hand am Tisch abstützen. Der *Wog* bat ihn, die Maske doch lieber wieder aufzusetzen.

»Erdenmenschen sind immer noch Objekte der Neugier. Wir wollen nicht den ganzen Abend damit verbringen, Fragen zu beantworten. Oder Sachen zu trinken, die man uns aufdrängt.«

Sie schlängelten sich durch die lärmende Menge zu einem Hinterzimmer. Dort machte Fobo eine Gebärde und sagte: »Sieh doch! Der *Kesarubu!«*

Hal sah hin. Hätte nicht der Alkohol einen großen Teil seiner Hemmungen hinweggespült, er wäre wohl von Ekel überwältigt worden. So war er nur neugierig.

Jenes Wesen, das dort auf einem Stuhl am Tisch saß, hätte man auf den ersten Blick für eine Woggelwanze halten können. Denn es hatte den blonden Flaum, den kahlen Kopf, die Nase und auch den V-förmigen Mund. Zudem besaß es den runden Körper und den enormen Wanst, den einige der Ozagenianer hatten.

Aber beim zweiten Hinschauen im hellen Licht der nackten Glühbirne über ihnen erkannte man eine Kreatur, deren Körper in ein hartes und leicht grüngefärbtes Chitin gehüllt war. Und die Arme und Beine waren nackt, obwohl sie einen Umhang trug. Die Glieder waren nicht mit glatter Haut bedeckt, sondern ringartig wie Ofenrohre aus Chitinpanzerteilen zusammengesetzt. Fobo sprach zu dem Geschöpf. Einige Worte verstand Yarrow; die anderen konnte er aus dem Zusammenhang einsetzen.

»Ducko, das ist Hal Yarrow. Sag Hal Yarrow guten Tag, Ducko!«

Die großen blauen Augen sahen auf Hal. Sie unterschieden sich kaum von denen eines *Wogs,* doch sie wirkten nicht menschlich, sondern wie die eines Anthropoiden.

»Guten Tag, Hal Yarrow«, sagte Ducko mit einer Papageienstimme.

»Erzähle Hal doch mal, was für einen schönen Abend wir haben.«

»Wir haben einen schönen Abend, Hal.«

»Sag ihm, daß Ducko sich sehr freut, ihn zu sehen!«

»Ducko freut sich sehr, dich zu sehen.«

»Und ihm zu Diensten zu sein!«

»Und dir zu Diensten zu sein.«

»Zeige Hal, wie du Käfersaft herstellst!«

Ein *Wog,* der am Tisch stand, schaute auf seine Armbanduhr. Er sprach sehr schnell in Siddo. Fobo übersetzte.

»Er sagt, Ducko habe vor einer halben Stunde gegessen. Er müßte jetzt dienstbereit sein. Diese Geschöpfe fressen jede halbe Stunde eine große Portion und dann – schau mal!«

Duroko setzte eine riesige Steingutschüssel auf den Tisch. Ducko beugte sich darüber, bis eine mehrere Zentimeter lange Röhre, die aus seiner Brust herausragte, über dem Rand der Schüssel schwebte. Der Fortsatz war wahrscheinlich eine modifizierte Luftröhrenöffnung, dachte Hal. Aus dem Röhrchen spritzte eine klare Flüssigkeit in die Schüssel, bis diese randvoll gefüllt war. Duroko packte das Gefäß und schaffte es fort. Aus der Küche kam ein Ozagenianer mit einem Gericht, das, wie Hal später herausfand, extrem gezuckerten Spaghetti nicht unähnlich war. Er setzte den Teller ab, und Ducko machte sich mit einem großen Löffel darüber her.

Zu diesem Zeitpunkt arbeitete Hals Gehirn nicht gerade sehr schnell, aber allmählich erfaßte er den Vorgang. Verzweifelt sah er sich nach einem Ort um, wo er sich erbrechen konnte. Fobo hielt ihm einen Drink unter die Nase, und weil Hal nichts Besseres einfiel, schluckte er ihn hinunter. Alles oder nichts. Aber zu seiner Überraschung beruhigte das feurige Getränk seinen Magen. Oder verbrannte die aufsteigende Flut.

»Genauso ist es«, beantwortete Fobo Hals hervorgewürgte Frage. »Diese Geschöpfe sind ein hervorragendes Beispiel für parasitäre Mimikry. Obwohl sie Quasi-Insekten sind, sehen sie uns sehr ähnlich. Sie leben unter uns und verdienen ihre Unterkunft und Verpflegung dadurch, daß sie uns mit einem billigen und angenehmen alkoholischen Getränk versorgen. Hast du seinen massigen Bauch bemerkt? *Shib?* Darin fabriziert er nämlich so rasch den Alkohol und wirft ihn so leicht heraus. Einfach und natürlich, nicht wahr? Duroko hat noch zwei andere, die für ihn arbeiten, aber diese haben heute ihren freien Abend und halten sich wahrscheinlich in der nächstgelegenen Schenke auf, um sich zu betrinken. Wie der Landgang eines Seemanns ...«

Aus Hal platzte es heraus: »Können wir nicht eine Flasche kaufen und hinausgehen? Mir ist übel. Das muß an der schlechten Luft oder etwas anderem liegen.«

»An etwas anderem wahrscheinlich«, murmelte Fobo.

Bei einer Kellnerin bestellte er zwei Flaschen. Während sie darauf warteten, sahen sie einen kleinen *Wog* mit Maske und blauem Umgang eintreten. Der Neuankömmling blieb im Eingang stehen. Seine schwarzen Stiefel waren gespreizt, und der lange, röhrenförmige Vorsprung der Maske richtete sich mal hierhin, mal dorthin – wie das Periskop eines U-Boots, mit dem nach Beute Ausschau gehalten wird.

Hal hielt den Atem an. »Pornsen! Ich erkenne die Uniform unter seinem Umhang!«

»*Shib*«, erwiderte Fobo. »Auch die hängende Schulter und die schwarzen Stiefel verraten ihn. Wen will er eigentlich noch zum Narren halten?«

Hal blickte wild um sich. »Ich muß hier raus!«

Die Kellnerin kam mit den Flaschen zurück. Fobo bezahlte und reichte Hal eine, der sie unverzüglich in die Innentasche seines Umhangs steckte.

Der *Sept* konnte sie vom Eingang aus sehen, aber er dürfte sie kaum erkannt haben. Yarrow trug die Maske, und der Empathist sah für Pornsen vermutlich wie jeder andere *Wog* aus. Wie immer methodisch vorgehend, beschloß Pornsen offensichtlich, eine gründliche Durchsuchung vorzunehmen. Mit einem plötzlichen Ruck warf er die schräge Schulter hoch und begann, die Vorhänge der Nischen entlang der Wände auseinanderzuziehen. Jedesmal, wenn er einen *Wog* sah, der seine Maske aufgesetzt hatte, hob er die groteske Verkleidung hoch und schaute dahinter.

Fobo war sehr belustigt und sagte auf amerikanisch: »Das wird er nicht mehr lange machen. Was glaubt er wohl, wer wir Siddos sind? Ein Haufen von Mäuschen?«

Dann passierte das, was Fobo erwartet hatte. Ein stämmiger *Wog* erhob sich plötzlich, als Pornsen nach dessen Maske griff, und nahm stattdessen die des *Sept* ab. Einen Moment lang war der *Wog* vom Anblick der fremdrassigen Gesichtszüge so überrascht, daß er Pornsen fassungslos anstarrte. Dann stieß er jedoch einen Schrei aus, brüllte etwas Unverständliches und gab dem Erdenmenschen einen Schlag auf die Nase.

Im Nu entstand ein Chaos. Pornsen wankte zurück, prallte gegen einen Tisch, den er mitsamt den Maßkrügen umstieß, und fiel zu Boden. Zwei *Wogs* sprangen auf ihn; ein anderer traf einen Unbeteiligten. Der schlug zurück. Duroko eilte herbei, einen kurzen Knüppel in der Hand, und begann damit, auf Arme und Beine seiner rauflustigen Kunden einzudreschen. Bis ihm jemand Käfersaft ins Gesicht schüttete.

Und in diesem Augenblick betätigte Fobo den Schalter, der die ganze Schenke in Dunkelheit tauchte.

Verwirrt stand Hal da. Eine Hand ergriff die seine. »Folge mir!« Die Hand zerrte energisch. Hal drehte sich um und ließ sich führen, stolperte in Richtung der Hintertür, wie er glaubte.

Unzählige andere mußten wohl die gleiche Idee gehabt haben. Hal wurde umgestoßen, und man trampelte auf ihm herum. Fobos Hand war ihm entglitten. Yarrow rief verzweifelt nach dem *Wog*, aber jede mögliche Antwort ging in einem Chor von Stimmen unter: *Hau ab! Verschwinde von meinem Rücken, du blöder Sohn einer Wanze! Großer Larwa, wir sind im Eingang eingeklemmt!*

Scharfes Knallen vergrößerte noch den Lärm. Ein fauler Gestank brachte Hal zum Würgen: Unter Nervenanspannung ließen die *Wogs* das Gas aus ihren Böllerbeuteln entfahren. Keuchend kämpfte sich Hal den Weg durch die Tür frei. Nach einigen Sekunden verrückten Kletterns über ineinander verdrehte Körper hatte er es geschafft. Er torkelte eine schmale Gasse hinunter. Auf der Straße angekommen, lief er, so schnell er konnte, obwohl er überhaupt nicht wußte, wohin er rannte. Sein einziger Gedanke war, soviel Distanz wie nur möglich zwischen sich und Pornsen zu bringen.

Bogenlichter auf hohen, schmalen Eisenmasten flogen vorüber. Weil er im Schatten der vielen über die Straße ragenden Balkone bleiben wollte, streifte er im Laufen beinahe die Hauswände. Nach knapp einer Minute stoppte er vor einem engen Durchgang. Mit einem Blick erkannte er, daß es keine Sackgasse war. Er stürzte sich dort hinein und gelangte zu einem großen viereckigen Behälter, der, nach seinem Geruch zu urteilen, wohl für Abfälle benutzt wurde. Er hockte sich dahinter und versuchte, das Keuchen zu unterdrücken. Allmählich gewannen seine Lungen ihr Gleichgewicht zurück; er mußte nicht mehr nach Luft schnappen und konnte hören, ohne daß ihm das dumpfe Pochen des Herzens in den Ohren lag.

Es gab keinen Verfolger. Bald fühlte er sich sicher genug, um sein Versteck zu verlassen. In der Manteltasche spürte er die Flasche, die wie durch ein Wunder nicht zerbrochen war. Jeannette würde ihren Alkohol bekommen. Und er hatte ihr auch sonst noch einiges zu erzählen! Nach allem, was er ihretwegen durchgemacht hatte, würde er sicher eine gerechte Belohnung erhalten …

Bei dem Gedanken daran bekam Hal eine Gänsehaut und machte sich rasch auf den Weg. Er hatte überhaupt keine Vorstellung, wo er sich befand, aber in seiner Tasche trug er einen Stadtplan. Dieser war auf dem Schiff gedruckt worden und führte Straßennamen in Siddo-Sprache sowie in amerikanischer und isländischer Übersetzung auf. Er brauchte also nur die Straßenschilder unter einer der vielen Lampen zu lesen, sich anhand der Karte zu orientieren und heimzugehen. Was Pornsen betraf, so hatte der keinen realen Beweis gegen ihn, und er würde ihn auch nicht beschuldigen können, ehe er nicht einen solchen in Händen hatte. Der Besitz des goldenen *Lamech* machte Hal über jeden Verdacht erhaben. Pornsen …

— 12 —

PORNSEN! Eben hatte er den Namen noch dahingemurmelt, als dieser auch schon leibhaftig auftauchte. Hinter ihm war das Klicken schwerer Stiefelabsätze zu hören, und Hal wandte sich um. Eine kleine, verhüllte Gestalt kam die Gasse herunter. Im Schein einer Lampe zeichnete sich eine Hängeschulter ab. Schwarze Lederstiefel wurden sichtbar. Die Maske war fort.

»Yarrow!« rief der *Sept* schrill und triumphierend. »Es hat keinen Zweck wegzulaufen! Ich habe dich in der Schenke gesehen. Nun wirst du deinen Kopf nicht mehr aus der Schlinge ziehen können!«

Mit klappernden Schritten holte er seinen Schützling ein. »Trinken! Ich weiß, daß du getrunken hast!«

»Jaaa?« krächzte Hal höhnisch. »Sonst noch was?«

»Reicht das nicht?« kreischte der *Sept.* »Oder versteckst du noch etwas in deinem Apartment? Das wäre schon möglich! Vielleicht steckt die ganze Wohnung voll mit Flaschen. Komm schon! Wir werden zu deinem Apartment zurückgehen und gründlich nachsehen. Ich finde alles, was es zu finden gibt. Es würde mich gar nicht überraschen, alle Arten von Beweisen für dein unwirkliches Denken zu entdecken.«

Hal zog die Schultern zusammen und ballte seine Hände zu Fäusten, sagte aber nichts. Der Aufforderung des *Sept*, ihm zu Fobos Haus zu folgen, gehorchte er ohne die Spur eines Widerstandes. Wie Sieger und Besiegter marschierten sie durch die Gasse zur Straße zurück. Yarrow störte diesen Eindruck ein wenig, denn er taumelte leicht und mußte sich mit der Hand an der Häuserwand abstützen.

»Du betrunkener *Inter!*« höhnte Pornsen. »Mir wird ganz übel von dir!«

Hal zeigte nach vorn. »Ich bin nicht der einzige, dem es schlecht geht. Schau dir diesen Burschen dort an!«

In Wirklichkeit kümmerte es ihn überhaupt nicht, aber er klammerte sich an die Hoffnung, daß er irgend etwas, sei es auch noch so banal, sagen oder tun könnte, um den endgültigen und verhängnisvollen Moment der Rückkehr in sein Apartment abzuwenden. Er deutete auf einen großen und sichtlich berauschten *Wog*, der an einem Laternenpfahl hing. Was ihn davor bewahrte, auf seine nadelförmige Nase zu fallen. Das Bild hätte auch von einem Betrunkenen des neunzehnten oder zwanzigsten Jahrhunderts stammen können. Komplett mit Zylinder, Umhang und Laternenpfahl. Einige Male stöhnte die Kreatur, als wäre sie zutiefst beunruhigt.

»Vielleicht sollten wir stehenbleiben und nachsehen, ob er verletzt ist?« schlug Hal vor.

Er mußte etwas sagen, nur um Pornsen hinzuhalten. Ehe der *Sept* protestieren konnte, war Hal zu dem *Wog* gegangen. Er legte seine Hand auf den freien Arm – der andere umfaßte die Laterne – und sprach ihn in Siddo an.

»Können wir dir helfen?«

Der große Wog sah aus, als wäre er ebenfalls in einen Krawall geraten. Sein Mantel war nicht nur am Rücken zerrissen, sondern wies auch Flecken von getrocknetem grünem Blut auf. Er hielt sein Gesicht von Hal abgewandt, so daß der Erdenmensch ziemliche Mühe hatte, sein Gemurmel zu verstehen.

Pornsen zerrte an Hals Arm. »Komm weiter, Yarrow. Er wird schon wieder zu sich kommen. Was macht schon eine betrunkene Wanze mehr oder weniger aus?«

»Shib«, stimmte Hal tonlos zu. Er nahm seine Hand weg und machte Anstalten weiterzugehen. Pornsen, der hinter ihm war, tat gleichfalls einen Schritt ... und stieß mit Hal zusammen, weil dieser erneut stehengeblieben war.

»Worauf wartest du noch, Yarrow?« Die Stimme des *Sept* klang plötzlich besorgt.

Und dann schrie die Stimme in Todesangst.

Hal wirbelte herum ... um in grausiger Wirklichkeit das zu sehen, was ihm durch den Kopf gegangen war und ihn hatte abstoppen lassen. Als er nämlich seine Hand auf den Arm des *Wogs* gelegt hatte, war da nicht warme Haut, sondern kaltes Chitin zu fühlen. Für einige Sekunden war die Bedeutung dieses Umstandes nicht durch die Schaltzentrale seines Gehirns gedrungen. Dann funkte es, und er erinnerte sich an das, was ihm Fobo auf dem Weg zu der Kneipe gesagt hatte – weshalb er ein Schwert bei sich trug. Um Pornsen zu warnen, war es zu spät gewesen.

Der *Sept* hielt beide Hände vor die Augen und schrie wie am Spieß. Das große Geschöpf, das sich an den Lampenmast gelehnt hatte, näherte sich nun Hal. Mit jedem Schritt schien der Körper riesiger zu werden. Über seiner Brust schwoll ein Sack an, der wie ein pulsierender, grauer Ballon aussah, und entleerte sich mit einem schnaubenden Geräusch. Das abscheuliche Insektengesicht, mit zwei verkümmerten und in den Mundwinkeln flatternden Armen und dem trichterförmigen Rüssel unter dem Mund, war auf ihn gerichtet. Eben diesen Rüssel hatte Hal irrtümlich für eine Wog-Nase gehalten. In Wirklichkeit mußte das Biest durch Tracheen und zwei Schlitze unter den riesigen Augen geatmet haben. Normalerweise würde sein Atem laut durch die Schlitze rasseln, aber es hatte ihn wohl unterdrückt, um seine Opfer nicht zu warnen.

Hal stieß einen Schrei des Entsetzens aus. Aber gleichzeitig raffte er seinen Umhang und warf ihn vor sein Gesicht. Die Maske hätte ihn vielleicht ebenfalls geschützt, aber darauf wollte er sich nicht verlassen.

Etwas verbrannte seinen Handrücken, und er wimmerte vor Schmerz. Aber Hal sprang vor und rammte, ehe das Biest wieder Luft in den Sack blasen und das Gift durch den Trichter ausstoßen konnte, seinen Kopf in den Bauch des Angreifers.

Das Wesen gab ein pfeifendes Geräusch von sich und fiel nach hinten. Dort lag es auf dem Rücken und zappelte mit seinen Armen und Beinen wie ein gigantischer Giftkäfer – was es wohl tatsächlich war. Als es sich von dem Schock erholt hatte, sich herumwälzte und versuchte, wieder auf die Beine zu kommen, trat Hal hart zu. Mit einem Knirschlaut drang seine Stiefelspitze durch das dünne Chitin.

Er zog den Fuß zurück. Blut sickerte aus der Öffnung. Im Lampenlicht sah es beinahe schwarz aus. Noch einmal trat Hal gegen die Öffnung.

Das Biest kreischte und versuchte auf allen vieren davonzukriechen. Der Terraner sprang mit beiden Füßen auf den Käfer und drückte ihn gegen das Pflaster. Eine Ferse preßte er gegen den dünnen Nacken und stieß mit der ganzen Kraft seines Beines zu. Der Hals knackte, und das Wesen lag still da. Sein Unterkiefer klappte auf und brachte zwei Reihen winziger Nadelzähne zum Vorschein. Die Armrudimente des Mundes wackelten noch schwach, sackten aber nach kurzer Zeit herunter. Hals Brust schwoll schmerzhaft an. Er bekam nicht genug Luft. Seine Eingeweide zitterten und drohten ihren Weg durch die Kehle zu nehmen. Ansatzweise geschah dies schließlich auch, und vornübergebeugt würgte Hal alles heraus, was im Magen war.

Auf einen Schlag war er nüchtern. Pornsen hatte mittlerweile aufgehört zu schreien. Zusammengekauert lag er in der Gosse. Hal drehte ihn herum und erschauderte vor dem, was er sah. Die Augen waren teilweise ausgebrannt, und an den Lippen waren große Blasen. Die aus dem Mund heraushängende Zunge war stark angeschwollen. Offenbar hatte Pornsen etwas von dem Gift geschluckt.

Hal gab sich einen Ruck und setzte sich in Bewegung. Eine Patrouille der *Wogs* würde die Leiche des *Sept* finden und sie den Erdenmenschen übergeben. Sollte sich die Hierarchie doch ausmalen, was passiert war. Pornsen war tot, und nun endlich gestand Hal sich ein, was er vorher nie zuzugeben gewagt hatte. Er haßte Pornsen. Und er war froh über seinen Tod. Wenn Pornsen schrecklich gelitten hatte – was machte das schon? Seine Schmerzen waren nur kurz gewesen, aber das Leid, das er Hal angetan hatte, war fast dreißig Jahre eine Qual gewesen.

Ein Laut hinter ihm ließ ihn herumfahren.

»Fobo?« rief Hal.

Ein Stöhnen war zu hören, gefolgt von schmerzverzerrten Worten.

»Pornsen? Du kannst nicht ... du bist doch ... tot.«

Aber Pornsen war noch am Leben. Schwankend richtete er sich auf. Tastend streckte er die Hände vor sich aus und tat ein paar unsichere Schritte.

Einen Augenblick lang fiel Hal derartig in Panik, daß er schon daran dachte, einfach wegzulaufen. Aber er blieb wie angewurzelt stehen und zwang sich zu nüchterner Überlegung.

Falls die *Wogs* Pornsen fänden, würden sie ihn den Ärzten der *Gabriel* übergeben. Und die Ärzte würden Pornsen mit neuen Augen von der Organ-Bank ausstatten und ihm Regenerierungsstoffe injizieren. In zwei Wochen hätte Pornsens Zunge wieder ihre alte Gewandtheit zurückerlangt, und er würde reden. Beim Vorboten, und wie er reden würde!

In zwei Wochen? Jetzt! Es gab nichts, was Pornsen vom Schreiben abhalten konnte.

Während Pornsen vor physischen Schmerzen stöhnte, bereiteten Hal andere Dinge Kopfzerbrechen.

Eigentlich hatte er nur eine Möglichkeit.

Er ging zu Pornsen und ergriff seine Hand. Der *Sept* zuckte zusammen und lallte etwas Unverständliches.

»Ich bin's, Hal«, sagte Yarrow.

Pornsen zog ein Notizbuch und einen Stift aus der Tasche. Hal ließ seine andere Hand wieder los. Pornsen schrieb etwas auf das Papier und reichte es dann Hal.

Das Mondlicht war so hell, daß man dabei lesen konnte. Die Handschrift war zwar ein Gekritzel, aber selbst als Blinder schrieb Pornsen noch leserlich:

»Bring mich zur *Gabriel*, Sohn. Ich schwöre beim Vorboten, daß ich zu niemandem ein Wort über den Schnaps sagen werde. Ich werde Dir ewig dankbar sein. Aber laß mich nicht hier mit meinen Schmerzen in der Gewalt von Ungeheuern zurück. Ich liebe Dich.«

Hal klopfte leicht auf Pornsens Schulter und sagte: »Nimm meine Hand. Ich werde dich führen.«

Im selben Moment hörte er weiter unten auf der Straße einigen Lärm. Eine Gruppe von *Wogs* bewegte sich geräuschvoll auf sie zu.

Er zog Pornsen in einen nahe gelegenen Park und führte den stolpernden Mann um Bäume und Büsche herum. Nachdem sie etwa hundert Meter weit gegangen waren, gelangten sie an ein besonders dicht mit Bäumen bewachsenes Gelände. Hal blieb stehen. Mitten aus dem Gehölz drangen eigenartige Geräusche – ein Knacken und ein Schnaufen.

Hal spähte hinter einen Baum und sah die Ursache der Geräusche. Das helle Mondlicht fiel auf die Leiche eines *Wogs*, oder genauer auf das, was davon übriggeblieben war. Vom oberen Teil des Körpers war das Fleisch völlig abgezogen. Auf der Leiche und daneben tummelten sich viele silbrigweiße Insekten, die Ameisen ähnelten, aber mindestens dreißig Zentimeter groß waren. Das Knacken kam von ihren Mandibeln, die sich an der Leiche zu schaffen machten, und das Schnaufen rührte vom Ein- und Ausatmen der Luftbeutel auf ihren Köpfen her.

Hal hatte sich in seinem Versteck sicher geglaubt, aber sie mußten ihn entdeckt haben, denn plötzlich verschwanden sie im Schatten der Bäume auf der anderen Seite des Wäldchens.

Er zögerte zunächst, kam dann jedoch zu dem Schluß, daß sie nur Aasfresser sein konnten und wohl kaum einen Gesunden belästigen würden. Der *Wog* war gewiß ein Betrunkener gewesen, der sich besinnungslos den Ameisen zum Fraß ausgeliefert hatte.

Hal führte Pornsen zu dem Leichnam und untersuchte diesen. Bisher hatten die Männer der *Gabriel* noch niemals Gelegenheit gehabt, die Anatomie eines *Wogs* zu studieren. Jedes Ersuchen um Überlassung von Leichen war von den Behörden Ozagens abgelehnt worden. Eine besondere Begründung für diese Weigerung gab man nicht, sondern beschränkte sich auf die knappe Feststellung, daß eine Übergabe von Leichen unmöglich sei. Proben des Wog-Blutes hatten sie jedoch an die menschlichen Biologen geliefert. Da diese Proben ihren Wünschen entsprachen, hatten die Haijacs keine riskanten Versuche unternommen, Leichen zu stehlen.

Neugierig beugte sich Hal über das Halb-Skelett, denn dies war seine erste Chance, die Knochenstruktur der Eingeborenen zu untersuchen. Die Wirbelsäule des *Wogs* lag im vorderen Teil des Rumpfes und stieg aus nicht-menschlich geformten Hüften in einer Krümmung auf, die das Spiegelbild der Rückgratkrümmung des Menschen war. An jeder Seite des Rückgrats lagen jedoch vor den Hüften zwei Beutel des Darmtraktes. Diese bildeten einen Magen mit einer Höhle in der Mitte. Am lebendigen Körper eines *Wogs* blieb diese Magengrube verborgen, denn dort spannte sich die Haut fest darüber.

Ein derartiger innerer Aufbau war bei einem Wesen, das von insektenähnlichen Vorfahren abstammte, zu erwarten. Vor Hunderten von Millionen Jahren waren die Urväter der *Wogs* undifferenzierte, wurmähnliche Präarthropoden. Die Evolution hatte es so gewollt, daß aus dem Wurm ein vernunftbegabtes Wesen geworden war. Und wenn man sich die Beschränkungen echter Gliederfüßler vor Augen hielt, erkannte man, daß im Verlauf der Evolution ein Urahn der *Wogs* vom Stamm der Arthropoden abgespalten wurde. Als die Krustentiere, Spinnen und Insekten Ektoskelette und viele Beine bildeten, hatte Urvater *Wog* diesen Schritt unterlassen und sich geweigert, seine empfindliche Haut in hartes Chitin umzuwandeln. Statt dessen hatte er ein inneres Skelett errichtet. Sein Zentralnervensystem war immer noch ventral, und das Kunststück, die spinalen Nerven und das Rückgrat von vorn nach hinten zu verlagern, überstieg sein Leistungsvermögen. So hatte er ein »Grat« gebildet. Dort, wo es benötigt wurde. Und der Rest seines Skeletts mußte sich dem anpassen. Die inneren Körperteile eines *Wogs* unterschieden sich eindeutig von denen eines Säugers. Aber ungeachtet der abweichenden Form, war die Funktion doch ähnlich.

Hal hätte gerne den Kadaver weiter untersucht, aber es gab noch Arbeit für ihn. Arbeit, die er haßte.

Pornsen schrieb etwas in das Notizbuch und reichte es Hal.

»Sohn, ich leide schrecklich. Zögere bitte nicht länger, mich zum Schiff zu bringen. Ich werde Dich nicht verraten. Habe ich je ein Versprechen gebrochen, das ich Dir gegeben habe? Ich liebe Dich.«

Das einzige Versprechen, das du mir je gegeben hast, war, mich auszupeitschen, dachte Hal.

Er blickte auf die Schatten zwischen den Bäumen. Die bleichen Körper der Ameisen waren wie ein Wald von Pilzen. Der nur darauf wartete, daß Hal ging.

Pornsen murmelte etwas Unverständliches und setzte sich ins Gras. Seinen Kopf ließ er herabhängen.

»Warum sollte ich es eigentlich tun?« fragte sich Hal.

Ich muß nicht, dachte er. Jeannette und ich könnten uns in die Gewalt der *Wogs* begeben. Wir könnten uns an Fobo wenden. Die *Wogs* könnten uns verstecken. Aber würden sie es auch tun? Wenn ich nur sicher sein könnte, daß sie uns nicht an die Uzziten ausliefern würden.

»Hat keinen Zweck, es hinauszuschieben«, murmelte er.

Seufzend fügte er hinzu: »Warum muß ich es tun? Warum konnte er nicht dort drüben sterben?«

Aus dem Schaft seines Stiefels zog er ein langes Messer.

In diesem Moment hob Pornsen seinen Kopf und schaute mit seinen lädierten Augen hoch. Seine Hand tastete nach Hal. Seine verbrannten Lippen formten die scheußliche Karikatur eines Lächelns.

Hal richtete sein Messer gegen Pornsen, zehn Zentimeter von dessen Kehle entfernt.

»Jeannette, ich tue es für dich!« sagte Hal laut.

Aber die Messerspitze bewegte sich nicht, und nach ein paar Sekunden sank sie herab.

»Ich kann es einfach nicht«, stöhnte Hal. »Ich kann es nicht.«

Zu irgend etwas mußte er sich jedoch entschließen. Etwas, wodurch Pornsen von einer Aussage gegen ihn abgehalten oder Jeannette und er gleichzeitig aus der Gefahrenzone befreit wurden.

Darüber hinaus mußte er dafür sorgen, daß Pornsen ärztliche Hilfe bekam. Die Leiden des Mannes machten auch ihn ganz krank, weckten sein Mitgefühl. Wäre er fähig gewesen, Pornsen zu töten, hätte er dem ganzen Leid ein Ende gemacht. Aber er konnte sich nicht überwinden, es zu tun.

Mit einem Murmeln auf den verbrannten Lippen tat Pornsen einige Schritte vorwärts. Die Hände hielt er in Brusthöhe vorgestreckt und machte kreisende Bewegungen, um nach Hal zu fuhlen. Hal trat zur Seite. Er überlegte in Sekundenschnelle. Es gab nur eines, was er tun konnte: Jeannette holen und mit ihr fliehen. Seinen ersten Gedanken, einen *Wog* zu suchen, der Pornsen zum Schiff bringen würde, verwarf er wieder. Der *Sept* würde noch einige Zeit seine Qualen erdulden müssen, denn Hal benötigte jede Sekunde. Und der Versuch, Pornsens Schmerzen so schnell wie möglich zu lindern, wäre Verrat an Jeannette – von ihm selbst gar nicht zu reden.

Pornsen war langsam vorwärtsgegangen und hatte mit den

Händen die Luft erkundet. Um nicht über ein Hindernis zu stolpern, tappte er nur schlurfend über das Gras. Plötzlich kam sein Fuß mit den Knochen des Eingeborenen in Berührung. Er hielt an und bückte sich, um zu fühlen. Als er seine Hände um Rippen und Becken schloß, erstarrte Pornsen. Er verharrte einige Sekunden in dieser Haltung und begann dann, die ganze Länge des Skeletts abzutasten. Seine Finger berührten den Schädel, fuhren um ihn herum und erkundeten die Reste von Fleisch, die noch daran hingen.

Abrupt und sichtlich entsetzt erhob er sich und rannte kopfüber los. Vielleicht war ihm klargeworden, daß dasjenige, was dem *Wog* das Fleisch abgefressen hatte, ganz in der Nähe sein könnte und er hilflos war. Ein erstickter Schrei war von ihm zu hören, als er quer über die Lichtung raste. Dieses schrille Geheul fand jedoch ein jähes Ende, denn Pornsen rammte einen Baumstamm und fiel der Länge nach hin.

Bevor er aufstehen konnte, war er von einer schnaufenden und knackenden Horde pilzweißer Körper überhäuft.

Ohne zu bedenken, daß er nicht rational handelte, rannte Hal, einen Schrei ausstoßend, auf die Ameisen zu. Als er die Lichtung halb überquert hatte, sah er, wie sie sich in den Schatten zurückzogen, aber nicht so weit, daß er die weiße Masse nicht wahrnehmen konnte.

Als er Pornsen erreichte, sank Hal auf die Knie nieder und untersuchte ihn.

In diesen wenigen Augenblicken war die Kleidung des Mannes in Fetzen gerissen und sein Fleisch an vielen Stellen abgebissen worden.

Die Augen blickten starr nach oben – Pornsens Halsader war durchtrennt worden.

Hal stand stöhnend auf und verließ dann mit eiligen Schritten das Wäldchen. Hinter ihm entstand ein Schnaufen und Rascheln. Sie stürmten aus dem Schutz der Bäume hervor.

Hal sah nicht mehr zurück.

Er befand sich bereits wieder im Licht der Straßenlaternen, als sich der Druck in seinem Innern Luft machte. Tränen liefen ihm die Wangen hinunter; die Schultern bebten unter seinem Schluchzen; er torkelte wie ein Betrunkener. Seine Eingeweide fühlten sich an, als würden sie auseinandergerissen.

Er wußte nicht, ob es Erleichterung oder Haß war, was da zum Ausdruck kam, weil die Ursache seines Hasses ihm nicht länger etwas anhaben konnte. Vielleicht war es eine Mischung aus Erleichterung und Haß. Wie auch immer – es gärte in seinem Körper wie Gift, und sein Körper stieß es hinaus. Aber gleichzeitig erhitzte es ihn bis zum Siedepunkt.

Doch es kam heraus. Und obwohl er sich sterbenskrank fühlte, war er, bis er vor seinem Haus angelangt war, vom Gift befreit. Bleierne Müdigkeit legte sich über seine Arme und Beine, und er brachte kaum die Energie auf, die Treppenflucht zum Vordereingang des Gebäudes hinaufzusteigen.

Aber gleichzeitig war ihm sehr fröhlich zumute, und sein Herz klopfte so ungehindert stark, als wäre es aus einer harten Umklammerung erlöst worden.

— 13 —

Ein großer Geist in einem hellblauen Totenhemd wartete im unwirklichen Dämmerlicht auf den Terraner. Es war Fobo, der Empathist, der zwischen den im Sechseck angeordneten Bogen stand, die in das Gebäude führten. Er schlug die Kapuze zurück und enthüllte sein Gesicht, das Kratzer auf einer Wange und ein blutunterlaufenes rechtes Auge aufwies.

Ziemlich vergnügt sagte er: »Irgendein Sohn einer Wanze riß mir die Maske herunter und verpaßte mir einige Schrammen. Aber es war trotzdem ein Spaß. Es ist ganz nützlich, wenn man ab und zu auf diese Weise Dampf abläßt. Wie hast du es geschafft, dort herauszukommen? Ich war schon in Sorge, du könntest von der Polizei festgenommen worden sein. Normalerweise wäre dies kein Grund zur Aufregung, aber ich weiß, daß deine Kollegen auf dem Schiff solche Aktivitäten mißbilligen würden.«

Hal lächelte nachsichtig. »Mißbilligen ist noch sehr milde ausgedrückt.«

Er fragte sich, woher Fobo wußte, wie die Reaktionen der Hierarchie ausfallen würden. Wieviel wußten die *Wogs* überhaupt von den Menschen? Waren sie den Haijacs auf die Schliche gekommen, und warteten sie nur darauf loszuschlagen? Wenn ja, womit? Soweit man es bestimmen konnte, lag ihre Technologie beträchtlich hinter dem Standard der Erde zurück. Zugegeben, was Funktionen der Psyche betraf, schienen sie sich besser auszukennen als die Terraner, aber dies war verständlich. Die Stirche hatte schon vor langer Zeit verfügt, daß die Psychologie ausgeforscht und damit weiteres Forschen überflüssig sei. Das Resultat war ein Stillstand in den psychologischen Wissenschaften.

Ihm war das mehr oder weniger gleichgültig, denn er fühlte sich zu müde, um sich mit solchen Dingen zu beschäftigen. Alles, was er jetzt noch wollte, war, ins Bett zu gehen.

»Ich werde dir später erzählen, wie es mir ergangen ist«, erklärte er.

Fobo erwiderte: »Ich kann es mir schon denken. Deine Hand. Es wäre besser, du würdest mich die Verbrennung behandeln lassen. Das Gift der Nachtwandler ist ziemlich widerlich.«

Folgsam wie ein kleines Kind ging Hal zum Apartment des *Wogs* mit und ließ sich eine kühlende Salbe auftragen.

»Shib«, sagte Fobo. »Geh schlafen. Du kannst mir morgen alles erzählen.«

Hal dankte ihm und stieg in sein Stockwerk hinab. Der Schlüssel in seiner Hand wackelte. Dann schließlich, nach vergeblichem Gebrauch von Sigmens Namen, steckte er ihn ins Schloß und öffnete die Tür. Er trat ein und sperrte hinter sich wieder ab. Er rief nach Jeannette. Sie mußte sich in dem Schrank-im-Schrank des Schlafzimmers versteckt gehalten haben, denn er hörte das Zuschlagen zweier Türen, und im nächsten Moment kam sie auf ihn zugelaufen. Stürmisch warf sie die Arme um ihn.

»Oh, *mo num, mo num!* Was ist geschehen? Ich habe mir solche Sorgen gemacht. Ich hätte schreien können, als die Nacht vorüberging und du nicht heimkehrtest.«

Obwohl es ihm leid tat, daß er ihr Kummer bereitet hatte, verschaffte es ihm doch ein prickelndes Gefühl, sie so sehr in Sorge um ihn zu sehen. Mary hätte vielleicht eine Art von Mitgefühl verspürt, aber sie hätte es als ihre Pflicht angesehen, dieses zu unterdrücken und ihm Vorhaltungen über sein unwirkliches Denken und die sich daraus ergebenden Pflichtverletzungen zu machen.

»Es gab einen Krawall«, sagte Hal. Er hatte sich dazu entschlossen, nichts von dem *Sept* und dem Nachtwandler zu erwähnen. Später, wenn die Anspannung von ihm gewichen war, würde er darüber reden.

Sie band seinen Umhang und die Kapuze los und nahm ihm die Maske ab. Während Hal in einen Sessel sank und die Augen schloß, hängte Jeannette seine Sachen in den Schrank im Vorraum.

Kurz darauf hörte Hal, wie Flüssigkeit in ein Glas gegossen wurde, und schlug die Augen wieder auf. Sie stand vor ihm und hielt ein großes Glas in der Hand, das sie mit dem Käfersaft aus der Flasche füllte. Der Geruch schlug Hal auf den Magen, und der Anblick eines schönen Mädchens, das im Begriff war, dieses abscheuliche Zeug zu trinken, wirbelte alles wieder auf.

Jeannette sah ihn an, und die zarten Augenbrauen hoben sich.

»Kyetil?«

»Nichts ist los!« seufzte er. »Mir geht es gut.«

Sie setzte das Glas ab, nahm ihn bei der Hand und führte ihn in das Schlafzimmer. Dort brachte sie ihn ganz sanft zum Sitzen und drückte so lange gegen seine Schultern, bis er sich hinlegte. Dann zog sie seine Stiefel aus, ohne daß er sich wehrte. Nachdem sie sein Hemd aufgeknöpft hatte, strich sie ihm durch das Haar.

»Geht es dir wirklich gut?«

»Shib. Ich könnte mit einer Hand die ganze Welt auf den Kopf stellen.«

»Gut.«

Das Bett knarrte, als sie sich erhob und den Raum verließ. Hal glitt langsam in den Schlaf, wurde aber wieder wach, als sie zurückkam. Erneut schlug er die Augen auf. Jeannette stand mit einem Glas in der Hand vor ihm.

»Möchtest du jetzt einen Schluck, Hal?« fragte sie.

»Großer Sigmen, verstehst du es denn nicht, Mädchen?« sagte er erregt und richtete sich auf. »Was glaubst du denn, warum mir schlecht wurde? Ich kann dieses Zeug nicht vertragen! Ich kann auch nicht zusehen, wie du es trinkst. Es ekelt mich an. Du ekelst mich an. Was ist los mit dir? Bist du blöd?«

Jeannette starrte ihn mit weit aufgerissenen Augen an. Das Blut wich aus ihrem Gesicht und ließ ihr Lippenrot als karmesinfarbenen Mond in einem weißen See zurück. Ihre Hand zitterte so sehr, daß sie das Getränk verschüttete.

»Aber ... aber«, keuchte sie. »Ich dachte ... du sagtest doch, daß du dich wohl fühlst. Ich glaubte, es wäre alles in Ordnung. Ich dachte, du wolltest mit mir ins Bett gehen.«

Yarrow stöhnte. Er schloß die Augen und legte sich wieder hin. Sarkasmus war bei ihr fehl am Platz. Sie beharrte nun mal darauf, alles wörtlich zu nehmen. Man mußte sie umerziehen. Wäre er nicht so erschöpft gewesen, hätte ihn ihr freimütiger Vorschlag wohl schockiert – er ähnelte so sehr dem der Scharlachroten Frau im *Westlichen Talmud*, als diese versucht hatte, den Vorboten zu verführen.

Aber dies erschreckte ihn nicht mehr. Darüber hinaus sagte ihm eine Stimme am Rande seines Bewußtseins, daß Jeannette nur das in eindeutige und unwiderrufliche Worte gefaßt hatte, was ihm die ganze Zeit am Herzen gelegen hatte. Aber wenn man es aussprach ...

Zerbrechendes Glas riß Hal aus seinen Gedanken. Er sprang auf. Sie stand da mit verzerrtem Gesicht, der liebliche rote Mund bebte, Tränen flossen. Ihre Hand war leer. Ein breiter nasser Fleck an der Wand wies darauf hin, was aus dem Glas geworden war.

»Ich dachte, du liebst mich!« schrie sie.

Unfähig, zu denken oder etwas zu sagen, starrte Hal sie an. Sie drehte sich um und entfernte sich. Er hörte, wie sie in den Vorraum ging und laut zu schluchzen anfing. Da er dies einfach nicht ertragen konnte, sprang er aus dem Bett und lief rasch hinter ihr her. Angeblich waren diese Räume schalldicht, aber man konnte ja nie wissen. Was wäre, wenn man sie zufällig belauschte?

Jedenfalls brachte sie ihn innerlich ziemlich durcheinander, und er mußte diesen Wirrwarr in Ordnung bringen.

Als er den Vorraum betrat, sah er ihren niedergeschlagenen Blick. Geraume Zeit stand er schweigend da, wollte etwas sagen, war aber nicht dazu imstande, denn noch nie zuvor hatte er ein solches Problem lösen müssen. Haijac-Frauen weinten nicht oft, oder wenn sie es taten, dann vergossen sie ihre Tränen allein im stillen Kämmerlein.

Hal setzte sich zu ihr und legte sanft seine Hand auf ihre Schulter.

»Jeannette.«

Sofort wandte sie sich um und schmiegte sich mit ihrem dunklen Haar gegen seine Brust. Unter Tränen sagte sie: »Ich dachte, du liebst mich vielleicht gar nicht. Und das konnte ich nicht ertragen. Nicht nach allem, was ich durchgemacht habe!«

»Nun, Jeannette, ich … weißt du … ich meine … ich war nicht …«

Er unterbrach sich. Er hatte nicht die Absicht, ihr zu sagen, daß er sie liebte. Noch nie hatte er dies einer Frau gesagt, auch Mary nicht. Und auch ihm hatte noch keine Frau ihre Liebe gestanden. Und nun gab es hier diese Frau auf einem fernen Planeten, die es als selbstverständlich ansah, daß er mit Leib und Seele ihr gehörte.

Mit leiser Stimme begann er zu sprechen. Die Worte kamen fließend, denn er zitierte die Moralpredigt AT-16:

»… alle Wesen mit dem Herzen auf dem rechten Fleck sind Brüder … Mann und Frau sind Bruder und Schwester … Liebe gibt es überall … aber Liebe … sollte auf einer höheren Ebene stattfinden … Mann und Frau sollten mit Recht den tierischen Akt als etwas verabscheuen, das der Große Geist, der Beobachter des Kosmos, noch nicht aus der evolutionären Entwicklung des Menschen eliminiert hat … Es wird die Zeit kommen, da Kinder auf andere Weise gezeugt werden. In der Zwischenzeit müssen wir Sex als überholt und nur zu einem Zweck nützlich betrachten: Kinder zu …«

Klatsch! Sein Kopf dröhnte, und vor seinen Augen tanzten kleine Sterne.

Es dauerte einen Moment, ehe er begriffen hatte, daß Jeannette aufgesprungen war und ihm eine kräftige Ohrfeige verabreicht hatte. Sie stand über ihm, und er sah auf ihre verkniffenen Augen und ihren roten Mund, der wütend verzogen war.

Dann drehte sie sich hastig um und lief in das Schlafzimmer. Hal stand auf und folgte ihr. Jeannette lag auf dem Bett und weinte hemmungslos.

»Jeannette, du verstehst mich nicht.«

»Fva tuh!«

Als ihm die Bedeutung bewußt wurde, errötete er. Dann geriet er in Rage. Er packte sie bei der Schulter und drehte sie herum, so daß sie ihm ins Gesicht schauen mußte.

Und plötzlich hörte er sich sagen: »Aber ich liebe dich, Jeannette. Ich liebe dich wirklich.«

Es klang seltsam, selbst in seinen Ohren. Die Vorstellung von Liebe, wie Jeannette sie empfand, war ihm fremd – war eingerostet, wenn man es so sagen konnte. Es war sehr viel Politur nötig, aber, dies wußte er, sie konnte zum Glänzen gebracht werden. Hier, in seinen Armen, lag eine halbmenschliche Frau, deren ganzes Wesen, deren Instinkte und Erziehung auf Liebe ausgerichtet waren.

Hal hatte geglaubt, daß ihm in dieser Nacht schon jeglicher Kummer genommen worden war. Aber nun, als er seinen Entschluß vergaß, ihr nicht zu erzählen, was passiert war, und er, Schritt für Schritt, die lange und schreckliche Nacht rekapitulierte, liefen ihm die Tränen über das Gesicht. Dreißig Jahre hatten einen tiefen Graben hinterlassen; es dauerte eine lange Zeit, bis er den ganzen Kummer hinausgeweint hatte.

Auch Jeannette schluchzte und sagte, daß es ihr leid täte, auf ihn böse gewesen zu sein. Sie versprach, nie wieder so zu handeln. Und er sagte, daß jetzt alles in Ordnung sei. Sie küßten sich immer wieder, bis sie, wie zwei kleine Kinder, die sich durch Weinen und Trösten von Wut und Enttäuschung befreit haben, sanft einschliefen.

— 14 —

Um 09.00 Schiffszeit ging Yarrow an Bord der *Gabriel*, mit dem Geruch des Morgentaus auf dem Gras in seiner Nase. Da er noch etwas Zeit vor der Konferenz hatte, schaute er bei

Turnboy, dem historischen *Inter*, rein. Beiläufig fragte er, ob Turnboy wohl irgend etwas über eine Raumflug-Emigration aus Frankreich wisse, die nach dem Apokalyptischen Krieg stattgefunden haben sollte. Turnboy war entzückt, sein Wissen an den Mann bringen zu können. Ja, die Überreste der gallischen Nation hatten sich nach dem Apokalyptischen Krieg in der Loiregegend gesammelt und den Kern dessen gebildet, was ein neues Frankreich hätte werden können.

Aber von den rasch wachsenden Kolonien, die man von Island aus in den nördlichen Teil und von Israel aus in den südlichen Teil Frankreichs vorangetrieben hatte, wurde die Loire bald umzingelt. Neufrankreich sah sich ökonomischer und religiöser Unterdrückung ausgesetzt. Die Anhänger Sigmens drangen in mehreren Missionarswellen in das katholische Territorium ein. Hohe Zölle würgten den Handel des kleinen Landes ab. Schließlich hatte sich eine Gruppe von Franzosen, die unausweichliche Absorption oder Eroberung ihres Staates, ihrer Religion und Sprache vor Augen, mit sechs Raumschiffen aufgemacht, im Umkreis einer fernen Sonne ein anderes Gallien zu suchen. Wo sie gelandet waren, wußte niemand.

Hal dankte Turnboy und begab sich zum Konferenzraum. Er unterhielt sich mit mehreren Männern. Die Hälfte von ihnen konnte wie er einen mongolischen Einschlag in den Gesichtszügen nicht verleugnen. Sie waren die englischsprechenden Nachkommen der Hawaiianer und Australier, die denselben Krieg überlebten, der auch die französische Bevölkerung dezimiert hatte. Ihre Urgroßväter hatten Australien, die beiden Amerikas, Japan und China wiederbevölkert.

Nahezu die halbe Mannschaft sprach Isländisch. Ihre Vorfahren waren von Island aus losgesegelt und hatten sich über das nördliche Europa, Sibirien und die Mandschurei ausgebreitet.

Etwa ein Sechzehntel der Besatzung hatte Georgisch als

Muttersprache. Deren Väter waren aus dem Kaukasus in die entvölkerten Ebenen des südlichen Rußlands, Bulgariens, Nordpersiens und Afghanistans gezogen und hatten sie neu besiedelt.

Es war eine denkwürdige Konferenz. Zunächst einmal rückte Hal vom zwanzigsten Platz auf der Linken zum sechsten Platz zur Rechten des Erzurieliten auf. Das *Lamech* auf seiner Brust bewirkte diesen Unterschied. Und dann gab es keine Schwierigkeiten mit Pornsens Tod. Man betrachtete den *Sept* als Kriegsverlust. An jeden erging die eindringliche Warnung vor den Nachtwandlern und anderen Wesen, die manchmal nach Einbruch der Dunkelheit Siddo unsicher machten. Man schlug jedoch nicht vor, auf die Mondscheinspionage zu verzichten.

Macneff befahl Hal als dem geistigen Sohn des toten *Sept,* Vorkehrungen für eine Beerdigung am nächsten Tag zu treffen. Dann zog er von einer langen Rolle an der Wand eine riesige Landkarte herab. Dies war die Darstellung der Erde, die man den *Wogs* geben würde.

Es war ein prächtiges Beispiel für die Sorgfalt und die doppelbödige Denkweise der Haijacs. Die beiden Hemisphären der Erde waren durch unterschiedliche Färbung der politischen Grenzen gekennzeichnet. Soweit es den Machtbereich der Bantus und die malaiischen Staaten betraf, war die Karte korrekt. Die Positionen der israelischen und der Haijac-Nationen waren jedoch vertauscht worden. Die Erläuterungen am unteren Rand zeigten an, daß Grün die Farbe der Staaten des Vorboten und Gelb die der Hebräerstaaten war. Der grüne Teil aber war ein Ring um das Mittelmeer und ein breites Band, das Arabien, die südliche Hälfte Kleinasiens und Nordindien bedeckte.

Mit anderen Worten: Wenn es den Ozagenianern durch einen unfaßbaren Zufall gelingen sollte, die *Gabriel* zu erobern, und wenn sie nach diesem Modell Schiffe bauen und die Navigationsdaten an Bord benutzen sollten, um Sol zu finden, dann würden sie trotzdem das falsche Land angreifen. Ohne Zweifel würden sie auch wenig Wert auf persönlichen Kontakt mit den Völkern der Erde legen, um das Überraschungsmoment für sich zu nutzen. Die Israelis hätten somit keine Gelegenheit, eine Erklärung abzugeben, bevor die Bomben explodierten. Und die Haijac-Union, die dann gewarnt wäre, würde den Invasoren ihre Raumflotte entgegenwerfen.

»Ich glaube jedoch nicht«, sagte Macneff, »daß die Pseudozukunft, die ich soeben angedeutet habe, jemals Wirklichkeit werden könnte. Es sei denn, der Nachbote wäre mächtiger, als ich es für möglich halte. Natürlich können Sie zu der Einstellung gelangen, daß dieser Verlauf der beste wäre. Könnte die Zukunft eine bessere Gestalt haben, als daß unsere israelischen Feinde mit Hilfe dieser Nicht-Menschen vernichtet würden?

Aber wie Sie alle wissen, ist unser Schiff gegen einen offenen wie auch gegen einen heimlichen Angriff gut geschützt. Unsere Radar- und Infrarotgeräte sind jederzeit in Betrieb. Unsere Waffen warten auf ihren Einsatz. Die *Wogs* sind uns in der Technologie unterlegen; sie können uns einfach nichts entgegensetzen, was wir nicht mühelos zunichte machen würden. Falls der Nachbote sie zu einer übermenschlichen List inspirieren sollte und sie auf das Schiff gelangten, würden sie trotzdem einen Fehlschlag erleben. Sollten die *Wogs* nämlich einen bestimmten Punkt im Schiff erreichen, dann wird einer von zwei Offizieren, die ständig auf der Brücke Dienst tun, einen Alarmknopf drücken. Durch diesen werden alle Navigationsdaten im Speicher ausgelöscht; die *Wogs* werden niemals imstande sein, die Lage unserer Sonne ausfindig zu machen. Und falls die *Wogs* – Sigmen bewahre! – auf die Brücke gelangen sollten, dann wird der Offizier vom Dienst dort einen anderen Knopf betätigen.«

Macneff hielt inne, und sein Blick schweifte über alle, die am Konferenztisch versammelt waren. Die meisten wurden blaß, denn sie wußten, was er sagen würde.

»Eine H-Bombe wird dieses Schiff vollständig zerstören. Und dazu auch die Stadt Siddo dem Erdboden gleichmachen. Aber, was noch wichtiger ist: Sie wird zehn Kobaltbomben auslösen. Deren Strahlung wird das Leben auf Ozagen fast völlig vernichten; zumindest werden alle vernunftbegabten Wesen aussterben. Also wird die nächste Expedition bei ihrer Ankunft auf keinen Widerstand treffen. Und wir werden in den Augen des Vorboten und der Stirche auf ewig in einem ruhmvollen Lichte stehen.

Natürlich würden wir es alle vorziehen, daß dies nicht geschieht. Nicht nur aus persönlichen Gründen, sondern auch deswegen, weil es Jahrhunderte, vielleicht auch ein Jahrtausend dauern würde, ehe wieder eine Vegetation Ozagen bedecken würde und wir uns ansiedeln könnten.

Dennoch mache ich Sie auf die Möglichkeit eines solchen Ereignisses aufmerksam. Und ich wünschte sehr, ich könnte Siddo warnen, keinen Angriff zu wagen. Dies würde jedoch unsere augenblicklich guten Beziehungen stören und könnte zur Folge haben, daß wir das Projekt Ozagenozid starten müssen, bevor wir fertig sind.«

Nach der Konferenz gab Hal einige Anweisungen für die Beerdigung Pornsens. Andere Aufgaben beschäftigten ihn noch bis zum frühen Abend, bis er schließlich heimgehen konnte.

Hal schloß die Tür hinter sich und hörte das Plätschern der Dusche. Er hängte seinen Mantel in den Schrank, als das Geräusch des Wassers verebbte. Als er auf die Schlafzimmertür zuging, trat Jeannette aus dem Bad. Sie trocknete ihre Haare mit einem großen Handtuch – und sie war nackt.

Ganz unbefangen sagte sie »*Bo yoo,* Hal« und spazierte ins Schlafzimmer. Nur schwach erwiderte Hal den Gruß. Er wandte sich um und ging in den Vorraum zurück. Wegen seiner Schüchternheit kam er sich wie ein Trottel vor. Gleichzeitig aber verspürte er etwas Sündiges, Unwirkliches, denn sein Herz schlug schneller, sein Atem ging schwerer und seine Lenden wurden von heißen, flüssigen Fingern umfaßt, die halb Schmerz, halb Lust waren.

Als Jeannette herauskam, trug sie ein hellgrünes Kleid, das Hal ihr gekauft hatte und von ihr, ihrer Figur entsprechend, umgeändert worden war. Ihr festes schwarzes Haar trug sie wie Psyche mit einem aufgetürmten Knoten auf dem Kopf. Sie küßte ihn und fragte, ob er mit ihr in die Küche kommen wolle, während sie kochte. Er sagte, daß er dies großartig finden würde.

Sie begann, eine Art Spaghetti zuzubereiten. Hal bat sie, ihm aus ihrem Leben zu erzählen. Als sie erst einmal angefangen hatte, fiel es ihr nicht schwer fortzufahren.

»... und so fand das Volk meines Vaters einen Planeten wie die Erde und siedelte sich dort an. Es war ein schöner Planet, und daher nannten sie ihn *Wuhboupfey,* das schöne Land. Wie mein Vater sagte, leben dort etwa dreißig Millionen Menschen auf einem Kontinent. Mein Vater war nicht mit dem Leben zufrieden, welches seine Vorfahren geführt hatten: Ackerbau zu treiben oder einen Laden zu leiten und viele Kinder großzuziehen. Er und noch weitere junge Männer seines Schlages nahmen das einzige Raumschiff, das von den ursprünglich sechs Schiffen, die auf dem Planeten gelandet waren, noch funktionsfähig war, und brachen zu den Sternen auf. Sie gelangten nach Ozagen. Und stürzten ab. Was bei dem Alter des Schiffes kein Wunder war.«

»Der veraltete Ionenstrahlantrieb. Sind noch Wrackteile vorhanden?«

»*Fi.* Ganz in der Nähe des Ortes, an dem meine Schwestern, Tanten und Kusinen leben.«

»Ist deine Mutter tot?«

Jeannette zögerte, aber dann nickte sie. »Ja. Sie starb bei meiner Geburt. Und der meiner Schwestern. Mein Vater starb erst später. Genauer gesagt, nehmen wir das an. Er ging zur Jagd und kehrte nie zurück.«

Stirnrunzelnd sagte Hal: »Du hast mir erzählt, daß deine Mutter und deine Tanten die letzten der auf Ozagen geborenen menschlichen Wesen seien. Und du sagtest auch einmal, Rastignac sei der einzige Erdenmensch gewesen, der lebend aus dem Wrack herauskam. Er war der Mann deiner Mutter, sicher ... Und so unglaublich es auch klingen mag, ihre Vereinigung – die eines Terrestriers mit einer Extraterrestrierin – war fruchtbar! Allein diese Tatsache würde meine Kollegen vom Stuhl reißen. Daß sie von der chemischen Struktur ihrer Körper und den Chromosomen her zusammenpassen sollten, steht in völligem Gegensatz zu dem, was von der Wissenschaft allgemein anerkannt wird! Aber woran ich mich stoße, ist, daß auch die Schwestern deiner Mutter Kinder haben. Wenn der letzte menschliche Ozagenianer schon Jahre vor Rastignacs Absturz starb, wer war denn dann der Vater dieser Kinder?«

»Mein Vater, Jean Rastignac. Er war der Mann meiner Mutter und der meiner drei Tanten. Sie sagten alle, daß er ein hervorragender Liebhaber war, sehr erfahren und sehr männlich.«

»Oh«, entfuhr es Hal.

Bis sie Spaghetti und Salat fertig hatte, schaute Hal ihr nur schweigend zu. Inzwischen war es Hal gelungen, in etwa einen Überblick zu gewinnen. Trotz allem war der Franzose nicht viel schlimmer als er selbst. Vielleicht nicht einmal so schlecht wie er. Er schmunzelte. Wie leicht war man doch geneigt, jemanden zu verdammen, der einer Versuchung nachgab, solange man nicht selbst in solch eine Situation geriet. Hal fragte sich, wie Pornsen wohl reagiert hätte, wenn er mit Jeannette in Berührung gekommen wäre.

»... und so war es leicht, den *Wogs* zu entkommen«, sagte

Jeannette. »Sie bewachten mich nicht sehr streng und waren mit den Verhören bereits fertig. *Mo tyuh,* die Untersuchungen. Fragen über Fragen! Dieser Fobo wollte alles mögliche von mir wissen, wollte meine Intelligenz und meine Persönlichkeit bis in die letzten Verästelungen ausloten, schloß mich an die verschiedensten Maschinen an. Er und seine Kumpane kehrten mein Inneres nach außen. Im wahrsten Sinne des Wortes, mein Liebling. Sie machten Aufnahmen von meinem Körperinneren. Zeigten mir mein Skelett, die Organe und einfach alles. Sie sagten, das wäre höchst interessant. Stell dir das vor! Ich werde zur Schau gestellt, wie noch nie eine Frau zur Schau gestellt worden ist – und sie finden mich schlichtweg interessant. Unglaublich!«

Hal lachte. »Du kannst von ihnen nicht erwarten, daß sie sich so verhalten, wie sich ein männlicher Säuger einem weiblichen Säuger gegenüber benimmt ...«

Schelmisch sah sie ihn an. »Bin ich ein weiblicher Säuger?«

»Offensichtlich, unverwechselbar, unbestritten und bezauberndérweise.«

»Dafür bekommst du einen Kuß.«

Sie beugte sich über ihn und brachte ihren Mund über den seinen. Hal verkrampfte sich, so wie er jedesmal reagiert hatte, wenn ihm seine Ex-Ehefrau einen Kuß angeboten hatte. Aber Jeannette mußte dies geahnt haben, denn sie sagte: »Du bist ein Mann und nicht ein Steinblock. Und ich bin eine Frau, die dich liebt. Küß mich! Und nimm nicht nur meine Küsse entgegen.«

»Oh, nicht so wild«, murmelte sie. »Küß mich. Versuche nicht, deine Lippen durch meine hindurchzudrücken. Mach es sanft, weich! Laß deine Lippen mit meinen verschmelzen. So!«

Sie ließ ihre Zungenspitze gegen die seine vibrieren. Dann trat sie zurück und lächelte, die Augen halb geschlossen und mit feuchten Lippen. Hal war erregt und außer Atem.

»Glaubt man bei deinem Volk, die Zunge sei nur zum Sprechen da? Haltet ihr das, was ich soeben getan habe, für sündig und unwirklich?«

»Ich weiß nicht. Darüber hat sich noch niemand den Kopf zerbrochen.«

»Dir hat es gefallen. Das weiß ich. Dennoch ist es der gleiche Mund, mit dem ich esse und den ich verbergen muß, wenn ich dir am Tisch gegenübersitze.«

»Fang bitte nicht wieder mit diesem Thema an«, stöhnte er. »Ich habe mir auch Gedanken darüber gemacht. Es gibt keinen vernünftigen Grund, aus dem wir uns während des Essens verschleiern sollten. Aber es ist nun mal leider so, daß man mich dazu erzogen hat, dies als abstoßend zu empfinden. Pawlows Hund ließ Speichel fließen, wenn er die Glocke hörte; mir wird übel, wenn ich sehe, wie man Essen in einen nackten Mund schiebt.«

»Laß uns jetzt essen. Danach werden wir etwas trinken und über uns reden. Und noch später das tun, wozu wir gerade Lust haben werden.«

Hal machte rasche Fortschritte. Er wurde nicht einmal rot.

— 15 —

Nach dem Mahl verdünnte Jeannette einen Krug Käfersaft mit Wasser, goß eine purpurartige Flüssigkeit dazu, die dem Getränk den Geruch von Weintrauben verlieh, und gab die kleinen Zweige einer orangefarbenen Pflanze obenauf. Aus einem Glas mit Eiswürfeln getrunken, schmeckte es sehr erfrischend und sogar nach Weintrauben. Hal warf es jedenfalls nicht gleich um.

»Warum hast du mich ausgesucht und nicht Pornsen?« fragte er.

Sie saß auf seinem Schoß, hatte einen Arm um seinen Hals

geschlungen und den anderen, mit dem Drink in der Hand, auf den Tisch gelegt. »Oh, du sahst so gut aus, und er war sehr häßlich. Außerdem hatte ich das Gefühl, dir vertrauen zu können. Ich wußte, daß ich sehr vorsichtig sein mußte. Mein Vater hatte mir von Erdenmenschen erzählt. Er sagte, man könne sich nicht auf sie verlassen.«

»Wie wahr! Aber irgendwie scheinst du intuitiv das Richtige getan zu haben. Wenn du Fühler hättest, würde ich sagen, daß du Nervenströme aufspüren kannst. Laß mich doch mal sehen!«

Er wollte mit den Fingern durch ihre Haare streichen, aber sie duckte lachend ihren Kopf weg.

Hal mußte mitlachen und legte eine Hand auf ihre Schulter. Er rieb die weiche Haut. »Ich war wahrscheinlich der einzige auf dem Schiff, der dich nicht verraten würde. Jetzt jedoch bin ich in einer verzwickten Lage. Deine Anwesenheit hier beschwört den Nachboten herauf. Sie bringt mich in ernste Gefahr – aber in eine Gefahr, die ich um nichts auf der Welt missen möchte.

Aber was du von den Röntgengeräten erzählt hast, beunruhigt mich. Bis jetzt haben wir nämlich noch keine gesehen. Halten die *Wogs* sie versteckt? Wenn ja, warum? Wir wissen, daß sie über Elektrizität verfügen und theoretisch imstande sein müßten, Röntgengeräte zu erfinden. Vielleicht verbergen sie diese nur, weil sie Indiz für eine sogar noch weiter fortgeschrittene Technologie sein können. Aber das scheint alles nicht sehr einleuchtend zu sein. Und im Grunde wissen wir nicht allzuviel über die Siddokultur. Wir sind weder lange genug hier, noch verfügen wir über genügend Leute, um ausgedehnte Nachforschungen anzustellen. Mag sein, daß ich auch zu argwöhnisch bin. Das ist mehr als wahrscheinlich. Trotzdem sollte Macneff informiert werden. Aber ich kann ihm nicht sagen, wie ich es herausgefunden habe; ich würde es nicht einmal wagen, über meine Informationsquelle eine Lüge zu verbreiten. Ich bin in ein ziemliches Dilemma geraten.«

»Dilemma? Was ist das? Damit hatte ich noch nie zu tun.«

Er drückte sie an sich und sagte: »Hoffentlich wird es dir auch nie passieren, in eines zu geraten.«

»Hör mal«, sagte sie und sah ihn mit ihren schönen braunen Augen gespannt an. »Warum sollen wir uns Sorgen darum machen, wie wir Macneff Bescheid geben? Wenn die Siddos die Haijacs – oder die Haie, wie sie deinen Worten nach so treffend von ihren Feinden genannt werden – angreifen und besiegen sollten, warum nicht? Könnten wir uns nicht in mein Heimatland begeben und dort leben?«

Hal war schockiert. »Es sind meine Landsleute! Sie – wir – sind Sigmeniten. Ich könnte sie doch nicht verraten!«

»Das tust du bereits, indem du mich hier versteckt hältst«, sagte sie ernst.

»Ich weiß«, erwiderte Hal bedächtig. »Aber dies ist kein grober Betrug und in Wirklichkeit auch kein Verrat. Wen schädige ich dadurch, daß ich mit dir zusammenlebe?«

»Es kümmert mich nicht im geringsten, was du ihnen antun könntest«, sagte Jeannette. »Ich mache mir nur Sorgen, was du dir selbst antun magst.«

»Mir selbst? Ich tue zur Zeit das Beste, was ich je getan habe!«

Sie lachelte sanft und gab ihm einen leichten Kuß auf die Lippen.

Hal grübelte noch immer und sagte dann: »Ich meine es ernst, Jeannette. Früher oder später – wahrscheinlich früher – werden wir etwas unternehmen müssen. Damit meine ich, daß wir ein Versteck tief unter der Oberfläche finden müssen. Später, wenn alles vorbei ist, können wir wieder herauskommen. Und dann werden wir mindestens achtzig Jahre für uns haben, was mehr als genug sein wird. Denn genausolange wird es dauern, bis die *Gabriel* zur Erde zurückgekehrt ist und die Kolonisationsschiffe zurückkommen. Wir werden wie Adam und Eva leben, nur wir zwei und die Tiere.«

»Was meinst du damit?« fragte sie verwundert.

»Unsere Spezialisten arbeiten Tag und Nacht an Proben des Woggelwanzenbluts. Sie hoffen, einen künstlichen Semivirus zu schaffen, der sich an das Kupfer in den grünen Blutgefäßen der *Wogs* bindet und damit die elektrophoretischen Eigenschaften der Zellen verändert.«

»'Ama?«

»Ich werde versuchen, es dir zu erklären, auch wenn ich eine Mischung aus Amerikanisch, Französisch und Siddo benutzen muß, um mich verständlich zu machen. Eine Abart dieses künstlichen Semivirus raffte während des Apokalyptischen Kriegs den größten Teil der Völker auf der Erde hinweg. Ich werde jetzt nicht in die historischen Details gehen, die zu dem Ausbruch des Krieges führten; es reicht, wenn man weiß, daß der Virus von den Schiffen marsianischer Siedler außerhalb der irdischen Atmosphäre heimlich ausgesetzt wurde. Die Nachkommen der Erdenmenschen auf dem Mars, die sich als echte Marsianer betrachteten, wurden von Sigfried Russ angeführt. Es war der böseste Mann, der je gelebt hat. Jedenfalls verkünden dies die Geschichtsbücher.«

»Ich weiß gar nicht, wovon du sprichst«, sagte sie. Ihr Gesicht war ernst, und ihre Augen fixierten ihn.

»Du kannst dir das Wesentliche selbst heraussuchen«, sagte Hal. »Die vier marsianischen Schiffe, die vortäuschten, eine Handelsflotte zu sein, und außerhalb der Atmosphäre eine Umlaufbahn einschlugen, setzten Milliarden dieser Viren ab. Unsichtbare Knoten von Proteinmolekülen drifteten durch das All, tauchten in die Atmosphäre ein, breiteten sich über die gesamte Welt aus und bedeckten sie mit einem dünnen Nebel. Waren diese Moleküle einmal durch die Haut eines menschlichen Wesens gedrungen, klammerten sie sich an das Hämoglobin in den roten Blutkörperchen und luden sie positiv auf. Diese Ladung veranlaßte ein Ende eines Globinmoleküls, sich mit dem Ende eines anderen zu verbinden. Und so vollzog sich eine Art von Kristallisation, die aus den pfannkuchenförmigen Zellen Gebilde machte, die kleinen Krummsäbeln glichen. Sichelzellanämie. Die im Labor gezüchtete Anämie entwickelte sich viel schneller und war beständiger als die natürliche, denn jede Blutzelle im Körper wurde angegriffen und nicht nur ein kleiner Prozentsatz. Schon bald löste sich jede Zelle auf. Durch den Organismus wurde kein Sauerstoff mehr transportiert – der menschliche Körper starb. Und *wie* der Körper starb, Jeannette – der Körper der Menschheit! Fast ein gesamter Planet mit menschlichen Wesen ging an dem Sauerstoffmangel zugrunde.«

»Ich glaube, ich habe das meiste von dem verstanden, was du erzählt hast«, sagte sie. »Aber alle starben doch nicht?«

»Nein. Schon am Anfang stellten die Regierungen der Erde fest, was dort vor sich ging. Sie schickten Raketen in Richtung Mars. Diese Raketen, die dazu bestimmt waren, Erdbeben zu verursachen, zerstörten den größten Teil der unterirdischen Marskolonien. Auf der Erde überlebten etwa eine Million Menschen auf jedem Kontinent. Bestimmte Gebiete machten eine Ausnahme, denn dort war nahezu die gesamte Bevölkerung unversehrt geblieben. Den Grund dafür kennen wir nicht genau. Aber irgend etwas, vielleicht eine günstige Windströmung, drängte den Virusfall ab, bis die Viren den Boden erreicht hatten. Nach einer gewissen Zeit außerhalb des menschlichen Körpers starb der Virus. Jedenfalls waren die Inseln Hawaii und Island mit intakten Regierungen und vollständiger Bevölkerung erhalten geblieben. Auch Israel blieb unberührt, als hätte Gott seine Hand während des tödlichen Niederschlags über das Land gehalten. Südaustralien und das Kaukasusgebirge blieben ebenfalls verschont. Diese Nationen breiteten sich anschließend aus, besiedelten die Welt aufs neue und saugten die Überlebenden in den Gebieten auf, die sie in Besitz nahmen. In den Dschungeln Afrikas und der malaiischen Halbinsel waren genügend Menschen am Leben geblieben, die sich herauswagten und wieder etablierten, ehe Kolonisten von den Inseln oder aus Australien die Gewalt in ihren Heimatländern übernehmen konnten.

Und was auf der Erde geschehen ist, das soll auch diesem Planeten widerfahren. Wenn der Befehl gegeben wird, verlassen Geschosse die *Gabriel*, Raketen, die mit der gleichen tödlichen Fracht beladen sind.

Nur die Viren sind den Blutzellen der Ozagenianer angepaßt. Und die Raketen werden kreisen und kreisen und ihren unsichtbaren Todesregen versprühen. Und ... überall ... die Schädel ...«

»Sei still!« Jeannette legte einen Finger auf seinen bebenden Mund. »Ich weiß nicht, was Proteine und Moleküle und diese – diese elektrophoretischen Ladungen bedeuten! Das geht über meinen Verstand. Aber ich habe gemerkt, daß du, je länger du gesprochen hast, immer ängstlicher geworden bist. Deine Stimme wurde erregter, und deine Augen weiteten sich. Jemand hat dich in der Vergangenheit in Schrecken versetzt. Nein! Unterbrich mich jetzt nicht! Sie haben dich eingeschüchtert, und du warst Mann genug, um deine Furcht weitestgehend zu verbergen. Aber sie haben dir einen so schrecklich wirksamen Stoß versetzt, daß du nicht in der Lage warst, ihn zu verwinden. Ich ...« – sie legte ihre weichen Lippen an sein Ohr und flüsterte – »... werde diese Angst vertreiben. Ich werde dich aus diesem Tal der Furcht herausführen. Nein! Widersprich nicht! Ich weiß, daß es dein Ich quält, wenn eine Frau annehmen könnte, du hättest Angst. Aber so sehe ich das überhaupt nicht. Vielmehr bewundere ich dich um so mehr, weil ich weiß, was du alles überstanden hast. Ich kann mir vorstellen, welcher Mut dazu gehörte, sich dem *'Meter* auszusetzen, und ich weiß, daß du es meinetwegen getan hast. Darauf bin ich sehr stolz. Ich liebe dich dafür. Und ich bin mir auch bewußt, daß sehr viel Mut nötig ist, um mich hier zu verbergen, wenn dich jederzeit der kleinste Fehler mit Sicherheit in Ungnade und Tod stürzen kann. Ich weiß, was dies alles zu bedeuten hat. Es ist sowohl meine Natur und mein Instinkt als auch meine Aufgabe und meine Neigung, dies zu wissen.

Jetzt aber wollen wir etwas trinken. Wir sind ja nicht außerhalb dieser vier Wände, wo wir uns um solche Dinge Sorgen machen und uns fürchten müssen. Wir sind hier drinnen. Außer uns beiden ist alles weit entfernt. Trink! Und liebe mich! Ich werde dich lieben, Hal, und wir brauchen uns nicht um die Welt dort draußen zu kümmern. Für den Augenblick jedenfalls nicht. Vergiß alles in meinen Armen!«

Sie küßten sich, und ihre Hände entdeckten den Körper des anderen. Sie sagten all das, was sich Liebende schon immer gesagt haben.

Zwischen ihren Zärtlichkeiten goß Jeannette von dem purpurfarbenen Getränk nach, und sie tranken davon. Hal hatte keine Schwierigkeiten, es hinunterzuschlucken, und er kam zu dem Schluß, daß ihm nicht so sehr die Vorstellung, Alkohol zu trinken, zu schaffen machte, sondern daß es vielmehr der Geruch war, der ihm widerlich vorkam. Wurde seine Nase getäuscht, dann galt das auch für seinen Magen. Und mit jedem Drink fiel es ihm leichter, den nächsten zu nehmen.

Er leerte schließlich drei große Gläser. Dann stand er auf, hob Jeannette auf seine Arme und trug sie in das Schlafzimmer hinüber. Sie küßte dabei seinen Hals, und ihm war so, als würde eine elektrische Spannung von ihren Lippen auf seine Haut übergehen und weiter in sein Gehirn und hinab in seine hämmernde Brust vordringen, den Magen erwärmend und den Penis zum Schwellen bringend, um dann seine Fußsohlen zu erreichen, die seltsamerweise eiskalt geworden waren. Eins war sicher: In ihrer Umarmung befiel ihn nicht das Verlangen, sich zurückzuziehen, wie er es immer gespürt hatte, wenn er seine Pflicht gegenüber Mary und der Stirche erfüllte.

Doch selbst in der Ekstase seiner Vorfreude hielt er sich noch einen Schlupfwinkel parat. Er war nicht sehr bedeutend, doch er war vorhanden, hinterließ einen dunklen Fleck im Feuer seiner Erregung. Er konnte sich nicht völlig vergessen, und er hatte Zweifel, fragte sich, ob er wohl wieder versagen würde, wie es ihm so viele Male passiert war, wenn er im Dunkeln ins Bett gekrochen war und die Hand nach Mary ausgestreckt hatte.

Die Ungewißheit hatte den schwarzen Samen der Panik verstreut, und ihm kam der Gedanke, sich im Falle des Versagens umzubringen. Dann wäre es für immer aus mit ihm.

Aber er sagte sich, daß er unmöglich erfolglos sein konnte und durfte. Nicht, wenn er Jeannette in den Armen hielt und ihre Lippen auf den seinen lagen.

Er setzte sie auf das Bett und schaltete die Deckenbeleuchtung aus. Sie aber knipste die Lampe über dem Bett an.

»Warum machst du denn *das?«* fragte er, am Fuße des Bettes stehend. Er fühlte, wie ihn Panik überkam und wie seine Leidenschaft dahinschwand. Gleichzeitig war er verwundert, wie sie sich so schnell und unbemerkt hatte entkleiden können.

Jeannette lächelte und sagte: »Erinnerst du dich noch an diese schöne Passage, die du mir neulich gesagt hast? *Gott sagte: Es werde Licht.«*

»Aber wir brauchen es doch nicht«, erwiderte Hal.

»Ich schon. Ich muß dich in jedem Moment sehen. Die Dunkelheit würde mir die Hälfte des Vergnügens rauben. Ich möchte dich beim Lieben sehen.«

Sie richtete sich auf, um den Winkel der Bettleuchte einzustellen. Durch diese Bewegung hoben sich ihre Brüste, und ein plötzlicher, fast unerträglicher Schmerz durchfuhr ihn.

»So, nun kann ich dein Gesicht sehen. Besonders in dem Augenblick, wenn ich genau wissen werde, daß du mich liebst.«

Sie streckte einen Fuß aus und berührte mit dem Zeh sein Knie. Haut auf Haut ... er wurde so magisch angezogen, als wäre es der verheißungsvolle Lockruf eines sanften Engels. Hal kniete sich auf das Bett, und sie zog ihr Bein zurück, wobei sie jedoch ihren Zeh auf seinem Bein ruhen ließ, als hätte er dort Wurzeln geschlagen und könnte nicht mehr vertrieben werden.

»Hal, Hal«, murmelte sie. »Was haben sie nur mit dir gemacht? Was haben sie allen euren Männern angetan? Aus deinen Erzählungen weiß ich, daß sie so sind wie du. Was haben sie gemacht? Ließen euch hassen statt lieben, obwohl sie diesen Haß Liebe nennen. Machten euch zu Halb-Männern, damit ihr euren Trieb erst auf euch selbst und dann nach außen gegen eure Feinde richten solltet. So werden aus lahmen Liebhabern kampfbereite Krieger.«

»Das ist nicht wahr«, entgegnete er. »Es ist nicht wahr.«

»Ich sehe es doch an dir. Es ist wahr.«

Sie nahm ihren Fuß fort und legte ihn neben sein Knie. »Komm näher zu mir«, sagte sie, und als er, immer noch auf den Knien, herangerückt war, griff sie nach ihm und zog ihn herab an ihre Brüste.

»Nimm sie in deinen Mund und werde wieder zu einem Baby. Ich werde dich so erregen, daß du deinen Haß vergißt und nur noch Liebe verspürst. Und ein Mann wirst.«

»Jeannette, Jeannette«, sagte er heiser. Er streckte die Hand aus, um an der Schnur der Bettlampe zu ziehen, und sagte: »Nur nicht das Licht.« Sie aber legte ihre Hand auf die seine und sagte: »Doch das Licht.«

Dann nahm sie ihre Hand fort und seufzte: »Na gut, Hal. Mach es aus. Für eine kurze Zeit. Wenn du schon in die Dunkelheit zurück mußt, dann geh weit zurück. Ganz weit zurück. Und werde dann neu geboren ... eine Zeitlang. Danach das Licht.«

»Nein! Laß es brennen!« murrte Hal. »Ich bin doch nicht im Mutterleib. Und ich möchte auch nicht dorthin zurückkehren; das habe ich nicht nötig. Ich werde dich nehmen, wie eine Armee eine Stadt nimmt«

»Spiel doch nicht den Soldaten, Hal. Sei ein Liebhaber. Du sollst mich lieben und nicht vergewaltigen. Du kannst mich gar nicht nehmen, weil ich dich umzingeln werde.«

Ihre Hand umfaßte ihn zärtlich, und leicht bog sie ihren Rücken. Und er war umzingelt. Ein Schock durchfuhr ihn, der jenem vergleichbar war, den er beim Kuß auf seinen Hals verspürt hatte. Vergleichbar aber nur in der Art, keinesfalls in der Intensität.

Hal vergrub sein Gesicht in ihrer Schulter, aber Jeannette legte beide Hände auf seine Brust und hob ihn mit erstaunlicher Kraft halb hoch.

»Nicht so. Ich muß dein Gesicht sehen. Besonders *in jenem Moment* muß ich es, denn ich will sehen, wie du dich in mir verlierst.«

Und sie hielt währenddessen die Augen weit geöffnet, als wollte sie das Gesicht ihres Geliebten auf ewig in jede Zelle ihres Körpers einprägen.

Hal war durchaus bei der Sache und hätte sich nicht einmal darum geschert, wenn der Erzurielit höchstpersönlich an die Tür geklopft hätte. Aber er bemerkte, ohne darüber nachzudenken, daß sich die Pupillen ihrer Augen zur Spitze eines Bleistifts verengt hatten.

— 16 —

In der Haijac-Union wurden die Alkoholiker nicht behandelt, sondern zum H geschickt. Daher waren auch keine psychologischen oder narkotischen Therapien für Süchtige erarbeitet worden. Hal, der durch diese Tatsache in seinem Wunsch enttäuscht wurde, Jeannettes Schwäche auszumerzen, wandte sich um Rat an jene, die ihr die Krankheit beschert hatten. Er gab natürlich vor, daß die Kur für ihn selbst bestimmt sei.

Fobo sagte: »Das Trinken ist auf Ozagen weitverbreitet, aber es stellt kein Problem dar. Unsere wenigen Alkoholiker werden, mit Hilfe von Medikamenten natürlich, zur Normalität empathisiert. Warum läßt du mich nicht auch dich empathisieren?«

»Tut mir leid. Aber meine Regierung verbietet so etwas.«

Die gleiche Ausrede hatte Hal Fobo gegenüber dafür benutzt, daß er den *Wog* nicht in sein Apartment einlud.

»Ihr habt die meistverbietende Regierung«, bemerkte Fobo und brach in eines seiner heulenden Gelächter aus. Als er wieder zu sich kam, sagte er: »Man verbietet euch auch, Schnaps anzurühren, aber das hält euch nicht ab. Nun, es bedarf wohl keiner Rechtfertigung der Inkonsequenz. Aber im Ernst, ich habe genau das Richtige für dich. Es heißt Glühfrei. Wir mengen es dem täglichen Alkoholquantum bei und steigern allmählich den Glühfreianteil zuungunsten des Alkohols. Nach zwei bis drei Wochen trinkt der Patient eine 96-prozentige Glühfreiflüssigkeit. Der Geschmack ist fast derselbe; der Trinker schöpft selten Verdacht. Eine fortgesetzte Behandlung befreit den Patienten von seiner Alkoholabhängigkeit. Nur einen Nachteil hat die Sache.«

Er legte eine kleine Pause ein und sagte dann: »Der Trinker ist jetzt glühfreisüchtig!«

Er schlug sich auf den Schenkel vor Vergnügen, wackelte mit dem Kopf, bis die lange, knorpelige Nase vibrierte, und lachte, daß ihm die Tränen kamen.

Als es ihm endlich gelang, das Lachen zu unterdrücken, trocknete er sich mit einem seesternförmigen Taschentuch die Tränen ab und sagte: »Der seltsame Effekt von Glühfrei ist in der Tat, daß es den Patienten für einen Abbau der Spannungen zugänglich macht, die ihn zum Trinken getrieben haben. Er kann nun empathisiert und gleichzeitig vom Genußmittel entwöhnt werden. Da ich keine Gelegenheit habe, dir das Zeug heimlich zuzuführen, lasse ich es darauf ankommen, daß du ernsthaft daran interessiert bist, dich selbst zu heilen. Wenn du zu einer Therapie bereit bist, dann sage es mir.«

Hal brachte die Flasche in sein Apartment. Ihren Inhalt vermengte er gewissenhaft und in aller Stille jeden Tag mit dem Käfersaft, den er Jeannette reichte. Er hoffte, genügend psychologische Fähigkeiten zu besitzen, um sie zu behandeln, wenn das Glühfrei erst einmal zu wirken begann.

Obwohl er sich dessen nicht bewußt war, wurde er selbst von Fobo »behandelt«. Seine beinahe täglichen Gespräche mit dem Empathisten flößten ihm Zweifel an der Religion und der Wissenschaft der Haijacs ein – oder, wie ihre Feinde sie bezeichneten, der Haie. Fobo las die Biographien Isaac Sigmens und die Werke: das *Prä-Torah*, den *Westlichen Talmud*, die *Revidierten Schriften*, die *Grundlagen des Serialismus*, *Zeit und Theologie*, *Das Selbst und die Weltenlinie*. In aller Ruhe saß der *Wog* an seinem Tisch, hielt ein Glas Käfersaft in der Hand und stellte die Mathematik der Dunnologen in Frage. Hal führte Beweise an; Fobo widerlegte sie. Er zeigte auf, daß die Mathematik hauptsächlich auf falschen Voraussetzungen beruhte; daß Dunnes und Sigmens Schlüsse sich auf zu viele falsche Analogien, Metaphern und überspannte Interpretationen stützten. Entfernte man diese Stützpfeiler, brach die gesamte Struktur zusammen.

»Um noch darüber hinauszugehen«, sagte Fobo, »gestatte mir, einen weiteren Punkt aus der Anhäufung von Widersprüchen, die in eurer Theologie enthalten sind, anzusprechen. Ihr Sigmeniten glaubt, daß jede Person für jedes Ereignis, das ihr je widerfahren mag, verantwortlich ist. Daß man niemand anders als dem Selbst die Schuld geben kann. Wenn du, Hal Yarrow, über ein Spielzeug stolperst, das ein Kind liegengelassen hat, aus Unachtsamkeit – oh, du glückliche Kindheit ohne Verantwortung! –, und du dir eine Schramme am Ellbogen einhandelst, dann geschah dies, weil du dich tatsächlich selbst verletzten wolltest. Wenn du bei einem ›Unfall‹ ernstlich verletzt wirst, war es kein Unfall; du hast vielmehr der Aktualisierung einer Potentialität zugestimmt. Du konntest im Gegenteil mit deinem Selbst darin einwilligen, nicht betroffen zu sein, und so eine andere Zukunft ermöglichen.

Wenn du ein Verbrechen begehst, dann nur, weil du es so gewollt hast. Wenn du gefaßt wirst, dann nicht, weil du bei der Ausführung des Verbrechens nicht gerissen genug warst oder weil die Uzziten schlauer oder die Umstände so widrig waren, daß du in die Hände der – wie heißen sie in deinem Jargon, Uzis? – gefallen bist. Nein, es war dein Wunsch, gefaßt zu werden; wie auch immer, du hattest den Überblick über alle Umstände.

Wenn du stirbst, dann nur, weil du es möchtest, und nicht etwa, weil jemand einen Revolver auf dich richtet und abdrückt. Du stirbst, weil es dein Wille ist, die Kugel einzufangen; du stimmst mit dem Mörder überein, daß du getötet werden konntest.

Diese Philosophie, dieser Glaube, ist natürlich sehr *shib* für die Stirche, denn es enthebt sie jeglicher Schuld, wenn sie euch züchtigen, exekutieren, zu Unrecht anklagen oder andere unfreundliche Maßnahmen ergreifen muß. Es ist klar, daß ihr, falls es nicht euer Wunsch wäre, gepeitscht, hingerichtet, beschuldigt oder sonst übel behandelt zu werden, dies alles nicht erlauben würdet.

Wenn ihr natürlich nicht mit der Stirche einverstanden seid oder versucht, euch zu widersetzen, dann ist das euer Versuch, eine Pseudozukunft herbeizuführen, eine, die von der Stirche verdammt wird. Das Individuum hat keine Chance.

Doch höre mir genau zu: Ihr glaubt auch, daß ihr persönlich einen vollkommen freien Willen habt, um die Zukunft zu bestimmen. Die Zukunft aber ist festgelegt worden, weil Sigmen in der Zeit vorausgeeilt ist und Vorkehrungen getroffen hat. Jude Changer, Sigmens Bruder, mag wohl vorübergehend die Zukunft und die Vergangenheit in Unordnung bringen, aber Sigmen wird am Ende das ersehnte Gleichgewicht wiederherstellen.

Laß mich also die Frage stellen, wie du persönlich die Zukunft bestimmen kannst, wenn diese schon von Sigmen festgelegt und vorhergesehen worden ist? Entweder ist das eine zutreffend oder das andere, aber nicht beides gleichzeitig.«

Hals Gesicht war gerötet, seine Hände zitterten, und ihm war so, als würde ein schweres Gewicht auf seiner Brust lasten. »Zu diesem Problem habe ich mir auch bereits Gedanken gemacht«, sagte er.

»Hast du jemanden danach gefragt?«

»Nein«, erwiderte Hal, der das Gefühl hatte, in die Falle gegangen zu sein. »Es ist uns selbstverständlich erlaubt, unseren Lehrern Fragen zu stellen. Aber genau diese Frage befand sich nicht auf der Liste.«

»Willst du mir damit sagen, daß euch die Fragen schriftlich vorgegeben wurden und ihr euch auf jene beschränken mußtet?«

»Ja, wieso denn nicht!« sagte Hal ärgerlich. »Diese Fragen waren zu unserem Besten. Die Stirche wußten aus langer Erfahrung, welche Fragen die Studenten hatten; so gab sie also für die weniger Gescheiten eine Liste heraus.«

»Weniger Gescheite, das stimmt genau. Und ich nehme an, daß alle Fragen, die nicht auf der Liste vermerkt waren, als zu gefährlich und dem unwirklichen Denken förderlich betrachtet wurden?« sagte Fobo.

Hal nickte unglücklich.

Fobo fuhr mit seiner schonungslosen Offenlegung fort. Und schlimmer, weit schlimmer als alles, was er bisher gesagt hatte, waren seine nächsten Worte, denn sie stellten einen persönlichen Angriff auf das hochheilige Wesen Sigmens selbst dar.

Er führte aus, daß die Biographien und theologischen Schriften des Vorboten diesen – für den objektiven Leser – als einen sexuell frigiden und frauenverachtenden Mann entlarvten, der einen Messiaskomplex hatte und paranoide und schizophrene Tendenzen zeigte, die von Zeit zu Zeit in religiös-wissenschaftlichem Wahnsinn und Phantastereien seine eisige Schale durchbrachen.

»Auch andere Männer«, sagte Fobo, »müssen ihrer Epoche den Stempel ihrer Persönlichkeit und ihrer Ideen aufgedrückt haben. Sigmen aber hatte gegenüber jenen großen Führern, die vor ihm waren, einen erheblichen Vorteil. Bedingt durch das Verjüngungsserum lebte er lange genug, um nicht nur seine Art der Gesellschaft aufzubauen, sondern sie auch zu festigen und ihre Schwächen ausmerzen zu können. Und er starb erst, als die Fundamente seiner Gesellschaftsform gehärtet waren.«

»Aber der Vorbote ist nicht gestorben«, protestierte Yarrow. »Er verschwand in der Zeit. Er ist immer noch unter uns, bereist die Brennpunkte des Geschehens, springt hierhin und dorthin, mal in die Vergangenheit, mal in die Zukunft. Er ist stets zur Stelle, wo immer er gebraucht wird, um Pseudozeit in reale Zeit zu verwandeln.«

»Ach ja«, sagte Fobo mit einem Lächeln. »Aus diesem Grund besichtigst du die Ruinen, nicht wahr? Um ein Wandgemälde zu überprüfen, das andeutet, daß die Ozagenmenschen einst von einem Mann besucht wurden, der von einem anderen Stern kam? Du glaubst, daß dies der Vorbote gewesen sein könnte, stimmt's?«

»Das glaube ich immer noch«, erwiderte Hal. »Aber mein Bericht ergab, daß, obwohl der Mann irgendwie Sigmen ähnelte, das Beweismaterial nicht ausreichend war. Es ist weiterhin ungeklärt, ob der Vorbote vor tausend Jahren diesen Planeten besucht hat oder nicht.«

»Wie dem auch sei, ich behaupte, daß eure Thesen bedeutungslos sind. Sie erheben den Anspruch, daß seine Prophezeiungen wahr geworden sind. Ich sage, daß sie erstens sehr vieldeutig abgefaßt wurden und zweitens, wenn sie tatsächlich eingetroffen sind, dies darauf zurückzuführen ist, daß eure mächtige Staatskirche – die ihr so knapp als Stirche bezeichnet – gewaltige Anstrengungen unternommen hat, um die Weissagungen zu erfüllen.

Und dann dieses Schutzengelsystem, bei dem jeweils fünfundzwanzig Familien einen *Sept* haben, der ihre intimsten Angelegenheiten peinlich genau überwacht. Jeweils fünfundzwanzig Familien-*Septe* haben einen Block-*Sept* an ihrer Spitze, und wiederum fünfzig Block-*Septe* stehen unter der Leitung eines *Sept*-Inspektors. Und so weiter. Dieses soziale Gebilde basiert auf Angst, Unwissenheit und Unterdrückung.«

Hal war erschüttert, verärgert und schockiert. Er wollte aufstehen und gehen. Aber Fobo hielt ihn zurück und bat ihn, das Gegenteil von dem zu beweisen, was er gesagt hatte. Hal bekam gelegentlich einen Wutanfall. Wenn er dann mit seinen Tiraden geendet hatte, wurde er gebeten, sich wieder zu setzen und die Diskussion fortzuführen. Bisweilen verlor auch Fobo die Beherrschung; dann schrien sie sich an und überhäuften sich mit Beleidigungen. Zweimal schlugen sie sogar mit den Fäusten aufeinander ein: Hal trug eine blutende Nase und Fobo ein blaues Auge davon. Danach pflegte der weinende *Wog* Hal zu umarmen und ihn um Verzeihung zu bitten. Und dann setzten sie sich zusammen und tranken noch etwas, bis ihre Nerven sich wieder beruhigt hatten.

Hal wußte, daß er Fobo eigentlich nicht zuhören durfte, sich nicht einer Situation aussetzen sollte, in der ihm etwas Unwirkliches zu Ohren kam. Aber er konnte einfach nicht fortbleiben. Und obwohl er Fobo für das, was er sagte, haßte, verschaffte ihm diese Bekanntschaft eine seltsame Genugtuung und Faszination. Er konnte sich von diesem Wesen nicht trennen, dessen Zunge ihn weitaus schmerzvoller schmähte und schindete, als dies Pornsens Peitsche je vermocht hatte.

Er erzählte Jeannette von diesen Vorfällen. Sie ermutigte ihn, immer wieder davon zu sprechen, bis er sich von Streß und Spannung, Haß und Zweifel befreit hatte. Anschließend fand er eine Liebe, die er nie für möglich gehalten hätte.

Zum ersten Mal in seinem Leben machte er die Erfahrung, daß Mann und Frau sich zu einem Wesen vereinigen konnten. Seine Ehefrau und er hatten eine gewisse Distanz zueinander gehalten, Jeannette aber verfügte über die Mittel, ihn anzuziehen, und über die Kräfte, die seine Substanz mit der ihren vermischten.

Das Licht und der Drink gehörten stets dazu, was Hal aber nicht störte. Ohne es zu wissen, trank Jeannette mittlerweile eine Flüssigkeit, die fast völlig aus Glühfrei bestand. Und Hal hatte sich an das Licht über dem Bett gewöhnt. Dies war eine ihrer Marotten. Angst vor der Dunkelheit steckte nicht dahinter, denn sie wünschte sich das Licht nur für die Zeit, während sie sich liebten. Er hatte kein Verständnis dafür. Vielleicht wollte sie sich sein Bild einprägen, um es immer im Gedächtnis zu haben, falls sie ihn jemals verlieren sollte. Wenn es das war, mochte sie ihr Licht bekommen.

Teils mit sexuellem, teils mit anthropologischem Interesse erkundete er im Schein der Lampe ihren Körper. Er war entzückt und erstaunt über die vielen kleinen Unterschiede zwischen ihr und irdischen Frauen. An ihrem Gaumen befand sich ein Hautanhängsel, welches das Rudiment eines Organs sein mochte, dessen Funktion schon vor langer Zeit von der Evolution verworfen wurde. Jeannette hatte achtundzwanzig Zähne; die Weisheitszähne fehlten. Dies war möglicherweise ein Merkmal des Volkes der Mutter.

Er vermutete, daß sie entweder eine besondere Brustmuskulatur hatte oder daß sich die normalen Muskeln außergewöhnlich gut entwickelt hatten, denn ihre großen und spitzen Brüste hingen nicht herab. Sie waren hoch und fest und zeigten leicht nach oben: das Ideal weiblicher Schönheit, wie es zu allen Zeiten von männlichen Bildhauern und Malern dargestellt wurde und so selten in der Natur existierte.

Sie war nicht nur eine Augenweide. Es war auch sehr angenehm, mit ihr zusammenzusein. Mindestens einmal in der Woche begrüßte sie Hal mit einem neuen Kleidungsstück. Sie nähte leidenschaftlich gern; aus den Stoffen, die Hal ihr gab, schneiderte sie Blusen, Röcke und sogar Kleider. Auch ihre Frisuren veränderte sie ständig. Sie war immer wieder anders und immer schön, und sie brachte Hal zu der Erkenntnis, daß Schönheit auch eine Freude war, zumindest für die Zeit, die sie andauerte.

Ihr Nachahmungstalent war eine weitere Sache, die ihm Vergnügen bereitete. Fast über Nacht war sie von ihrem Französisch auf Amerikanisch übergewechselt. Binnen einer Woche sprach sie es schneller und ausdrucksvoller als er. Da sie auch eingehende Kenntnisse des Siddo hatte, meinte Hal, daß es am einfachsten wäre, wenn Jeannette ihm Bücher der *Wogs* vorlas, damit auch er es lernte. Er lag auf dem Diwan, während sie auf einem Stuhl saß. Ihre sehr korrekte Aussprache und Betonung schulte sein Gehör, und Hal sparte viel Zeit dadurch, daß er nicht jedes neue Wort in einem Wörterbuch nachschlagen mußte – sie übersetzte es ihm.

Jeannette machte es großen Spaß, ihm vorzulesen. Nur langweilten sie die trockenen technischen Texte, die Hal ihr gab. Außerdem beherrschte sie zwar die Siddo-Umgangssprache, kannte sich aber nicht allzusehr mit den wissenschaftlichen Begriffen aus. Wenn Hal merkte, daß sie ins Stolpern kam oder zögerte, wurde er weich und ließ sie mit dem Lesen aufhören. So brachte er zum Beispiel We'enais monumentales *Aufstieg und Untergang des Menschen auf Ozagen* nie zu Ende.

An diesem Abend begann Jeannette wie gewöhnlich recht tapfer. Ihre tiefe, kehlige Stimme versuchte, Interesse für das zu simulieren, was ihre Augen sahen. Sie las das erste Kapitel vor, welches die Bildung des Planeten und die Anfänge des Lebens auf ihm beschrieben. Beim zweiten Kapitel gähnte sie ziemlich unverhohlen, aber Hal tat so, als bemerkte er dies nicht, und schloß seine Augen. Also fuhr sie fort, schilderte den Aufstieg der *Wogs* von Präarthropoden, die sich anders besonnen und dazu entschieden hatten, Chordaden zu werden. We'enai machte einige schwerfällige Scherze über die Gegensätzlichkeit der Woggelwanzen seit diesem schicksalhaften Tag, und im dritten Kapitel behandelte er schließlich die Geschichte der Säugetierevolution auf dem anderen großen Kontinent Ozagens, die mit dem Menschen ihren Höhepunkt erreichte.

»Aber der Mensch«, zitierte sie, »hatte – wie wir – seine Mimikryparasiten. Einer davon war eine andere Spezies des sogenannten Kneipenkäfers, der, statt einem *Wog* zu gleichen, wie ein Mensch aussah. Wie sein Gegenstück konnte auch er keine intelligente Person zum Narren halten, aber durch seine Alkoholausscheidung war er bei den Menschen sehr erwünscht. Auch er begleitete seinen Wirt seit den primitiven Zeiten, wurde ein wesentlicher Bestandteil seiner

Zivilisation und schließlich eine der wichtigsten Ursachen für den Verfall der menschlichen Kultur.

Das Verschwinden der Menschheit von der Oberfläche Ozagens ist jedoch nicht allein auf den Kneipenkäfer zurückzuführen. Dieses Geschöpf kann man unter Kontrolle halten. Aber wie die meisten Wesen kann man es mißbrauchen, so daß es zu einer Gefahr wird.

Genau dies stellte der Mensch mit ihm an.

Man muß festhalten, daß er einen Verbündeten hatte, der ihm bei dem Mißbrauch des Insekts half. Es handelte sich um einen anderen Parasiten, der irgendwie anders geartet war – einer, der, um es einmal so auszudrücken, tatsächlich unser Vetter war.

In einer Hinsicht jedoch unterscheidet er sich von uns, vom Menschen und von jedem anderen Lebewesen auf diesem Planeten, wenn man von einigen sehr niederen Spezies absieht. Und zwar darin, daß er, nach den allerersten fossilen Zeugnissen zu urteilen, die wir von ihm besitzen, gänzlich ...«

Jeannette legte das Buch aus der Hand. »Das nächste Wort ist mir unbekannt, Hal. Muß ich es unbedingt vorlesen? Es ist so langweilig.«

»Nein, nicht nötig. Nehmen wir lieber diese Comics, die dir und den Matrosen der *Gabriel* so gut gefallen.«

Sie lächelte – ein hübscher Anblick – und begann aus Band 1037, Buch 56 der *Abenteuer des Leif Magnus, geliebter Schüler des Vorboten,* die Geschichte *Die Begegnung mit dem Grauen von Arkturus* vorzutragen.

Hal hörte ihren Bemühungen zu, das Amerikanisch in die Landessprache zu übersetzen, bis er der Banalitäten des Comics überdrüssig wurde und Jeannette zu sich herunterzog.

Und das Licht über ihnen blieb stets an.

Doch es gab auch Mißverständnisse, Meinungsverschiedenheiten und Konflikte zwischen ihnen.

Jeannette war weder Puppe noch Sklavin. Wenn ihr etwas nicht gefiel, brachte sie oft sehr schnell ihre Meinung zum Ausdruck. Und wenn Hal sarkastisch oder heftig antwortete, sah er sich wortreichen Angriffen ausgesetzt.

Es war, kurz nachdem er Jeannette in seiner *Puka* versteckt hatte, als er nach einem langen Tag auf dem Schiff mit beträchtlichem Stoppelbart im Gesicht heimkehrte.

Sie küßte ihn und verzog dann das Gesicht. »Das tut weh; es ist wie ein Reibeisen. Ich werde deine Creme holen und selbst deinen Bart wegreiben.«

»Nein, tu das nicht«, entgegnete er.

»Warum denn nicht?« sagte sie und war schon zum Unaussprechlichen unterwegs. »Ich tue sehr gern etwas für dich. Und ganz besonders gefällt es mir, wenn ich dich schön machen kann.«

Mit der Dose des Enthaarungsmittels in der Hand kam sie zurück. »Nun setz dich mal, und ich werde das alles für dich besorgen. Du kannst ja darüber nachdenken, wie sehr ich dich liebe, während ich diese kratzigen Drähte aus deinem Gesicht entferne.«

»Du verstehst mich nicht, Jeannette. Ich kann mich nicht rasieren, weil ich jetzt ein Lamechianer bin. Lamechianer müssen Bärte tragen.«

Erschreckt blieb Jeannette stehen und fragte: »Du *mußt*? Soll das heißen, daß dies Gesetz ist, daß du ein Verbrecher bist, wenn du dich nicht daran hältst?«

»Nein, nein. Ganz so schlimm ist es nicht. Der Vorbote hat selbst nie ein Wort dazu gesagt, und es ist auch niemals ein Gesetz verabschiedet worden, welches dies obligatorisch gemacht hätte. Aber – es ist so Sitte. Und es ist ein Ehrenzeichen, denn nur ein Mann, der es wert ist, das Lamech zu tragen, darf sich auch einen Bart zulegen.«

»Was würde passieren, wenn sich ein Nicht-Lamechianer einen Bart wachsen ließe?«

»Ich weiß es nicht«, sagte er, und seine Stimme klang leicht ärgerlich.

»Das ist noch nie vorgekommen. Niemand käme auf diesen Gedanken, es sei denn, er hätte sich qualifiziert. Es ist eben eines dieser Dinge, die man als gegeben hinnehmen muß. Nur ein Außenstehender kann sich darüber Gedanken machen.«

»Aber ein Bart ist so häßlich«, sagte sie. »Und er zerkratzt mir das Gesicht. Genausogut könnte ich einen Haufen Sprungfedern küssen.«

»Dann«, sagte er zornig, »mußt du entweder lernen, wie man Sprungfedern küßt oder wie du ohne Küsse auskommst. Weil ich einen Bart haben *muß!*«

»Hör mir mal zu«, sagte sie und ging ganz nahe an ihn heran. »Du *mußt* nicht! Was hat es für einen Zweck, Lamechianer zu sein, wenn man doch nicht mehr Freiheit hat als zuvor. Wenn man das zu tun hat, was von einem erwartet wird? Warum ignorierst du diesen Brauch nicht einfach?«

Hal fühlte sowohl Wut als auch Panik in sich aufsteigen. Panik deswegen, weil er sich ihr so sehr entfremden konnte, daß sie ihn verließ, aber auch, weil er sich im klaren war, daß er im Falle eines Nachgebens von den anderen Lamechianern auf der *Gabriel* mit Argwohn betrachtet würde.

Dies hatte zur Folge, daß er sie beschuldigte, eine Idiotin zu sein. Ihre Erwiderung fiel nicht minder herb und heftig aus. Sie stritten sich, und die halbe Nacht war vorüber, bevor sie den ersten Schritt zu einer Versöhnung machte. Und dann wurde es Morgen, ehe sie einander genügend bewiesen hatten, wie sehr sie sich liebten.

Und an diesem Morgen rasierte sich Hal. Drei Tage lang geschah nichts auf der *Gabriel.* Niemand machte irgendwelche Bemerkungen, und die merkwürdigen Blicke, die er sah – oder zu sehen glaubte –, schrieb er seinem Schuldgefühl und seiner Phantasie zu. Schließlich kam ihm der Gedanke, daß entweder niemand etwas bemerkt hatte oder alle so sehr mit ihren Aufgaben beschäftigt waren, daß es ihnen nicht der Mühe wert war, sich dazu auszulassen. Er begann sogar, Überlegungen anzustellen, ob es nicht noch andere Ärgernisse des Lamechianertums gab, die er gleichfalls abschaffen konnte.

Am Morgen des vierten Tages wurde er in das Büro Macneffs gerufen.

Hal traf den Sandalphon hinter seinem Schreibtisch sitzend und seinen eigenen Bart befingernd an. Mit seinen blaßblauen Augen starrte Macneff ihn eine Zeitlang an, ehe er Hals Gruß erwiderte.

»Vielleicht waren Sie allzusehr mit Ihren Forschungen bei den *Wogs* beschäftigt, Yarrow, um noch an andere Dinge zu denken. Es trifft sicherlich zu, daß wir hier in einer ungewöhnlichen Umgebung leben und alle unsere Konzentration auf den Tag richten, an dem das Projekt gestartet wird.«

Er stand auf und begann, vor Hal auf und ab zu gehen.

»Sie wissen doch sicherlich, daß Sie als Lamechianer nicht nur Privilegien, sondern auch bestimmte Pflichten haben?«

»Shib, Abba.«

Mit einer plötzlichen Bewegung wandte Macneff sich zu Hal um und zeigte mit einem langen knochigen Finger auf ihn.

»Warum lassen Sie sich dann keinen Bart wachsen?« sagte er laut. Und er blickte sehr erzürnt.

Hal lief es eiskalt den Rücken hinunter, wie es so oft in seiner Kindheit passiert war, wenn Pornsen, sein *Sept*, die gleichen Manöver mit ihm durchexerziert hatte. Und ihn befiel die gleiche geistige Verwirrung.

»Wieso, ich ... ich ...«

»Wir müssen nicht nur danach streben, das Lamech zu erhalten, wir müssen auch weiterhin bemüht sein, uns dessen würdig zu erweisen. Reinheit und nichts als Reinheit wird uns zum Erfolg führen, die unentwegte Bemühung, rein zu sein.«

»Verzeihen Sie, *Abba*«, sagte Hal mit zitternder Stimme. »Aber ich unternehme doch unendliche Anstrengungen, um rein zu sein.«

Er wagte es, dem Sandalphon in die Augen zu sehen, während er dies sagte, obwohl er selbst nicht genau wußte, woher er den Mut dazu nahm. So abscheulich zu lügen! Er, der unwirklich lebte, log in Gegenwart des großen und reinen Sandalphons!

»Ich wußte doch nicht«, fuhr Hal fort, »daß das Rasieren etwas mit der Reinheit zu tun hat. Weder im *Westlichen Talmud* noch in einem anderen Buch des Vorboten findet sich irgend etwas darüber, ob ein Bart wirklich oder unwirklich ist.«

»Wollen Sie mir erzählen, was in den Schriften steht?« brüllte Macneff.

»Nein, natürlich nicht. Aber es stimmt, was ich sagte, nicht wahr?«

Macneff begann wieder, seine Schritte zu tun, und sagte: »Wir müssen rein sein, müssen unbedingt rein sein. Und auch nur das leiseste Anzeichen einer Pseudozukunft, das kleinste Abweichen von der Realität kann uns beflecken. Ja, Sigmen hat sich nie dazu geäußert. Aber es ist schon seit langem anerkannt, das allein die Reinen es wert sind, dem Vorboten durch das Tragen eines Bartes nachzueifern. Daher müssen wir, um rein zu sein, auch rein aussehen.«

»Ich stimme Ihnen aus ganzem Herzen zu!« sagte Hal, der allmählich Selbstvertrauen und eine gewisse Entschlossenheit fand. Es war ihm plötzlich aufgefallen, daß er so betroffen auf Macneffs Vorhaltungen reagiert hatte wie sonst auf die von Pornsen. Pornsen aber war tot, vernichtet, seine Asche dem Wind überlassen worden. Und Hal war es selbst gewesen, der sie bei der Zeremonie verstreut hatte.

»Unter normalen Umständen würde ich mir einen Bart wachsen lassen«, erklärte er. »Aber da ich nun mal unter den *Wogs* lebe, kann ich so weit effektvollere Spionage neben meiner Forschungstätigkeit betreiben. Ich habe nämlich festgestellt, daß die *Wogs* einen Bart als Greuel betrachten – sie selbst haben keine Bärte. Sie können nicht begreifen, warum wir Bärte wachsen lassen, wo wir doch über Mittel verfügen, um sie zu entfernen. Und in Gegenwart eines bärtigen Mannes fühlen sie sich unwohl und angewidert. Ich werde ihr Zutrauen nicht gewinnen können, wenn ich einen Bart trage. Ich habe jedoch die Absicht, mir dann einen wachsen zu lassen, wenn das Projekt gestartet wird.«

»Hmm!« sagte Macneff, die Haare in seinem Gesicht betastend. »Da könnten Sie recht haben. Schließlich sind dies ja auch ganz ungewöhnliche Verhältnisse. Aber weshalb haben Sie mir denn nichts davon gesagt?«

»Sie sind so beschäftigt, vom Morgengrauen bis zum Schlafengehen, daß ich Sie nicht damit belästigen wollte«, erwiderte Hal. Er fragte sich, ob Macneff sich wohl die Zeit nahm, um die Wahrheit seiner Aussage nachzuprüfen. Denn die *Wogs* hatten Hal gegenüber nie ein Wort über Bärte verloren. Er war zu dieser Ausrede inspiriert worden, als er sich daran erinnerte, was er über die anfänglichen Reaktionen der amerikanischen Indianer auf das Gesichtsgewächs des weißen Mannes gelesen hatte.

Macneff fügte noch ein paar Worte über die Bedeutung des Reinbleibens hinzu, dann entließ er Hal.

Die Strafpredigt wirkte noch nach, als Hal auf dem Weg nach Hause war. Dort angekommen, nahm er zur Beruhigung einige Drinks und dann noch ein paar, um sich für das Abendessen mit Jeannette aufzulockern. Er hatte nämlich herausgefunden, daß er, wenn er genug getrunken hatte, ohne Ekel zusehen konnte, wie das Essen in ihren nackten Mund geführt wurde.

Dieses Hilfsmittel hatte allerdings auch eine unerfreuliche Begleiterscheinung. Denn er fand zu keiner konstruktiven linguistischen Arbeit mehr und begann, mit seinen Berichten in Verzug zu geraten. Andererseits konnten Jeannette und er auf diese Weise ihr Beisammensein stets ungestört genießen.

— 17 —

Eines Tages, als Yarrow mit einer großen Kiste vom Markt zurückkehrte, sagte er: »In letzter Zeit hast du die Lebensmittel nur so in dich hineingeschlungen. Du ißt doch nicht für zwei? Oder vielleicht sogar für drei?«

Sie erblaßte. »*Mo choo!* Weißt du, was du da sagst?«

Er stellte die Kiste auf einen Tisch und faßte Jeannette bei den Schultern.

»*Shib.* Ganz genau, Jeannette. Das geht mir schon seit geraumer Zeit durch den Kopf, aber ich habe bisher noch nichts dazu gesagt, weil ich dich nicht beunruhigen wollte. Oder bist du es jetzt?«

Sie schaute ihm direkt in die Augen, aber ihr Körper bebte. »Oh, nein. Das ist unmöglich!«

»Warum denn? Wir haben doch keine Verhütungsmittel benutzt«

»*Fi.* Aber ich weiß – frag mich bitte nicht nach dem Grund –, daß es nicht sein kann. Und du darfst nie wieder so etwas andeuten. Auch nicht im Spaß. Ich kann es nicht ertragen.«

Er zog sie ganz fest an sich und sagte über ihre Schulter hinweg: »Ist es deswegen, weil du dazu nicht fähig bist? Weil du weißt, daß du mir keine Kinder gebären kannst?«

Ihr dichtes, leicht parfümiertes Haar hob und senkte sich. »Ich weiß es eben. Frag mich nicht, warum ich es weiß.«

Er löste die enge Umarmung und stand nun wieder eine Armlänge von ihr entfernt. »Hör mir zu, Jeannette. Ich werde dir sagen, was dir Kummer macht. Du und ich, wir entstammen zwei verschiedenen Spezies. Das galt auch für deinen Vater und deine Mutter. Doch sie bekamen Kinder. Und du weißt vielleicht auch, daß Esel und Pferdestuten Junge hervorbringen können, das Muli jedoch steril ist. Der Löwe und die Tigerin können sich vermehren, aber der Löger oder die Tiwin nicht. Ist es nicht so? Und du hast Angst, eine Art Muli zu sein!«

Sie legte ihren Kopf an seine Brust; Tränen flossen auf sein Hemd.

»Wir wollen es realistisch sehen, Liebling«, sagte Hal. »Wenn es so ist – was soll's? Unsere Situation ist – weiß der Vorbote! – ohne ein Baby schon kompliziert genug. Wir werden glücklich sein, wenn du ... nun ... wir haben ja uns, nicht wahr? Das ist alles, was ich brauche. Dich.«

Er trocknete ihre Tränen ab, küßte sie und half ihr, die Lebensmittel in den Kühlschrank zu stellen. Dabei machte er jedoch einen sehr nachdenklichen Eindruck.

Die Mengen an Nahrung und Milch, die sie verbraucht hatte, waren größer als früher. Dies galt besonders für den Milchkonsum. An ihrer herrlichen Figur hatten sich keine verräterischen Veränderungen ergeben. Ohne irgendeine Wirkung zu zeigen, konnte sie aber nicht dermaßen viel essen. Ein Monat verstrich. Hal beobachtete sie sehr genau. Jeannette aß enorme Mengen. Aber nichts geschah.

Yarrow schob es auf seine Unkenntnis ihres fremdartigen Stoffwechsels.

Ein weiterer Monat ging vorüber. Hal wollte gerade die Schiffsbibliothek verlassen, als ihn Turnboy, der historische *Inter*, anhielt.

»Es geht das Gerücht um, die Techniker hätten endlich das globingreifende Molekül hergestellt«, sagte der Historiker.

»Ich glaube, dieses Mal sind die Flüsterparolen wahr. Für 15.00 ist eine Konferenz anberaumt worden.«

»*Shib.*« Hal versuchte, die Verzweiflung aus seiner Stimme herauszuhalten.

Als die Versammlung um 16.50 aufgelöst wurde, saß Hal mit hängenden Schultern da. Der Virus war bereits in der Produktion. In einer Woche würde ein ausreichend großer Vorrat bereitstehen, um damit die Disseminatoren von sechs Torpedos zu füllen. Es war geplant, diese abzuschießen, um die Stadt Siddo zu vernichten. Die Torpedos würden in Spiralen fliegen, deren Umfang sich erweiterte, bis ein weites Territorium abgedeckt war. Am Ende, wenn die Torpedos zurückgekehrt, neu geladen und wieder gestartet waren, würde der gesamte Planet der *Wogs* tot sein.

Als Hal in sein Apartment kam, fand er Jeannette im Bett liegend vor. Ihr Haar bildete einen schwarzen Kranz auf dem Kopfkissen, und sie lächelte schwach.

Hal erschrak und vergaß ganz seine gedrückte Stimmung.

»Was ist mit dir los, Jeannette?«

Er legte eine Hand auf ihre Stirn. Die Haut war trocken, heiß und ziemlich rauh.

»Ich weiß es nicht. Ich fühle mich eigentlich schon seit zwei Wochen nicht sehr wohl, obgleich ich mich nicht beklagt habe. Ich dachte, es würde schon vorübergehen. Heute aber ging es mir so schlecht, daß ich mich sofort nach dem Frühstück wieder ins Bett legen mußte.«

»Wir werden dich schon wieder gesund bekommen.«

Er klang sehr zuversichtlich, aber innerlich war er sehr deprimiert. Falls sie sich eine ernsthafte Krankheit zugezogen hatte, konnte er keinen Arzt und keine Medikamente für sie besorgen.

In den nächsten Tagen blieb sie im Bett liegen. Ihre Temperatur schwankte zwischen 42,8 °C am Morgen und 43,1 °C am Abend. Hal pflegte sie, so gut er nur konnte. Er legte ihr nasse Tücher und Eisbeutel auf die Stirn und gab ihr Aspirin. Sie aß jetzt keine großen Mengen mehr, sondern verlangte lediglich danach, etwas zu trinken. Immer wieder bat sie um Milch. Auch den Käfersaft und die Zigaretten lehnte sie ab.

So schlimm ihre Krankheit auch war – ihr Schweigen trieb Yarrow zur Raserei. Seit er sie kannte, hatte sie unbeschwert, fröhlich und amüsant geschwätzt. Sie konnte zwar ruhig sein, aber man merkte ihr dann eine interessierte Wortlosigkeit an. Nun ließ sie ihn sprechen, und wenn er aufhörte, unterbrach sie nicht die Stille durch Fragen oder Bemerkungen.

Er machte den Versuch, sie aufzurütteln, indem er ihr von seinem Plan erzählte, ein Flugboot zu stehlen und sie damit in ihre Dschungelheimat zurückzubringen. Ein Leuchten kam in ihren matten Augen auf; das Braun sah zum ersten Mal wieder glänzend aus. Sie setzte sich sogar auf, während er eine Karte des Kontinents auf ihrem Schoß ausbreitete. Jeannette deutete ungefähr auf die Stelle, wo sie gelebt hatte, und beschrieb das Gebirgsmassiv, das aus den grünen Tropen aufstieg, das Tafelland auf dessen Gipfeln, wo ihre Tanten und Schwestern in den Ruinen der früheren Hauptstadt wohnten.

Hal setzte sich an die kleine sechseckige Tischplatte neben dem Bett und rechnete aus den Karten die Koordinaten aus. Hin und wieder schaute er auf. Jeannette lag auf der Seite, ihre zarte, weiße Schulter hob sich aus ihrem Nachthemd hervor, ihre großen Augen waren von Schatten umringt.

»Ich brauche nur einen kleinen Schlüssel zu stehlen«, sagte er. »Der Kilometerzähler auf einem Boot wird vor jedem Start vom Flugfeld auf Null gestellt. Das Fahrzeug fliegt nun fünfzig Kilometer nach Handsteuerung. Beim Erreichen dieser Entfernungsmarke stoppt das Boot automatisch und sendet ein Signal über seinen Standort aus. Das soll verhindern, daß jemand flieht. Die Automatik kann man aufschließen und das Signal abschalten. Ein kleiner Schlüssel reicht dazu. Ich kann ihn bekommen. Keine Sorge!«

»Du mußt mich sehr lieben!«

»Shib.«

Er stand auf und küßte sie. Ihr einst so weicher und taufrischer Mund fühlte sich trocken und hart an. Es war fast so, als würde die Haut zu Horn werden.

Er wandte sich wieder seinen Berechnungen zu. Eine Stunde später ließ ihn ein Seufzer von ihr hochblicken. Ihre Augen hatte sie geschlossen, und ihre Lippen waren leicht geöffnet. Schweißtropfen liefen über ihr Gesicht.

Er hatte gehofft, daß ihr Fieber gesunken war. Aber nein. Die Quecksilbersäule kletterte auf 43,2 °C.

Sie sagte etwas.

Er beugte sich nieder. »Was?«

Sie murmelte Worte aus einer unbekannten Sprache, der des Volkes ihrer Mutter. Delirium.

Hal fluchte. Er mußte handeln. Ungeachtet der Konsequenzen. Er rannte ins Badezimmer, schüttelte eine starke Schmerztablette aus einem Fläschchen, kam zurück und richtete Jeannettes Oberkörper auf. Mit einigen Schwierigkeiten gelang es ihm, sie zu veranlassen, die Pille mit einem Glas Wasser hinabzuspülen.

Nachdem er die Schlafzimmertür verschlossen hatte, legte er Umhang und Kapuze an und eilte zur nächsten Wog-Apotheke. Dort kaufte er drei Nadeln, drei Spritzen und ein Anti-Koagulans. Wieder in seinem Apartment, versuchte er, die Nadeln in ihre Armvene einzuführen. Die Spitze wollte einfach nicht eindringen, bis er beim vierten Ansetzen, in einem Anfall von Verzweiflung, ganz fest drückte.

Während der Einstiche öffnete sie nicht ein einziges Mal ihre Augen oder ruckte auch nur mit dem Arm.

Als die ersten Tropfen der Flüssigkeit in das Glasröhrchen

tröpfelten, atmete Hal erleichtert auf. Obwohl es ihm nicht bewußt geworden war, hatte er sich auf die Lippen gebissen und den Atem angehalten. Plötzlich erkannte er, daß er in den letzten Monaten einen entsetzlichen Verdacht tief in das Unterbewußtsein verdrängt hatte. Jetzt sah er ein, wie lächerlich dieser Gedanke gewesen war.

Das Blut war rot.

Er versuchte, sie aufzuwecken, um eine Urinprobe zu bekommen. Sie verdrehte ihren Mund mit sonderbaren Silben, fiel dann wieder in Schlaf oder Koma – Hal wußte nicht, was es war. In seiner Verzweiflung schlug er ihr ins Gesicht, immer wieder, in der Hoffnung, er könnte sie dadurch ihrer Bewußtlosigkeit entreißen. Er fluchte erneut, denn ihm wurde mit einem Mal klar, daß er die Urinprobe hätte nehmen müssen, ehe er ihr das Schmerzmittel gab. Wie konnte er sich nur so dumm anstellen? Er war nicht konzentriert genug; ihr Zustand und das, was er auf dem Schiff zu erledigen hatte, regten ihn zu sehr auf.

Hal brühte einen sehr starken Kaffee auf und schaffte es, Jeannette einen Teil davon einzuflößen. Der Rest tröpfelte am Kinn herunter und durchtränkte ihr Nachthemd.

Entweder war es das Koffein oder sein verzweifelter Ton, jedenfalls erwachte sie und öffnete ihre Augen gerade lange genug, um ihn anzusehen, während er ihr erklärte, was er von ihr wollte und wohin er anschließend gehen würde. Nachdem der Urin in einem vorher ausgekochten Behälter gesammelt war, wickelte er den Behälter und die Spritzen in ein Taschentuch und verstaute alles unter seinem Mantel.

Über ein tragbares Sprechgerät hatte er von der *Gabriel* ein Boot angefordert. Draußen ertönte eine Hupe. Er schaute noch einmal auf Jeannette, verschloß dann die Schlafzimmertür und rannte die Treppen hinunter. Das Boot schwebte über dem Bordstein. Hal stieg ein, setzte sich und schlug auf den Startknopf. Das Boot schnellte auf tausend Meter Höhe empor und jagte dann in einem Winkel von 11 Grad dem Schiff im Park entgegen.

In der medizinischen Abteilung hielt sich nur ein Krankenpfleger auf. Der Bursche ließ sein Comicheft fallen und sprang auf.

»Nur keine Aufregung!« sagte Hal. »Ich möchte lediglich die Laborgeräte benutzen. Und ich möchte nicht durch die Ausstellung dreifacher Formulare belästigt werden. Dies ist eine private Angelegenheit, verstehen Sie?«

Hal hatte seinen Mantel ausgezogen, so daß der Pfleger das leuchtende goldene *Lamech* sehen konnte.

»Shib«, grunzte der Mann.

Hal reichte ihm zwei Zigaretten.

»Oh, danke.« Er steckte sich eine Zigarette an, setzte sich wieder und griff nach *Der Vorbote und Delilah in der sündigen Stadt Gaza.*

Yarrow ging um die Ecke des Laboratoriums, wo ihn der Pfleger nicht sehen konnte, und schaltete die erforderlichen Geräte ein. Nachdem er seine Proben eingegeben hatte, setzte er sich hin. Doch schon nach wenigen Sekunden sprang er wieder auf und begann, unruhig auf und ab zu gehen. Der Analysecomputer schnurrte mittlerweile wie eine zufriedene Katze, die ihr seltsames Futter verdaute. Eine halbe Stunde später erklang ein kurzes Rasseln, und dann flammte ein grünes Licht auf: ANALYSE KOMPLETT.

Hal betätigte einen Schalter. Wie eine Zunge aus einem Metallmund, glitt ein langes Band heraus. Er las den Code. Urin normal, keine Infektion in diesem Bereich. Normal auch der pH-Wert und die Zahl der Blutkörperchen.

Er war sich nicht ganz sicher gewesen, ob das »Auge« die Zellen ihres Blutes wahrnehmen würde. Die Chancen waren jedoch sehr groß, daß ihre roten Blutkörperchen den irdischen ähnelten. Warum auch nicht? Die Evolution folgt immer parallelen Pfaden, selbst auf Planeten, die mehrere Lichtjahre voneinander getrennt sind, und die bikonkave Scheibe ist die effizienteste Form, um ein Maximum an Sauerstoff zu transportieren.

Der Computer ratterte. Noch mehr Band wurde ausgeworfen. Unbekanntes Hormon! In der Molekularstruktur dem parathyreoiden Hormon ähnlich, welches primär mit der Steuerung des Kalzium-Stoffwechsels befaßt ist.

Was hatte dies zu bedeuten? Konnte diese mysteriöse Substanz, mit der ihr Blut durchsetzt war, die Ursache ihrer Beschwerden sein?

Weiteres Klicken. Der Kalziumgehalt des Blutes lag bei 40 mg Prozent.

Eine derart abnorm hohe Konzentration mußte bedeuten, daß die Nierenschwelle überschritten wurde und das Übermaß an Kalzium in den Urin »überlief«. Wo war es also geblieben?

Der Computer ließ ein rotes Licht aufblitzen: ERLEDIGT.

Aus einem Regal nahm Hal ein Lehrbuch der Hämatologie und schlug unter »Ca« nach. Als er mit dem Lesen aufhörte, straffte er seine Schultern. Neue Hoffnung? Möglicherweise. In ihrem Fall deutete alles darauf hin, daß sie unter einer Form von Hypercalcämie litt, die sich in einer beliebigen Anzahl von Krankheiten offenbarte, wie beispielsweise in einer Rachitis oder einer chronischen hypertrophen Arthritis. Was Jeannette auch immer fehlte, ihr machte eine Fehlfunktion der parathyreoiden Drüse zu schaffen.

Der nächste Gang führte ihn zur Pharmamaschine. Er drückte auf drei Knöpfe, wählte eine Nummer, wartete zwei Minuten und hob dann den Verschluß des Ausgabefaches hoch, das sich in Hüfthöhe befand. Eine Schale kam zum Vorschein. Auf dieser lag eine Zellophanhülle, die eine Injektionsnadel und ein Röhrchen mit 30 cm^3 einer hellblauen Flüssigkeit enthielt. Es war Jesper-Serum, mit dem sich durch einmalige Einspritzung eine Regulierung der Schilddrüsentätigkeit erreichen ließ.

Hal zog seinen Mantel über, steckte das Päckchen in die Innentasche und schritt zur Tür hinaus, ohne daß der Krankenpfleger auch nur aufgeschaut hätte.

Der nächste Weg führte ihn in die Waffenkammer. Dort gab er dem Lagerverwalter einen Auftrag – dreifach ausgefertigt – über eine 1mm-Automatik und hundert Schuß scharfer Munition. Der Lagerist warf nur einen flüchtigen Blick auf die gefälschten Unterschriften – auch er war durch das *Lamech* von Ehrfurcht ergriffen – und öffnete die Tür. Hal nahm sich den Revolver, den er bequem in seiner Handfläche verbergen konnte, und steckte ihn in seine Hosentasche.

Im Schlüsselraum, der zwei Korridore entfernt war, wiederholte er das Verbrechen. Oder genauer gesagt, er unternahm den Versuch dazu.

Moto, der Offizier vom Dienst, sah sich die Papiere an, zögerte einen Moment und sagte dann: »Tut mir leid. Aber ich habe die Anweisung, bei Wünschen jeder Art beim Obersten Uzziten rückzufragen. Das wird jedoch erst in etwa einer Stunde möglich sein, denn er ist in einer Konferenz beim Erzurieliten.«

Hal nahm die Papiere wieder an sich. »Macht nichts. Die Angelegenheit ist nicht so dringend. Ich komme morgen früh noch mal wieder.«

Auf dem Heimweg überlegte er sich genau, wie er vorgehen würde. Nachdem er Jeannette das Jesper-Serum injiziert hatte, würde er sie zum Flugboot schaffen. Der Boden unter der Instrumententafel des Bootes mußte aufgerissen werden, zwei Drähte waren abzuklemmen, und einer mußte dann an eine andere Leitung angeschlossen werden. Dadurch würde die Begrenzung auf fünfzig Kilometer beseitigt. Unglücklicherweise würde diese Maßnahme einen Alarm auf der *Gabriel* auslösen. Er hoffte, daß er glatt starten, hinaufsteigen und hinter der Bergkette im Westen Siddos verschwinden konnte. Die Berge würden das Radar ablenken. Der Autopilot würde ihm genügend Zeit lassen, um den Kasten zu zerstören, der das Signal aussendete, welches die *Gabriel* auf seine Spur führen konnte.

Da er das Fahrzeug im Tiefflug halten würde, konnte er hoffen, bis zum Tagesanbruch unbehelligt zu bleiben. Dann mußte er in einen See oder Fluß, der tief genug war, eintauchen und warten, bis es Nacht wurde. Im Schutz der Dunkelheit konnte er aufsteigen und den Tropen entgegenrasen. Sollten auf seinem Radar Anzeichen von Verfolgern zu sehen sein, konnte er wieder in ein Gewässer eintauchen. Zum Glück gab es auf der *Gabriel* kein Sonargerät.

Er parkte das lange, nadelförmige Boot am Bordstein und stieg aus. Seine Füße polterten über die Treppen. Die ersten beiden Male verfehlte sein Schlüssel das Loch. Er knallte die Tür zu, ohne sich um das Abschließen zu kümmern.

»Jeannette!« rief er laut. Plötzliche Angst, sie könnte im Delirium aufgestanden sein, irgendwie die Tür geöffnet haben und hinausspaziert sein, befiel Hal.

Ein schwaches Stöhnen kam als Antwort. Er schloß die Schlafzimmertür auf und stieß dagegen. Mit weit geöffneten Augen lag sie da.

»Jeannette! Geht es dir besser?«

»Nein. Schlechter. Viel schlechter.«

»Mach dir keine Sorgen, Liebling. Ich habe genau die Medizin, die deine Lebensgeister zurückrufen wird. In ein paar Stunden schon wirst du dich aufrichten und nach Steaks schreien. Und diese Milch wirst du nicht einmal berühren wollen. Dein Glühfrei wirst du literweise trinken. Und dann ...«

Er stockte, als er ihr Gesicht sah. Es war eine wie versteinerte Maske des Elends, sah aus wie die grotesken, verzerrten Holzmasken der griechischen Tragödien.

»Oh, nein ... *nein!«* stöhnte sie. »Was hast du gesagt? Glühfrei?« Ihre Stimme wurde lauter. »Hast du mir das die ganze Zeit über gegeben?«

»Shib, Jeannette. Reg dich doch nicht auf. Es schmeckte dir. Wo liegt da der Unterschied? Die Sache ist die, daß wir fort müssen ...«

»Oh, Hal, Hal! Was hast du nur getan?« .

Ihr schmerzerfülltes Gesicht bewegte ihn zutiefst. Tränen flossen; wenn je ein Stein hätte erweicht werden können, dann wäre dies bei diesem Anblick geschehen.

Er drehte sich um und lief in die Küche. Dort nahm er das Päckchen zur Hand, packte den Inhalt aus und steckte die Injektionsnadel in das Röhrchen. Dann ging er in das Schlafzimmer zurück. Jeannette gab keinen Laut von sich, als er die Spitze in ihre Vene hineinstieß. Einen Moment lang fürchtete Hal, die Nadel könnte abbrechen. Jeannettes Haut war so unendlich spröde.

»Dieses Zeug kuriert Erdenleute im Handumdrehen«, sagte er und hoffte, daß Heiterkeit die richtige Art war, mit Kranken umzugehen.

»Oh, Hal, komm zu mir. Es ist ... es ist jetzt zu spät dafür.«

Er zog die Nadel zurück, verrieb Alkohol über dem Einstich und legte ein kleines Mullpolster auf. Dann kniete er vor dem Bett nieder und küßte sie. Ihre Lippen wirkten beinahe wie Leder.

»Hal, liebst du mich?«

»Wirst du mir denn niemals glauben? Wie oft muß ich es dir noch sagen?«

»Ganz gleichgültig, was du über mich erfahren wirst?«

»Ich weiß doch alles über dich.«

»Nein, das stimmt nicht. Das kannst du gar nicht. Oh, Große Mutter, hätte ich dir doch nur etwas davon gesagt! Vielleicht hättest du mich trotz allem genauso sehr geliebt. Vielleicht ...«

»Jeannette! Was ist los?«

Sie hatte ihre Lider wieder geschlossen. Ihr Körper schüttelte sich in Krämpfen. Als das heftige Beben nachgelassen hatte, flüsterte sie mit steifen Lippen. Er beugte seinen Kopf herunter, um sie zu verstehen.

»Was hast du gesagt? Jeannette! Sprich doch!«

Er rüttelte sie. Das Fieber mußte wohl verschwunden sein, denn ihre Schulter war kalt. Und hart.

Die Worte kamen leise und undeutlich.

»Bring mich zu meinen Tanten und Schwestern. Die werden schon wissen, was zu tun ist. Nicht für mich … sondern für …«

»Was meinst du denn?«

»Hal, wirst du mich immer lieben …«

»Ja, ja. Das weißt du doch! Wir haben wichtigere Dinge zu tun, als über so etwas zu reden.«

Falls sie ihn hörte, so ließ sie dies nicht erkennen. Ihr Kopf war weit nach hinten geneigt, so daß ihre zierliche Nase zur Decke zeigte. Mund und Lider waren geschlossen, und ihre Hände lagen an ihrer Seite, mit den Handflächen nach oben. Die Brüste bewegten sich nicht. Das bißchen Atem war zu schwach, um sie zu regen.

— 18 —

Hal hämmerte an Fobos Tür, bis sie geöffnet wurde.

Die Frau des Empathisten sagte: »Hal! Hast du mich überrascht!«

»Wo ist Fobo?«

»Er ist auf einer Sitzung des Hochschulausschusses.«

»Ich muß ihn sofort sprechen.«

Abasa schrie hinter ihm her: »Wenn es wichtig ist, geh nur hin! Diese Sitzungen langweilen ihn sowieso zu Tode!«

Als Hal, drei Stufen auf einmal nehmend, hinuntergerannt war und das nahegelegene Universitätsgelände auf dem kürzesten Weg überquert hatte, mußte er nach Luft ringen. Er verlangsamte seinen Schritt aber nicht, sauste die Treppen zum Verwaltungsgebäude hinauf und platzte in das Sitzungszimmer hinein.

Als er sprechen wollte, mußte er erst einmal tief Luft holen.

Fobo sprang von seinem Stuhl auf.

»Wo brennt's denn?«

»Du … du mußt … mitkommen. Eine Sache auf Leben und Tod!«

»Entschuldigt mich«, sagte Fobo.

Die zehn *Wogs* nickten mit dem Kopf und fuhren mit der Konferenz fort. Der Empathist warf seinen Umhang über, setzte die Schädelkappe mit den Fühlerattrappen auf und führte Hal hinaus.

»Nun, was ist denn los?«

»Hör mir bitte zu. Ich muß dir vertrauen. Ich weiß, daß du mir nichts versprechen kannst. Aber ich glaube, du wirst mich nicht an meine Leute verraten. Du bist ein Mann von Charakter, Fobo.«

»Komm zur Sache, mein Freund.«

»Paß auf! Ihr *Wogs* seid in der Endokrinologie ebenso fortgeschritten wie wir. Und du hast einen Vorteil. Du kennst Jeannette in- und auswendig. Du hast sie untersucht.«

»Jeannette? Oh, Jeannette Rastignac! Die *Lalitha.*«

»Ja, genau. Ich habe sie in meinem Apartment versteckt gehalten.«

»Ich weiß.«

»Du … du weißt davon? Woher?«

»Spielt doch keine Rolle.« Der *Wog* legte seine Hand auf Hals Schulter.

»Es muß wohl etwas Schlimmes passiert sein, sonst wärst du wegen ihr nicht zu mir gekommen.«

Auf dem Weg zu ihren Apartments erzählte Hal ihm alles. Vor der Tür hielt Fobo ihn am Arm fest.

»Ich muß dir auch etwas erzählen. Deine Landsleute wissen, daß du etwas im Schilde führst. Seit etwa zwei Wochen wohnt ein Mann in dem Gebäude dort unten an der Straße, der dir nachspioniert. Sein Name ist Art Hunah Pukui.«

»Ein Uzzite!«

»Ja. Er hält sich im Vorderzimmer im Erdgeschoß auf. Seine Fenster sind verdunkelt, aber wahrscheinlich beobachtet er dich gerade jetzt.«

»Den kannst du vergessen!« knurrte Yarrow.

Fobo folgte Hal in dessen Wohnung. Der *Wog* fühlte Jeannettes Stirn und versuchte ein Lid hochzuheben, um sich das Auge anzusehen. Es ließ sich nicht bewegen.

»Hmm! Die Verkalkung der äußeren Hautschichten ist sehr weit vorgeschritten.«

Mit der einen Hand zog Fobo das Bettuch von Jeannette herunter, mit der anderen packte er ihr Nachthemd und riß den dünnen Stoff in der Mitte entzwei. Die beiden Teile rutschten zur Seite hinab, und sie lag völlig nackt da, so stumm, so bleich und so schön wie das Meisterwerk eines Bildhauers.

Ihr Geliebter stieß angesichts dieser scheinbaren Gewalttätigkeit einen leisen Schrei aus. Aber er sagte nichts, denn er sah ein, daß Fobos Handlungsweise medizinischer Natur war. In keinem Fall würde der *Wog* ein sexuelles Interesse an Jeannette haben.

Verlegen schaute er zu. Fobo tippte mit seinen Fingerspitzen auf ihren flachen Bauch und legte dann sein Ohr daran. Als er wieder aufstand, schüttelte er seinen Kopf.

»Ich will dir nichts vormachen, Hal. Auch wenn wir das Bestmögliche tun, wird dies vermutlich nicht ausreichen. Sie muß zu einem Chirurgen. Wenn wir die Eier herausschneiden können, ehe sie ausgebrütet sind, dann kann das, zusammen mit dem Serum, das du ihr gegeben hast, einen Umschwung bewirken und sie vielleicht retten.«

»Eier?«

»Ich werde es dir noch erklären. Wickle sie jetzt ein. Ich werde inzwischen hinunterlaufen und Dr. Kuto anrufen.«

Yarrow umhüllte Jeannette mit einer Decke und drehte sie dann herum. Sie war so steif wie eine Schaufensterpuppe. Da er den versteinerten Gesichtsausdruck nicht ertragen konnte, bedeckte er ihr Antlitz.

Sein Armbandsprechgerät schrillte. Ganz automatisch wollte er die Taste drücken, zog aber gerade noch rechtzeitig die Hand zurück. Das Schrillen war laut und beharrlich. Hal rang einige Sekunden mit sich und kam dann zu dem Schluß, daß er ihren Verdacht nur noch mehr erregte, wenn er nicht antwortete.

»Yarrow!«

»Shib?«

»Melden Sie sich beim Erzurieliten. Sie haben fünfzehn Minuten Zeit dafür.«

»Shib.«

Fobo kam wieder herein und sagte: »Was wirst du nun tun, Hal?«

Yarrow machte einen entschlossenen Eindruck. »Du greifst Jeannette bei den Schultern, und ich werde ihre Füße fassen. Sie ist so starr, daß wir keine Bahre benötigen.«

Als sie die Treppe hinuntergingen, fragte Hal: »Kannst du uns nach der Operation verstecken, Fobo? Wir werden das Boot jetzt nicht mehr benutzen können.«

»Keine Sorge«, sagte der *Wog* geheimnisvoll über seine Schulter hinweg. »Die Erdenmenschen werden zu sehr beschäftigt sein, um dich zu verfolgen.«

Es dauerte nicht einmal eine Minute, um Jeannette in das Flugboot zu schaffen, zum Hospital zu hüpfen und sie wieder herauszutragen.

»Wir wollen sie einen Moment auf den Boden legen«, sagte Hal. »Ich muß das Boot auf Automatikbetrieb stellen und es zur *Gabriel* zurückschicken. Auf diese Weise wissen sie wenigstens nicht, wo ich bin.«

»Nein. Laß es hier. Du kannst es danach noch benutzen.«

»Wonach?«

»Später. Ach, da ist ja Kuto.«

Im Wartezimmer ging Hal hin und her und paffte dicke Rauchwolken *Barmherziger Seraphim* in die Luft. Fobo saß auf einem Stuhl und rieb seinen kahlen Schädel.

»Dies alles hätte vermieden werden können«, sagte er unglücklich. »Hätte ich früher gewußt, daß die *Lalitha* bei dir lebt, wäre mir sicher aufgegangen, wozu du das Glühfrei benötigtest. Obwohl es nicht unbedingt diesem Zweck dienen mußte. Jedenfalls fand ich erst vor zwei Tagen heraus, daß sie sich in deinem Apartment aufhielt. Und ich hatte auch zu viel mit dem Projekt Erdenmensch zu tun, um mich noch ausgiebig mit ihr zu befassen.«

»Projekt Erdenmensch?« sagte Hal erstaunt. »Was ist denn das?«

Fobos V-in-V-Lippen teilten sich zu einem Lächeln, das die gezackten Knochenkämme enthüllte.

»Das kann ich dir jetzt noch nicht sagen, denn deine Kollegen auf der *Gabriel* könnten es dann durch dich erfahren. Und dies möglicherweise, bevor es zum Einsatz kommt. Dagegen darf ich dir sicherlich erzählen, daß wir von eurem Plan, das tödliche, globinbindende Molekül in unsere Atmosphäre zu verstreuen, wissen.«

»Es gab mal eine Zeit, da wäre ich entsetzt gewesen, dies zu erfahren«, erklärte Hal. »Aber jetzt läßt es mich vollkommen kalt.«

»Willst du denn gar nicht wissen, wie wir es herausbekommen haben?«

»Ich habe so eine Vermutung«, sagte Hal teilnahmslos.

»Zunächst habt ihr Erdenmenschen den Fehler gemacht, uns die Lektüre eurer Geschichtsbücher zu gestatten. Und als wir dann um Blutproben gebeten wurden, erwachte unser Argwohn.«

Er tippte an das Ende seiner absurd langen Nase.

»Wir können natürlich nicht eure Gedanken lesen. Aber in diesem Fleisch sind zwei Fühler verborgen, die äußerst empfindlich reagieren. Im Gegensatz zu euch Terranern hat die Evolution unseren Geruchssinn nicht abgestumpft. Wir sind daher imstande, über den Duft, den andere verströmen, auch geringfügige Veränderungen des Stoffwechsels aufzuspüren. Als wir von einem eurer Abgesandten gebeten wurden, Blut zu spenden für die wissenschaftliche Forschung, rochen wir eine – ich möchte mal sagen: *verstohlene* – Emanation. Mißtrauisch geworden, gaben wir euch das Blut. Aber es war das eines Stalltieres, das Kupfer in seinen Blutzellen benötigt. Bei uns *Wogs* jedoch ist Magnesium das sauerstofftransportierende Element der Blutzellen.«

»Unser Virus ist also nutzlos!«

»Natürlich. Mit der Zeit, wenn ihr gelernt hättet, unsere Schrift zu lesen, und mit dem Erwerb geeigneter Lehrbücher, wäre sicher die Wahrheit ans Licht gekommen. Aber ich vertraue darauf, bete und hoffe inständig, daß ihr zu spät kommt.

Selbstverständlich haben wir eure Sprache und eure Schrift schneller erlernt als ihr unsere Kommunikationsmittel. Daher konnten wir, als wir eure Geschichtsbücher gelesen hatten, zwei und zwei zusammenzählen und folgern, weshalb ihr unser Blut haben wolltet.«

»Wie hast du die Sache mit Jeannette herausbekommen?« fragte Hal.

»Und kann ich sie sehen?«

»Es tut mir leid, aber deine zweite Frage muß ich leider verneinen«, sagte Fobo. »Was die erste betrifft, so ist es uns erst vor zwei Tagen gelungen, eine Abhörvorrichtung zu entwickeln, die empfindlich genug war, um einen Einbau in deine Räume zu rechtfertigen. Wie du weißt, sind wir in einigen Bereichen weit hinter euch zurück.«

»Ich habe die *Puka* lange Zeit jeden Tag durchsucht«, sagte Hal. »Aber als ich dann von eurer Entwicklungsstufe in der Elektronik hörte, gab ich es auf.«

»Unsere Forscher sind in der Zwischenzeit nicht untätig gewesen«, bemerkte Fobo. »Der Besuch von euch Erdenmenschen hat uns stimuliert, bestimmte Wissenschaftsgebiete vorrangig zu behandeln.«

Eine Krankenschwester trat ein und sagte: »Telefon, Doktor.«

Fobo ging hinaus.

Yarrow wanderte unruhig auf und ab und rauchte noch eine Zigarette. Nach einer Minute kam Fobo zurück.

»Wir werden Gesellschaft bekommen«, verkündete er. »Einer meiner Kollegen, der das Schiff beobachtet, sagte mir gerade, daß Macneff und zwei Uzziten mit einem Boot abgeflogen sind. Sie dürften jeden Moment hier am Hospital eintreffen.«

Yarrow blieb unvermittelt stehen und machte ein verdutztes Gesicht.

»Hierher? Wie sind sie darauf gekommen?«

»Ich kann mir vorstellen, daß sie über Mittel verfügen, die dir wohlweislich verschwiegen wurden. Aber sei unbesorgt.«

Hal stand bewegungslos da. Die Zigarette brannte unbeachtet bis zu seinen Fingern hinunter und versengte sie. Er warf sie fort und trat sie mit dem Fuß aus.

Auf dem Korridor klickten Stiefelabsätze.

Drei Männer kamen herein. Einer davon war ein großes und hageres Gespenst – Macneff, der Erzurielit. Die anderen waren klein, breitschultrig und schwarz gekleidet. Ihre fleischigen Hände waren zwar leer, aber bereit, wenn nötig, sofort in die Taschen zu schnellen. Ihre stechenden Blicke richteten sich erst auf Fobo und dann auf Hal.

Macneff machte ein paar Schritte auf den *Inter* zu. Seine blaßblauen Augen blickten wild; sein lippenloser Mund verzerrte sein Gesicht zum Grinsen eines Totenschädels.

»Sie unverschämter Abtrünniger!« schrie er.

Sein Arm zuckte hoch, und die Peitsche, aus dem Gürtel hervorgezogen, knallte. Dünne rote Streifen erschienen auf Yarrows weißem Gesicht und begannen zu bluten.

»Sie werden in Ketten zur Erde zurückgebracht und dort ausgestellt als Beispiel für einen Perversen, einen üblen Verräter und ... und ...!«

Er verlor den Faden, da ihm die Worte fehlten.

»Sie – der das Elohimeter bestanden hat und als so ungemein rein gilt –, Sie haben ein Insekt begehrt und mit ihm geschlafen!«

»Was?«

»Ja. Mit einem Wesen, das sogar minderwertiger ist als ein Tier auf der Wiese! Woran nicht einmal Moses dachte, als er die Vereinigung von Mensch und Tier verbot, was nicht einmal der Vorbote sich hatte vorstellen können, als er das Gesetz neu bestätigte und die Höchststrafe dafür festsetzte – Sie haben es getan! Sie, Hal Yarrow, ein *Lamech* –Träger!«

Fobo erhob sich und sagte mit seiner tiefen Stimme: »Dürfte ich wohl anmerken und nachdrücklich betonen, daß Sie mit Ihrer zoologischen Klassifizierung nicht ganz richtig liegen? Es handelt sich nicht um die Gattung der Insekten, sondern um die der *chordata pseudarthropoda,* oder wie sie sonst noch heißen mag.«

Hal sagte nur: »Was?« Er war unfähig zu denken.

Der *Wog* brummte: »Sei still und laß mich reden.«

Er drehte sich um und sah Macneff ins Gesicht. »Sie wissen von ihr?«

»Sie sind *shib,* daß ich von ihr weiß! Yarrow glaubte, er

könnte sich dies ungestraft erlauben. Aber gleichgültig, wie schlau diese Unwirklichen auch sind, man kommt ihnen stets auf die Schliche. In diesem Fall waren es seine Fragen an Turnboy, die jene Franzosen betrafen, die von der Erde flüchteten. Turnboy, dessen Haltung der Stirche gegenüber vorbildlich ist, meldete dieses Gespräch. Geraume Zeit lag es unter meinen Papieren. Als ich zufällig darauf stieß, gab ich es an die Psychologen weiter. Sie erklärten mir, daß die Fragen des *Inter* eine Abweichung von dem Verhaltensschema darstellten, dessen Einhaltung man von ihm erwartete. Eine belanglose Sache – sofern sie nicht mit etwas zusammenhing, das wir nicht über ihn wußten.

Zudem machte ihn seine Weigerung, sich einen Bart wachsen zu lassen, sehr verdächtig. Wir setzten einen Mann auf seine Spur. Dieser sah, wie Yarrow erheblich mehr Lebensmittel einkaufte, als er eigentlich verzehren konnte. Ferner kaufte er Zigaretten bei Ihnen, den *Wogs,* als Sie dieses Tabaklaster von uns übernahmen. Die Schlußfolgerung war einleuchtend: Er hatte ein Weib in seinem Apartment.

Wir glaubten nicht, daß es eine Wog-Frau sein würde, denn diese hätte sich wohl nicht verstecken müssen. Also mußte es sich um eine menschliche Person handeln. Wir konnten uns aber überhaupt nicht vorstellen, wie sie hierher nach Ozagen gelangt sein könnte. Es war für Yarrow unmöglich gewesen, sie auf der *Gabriel* als blinden Passagier zu verbergen. Folglich mußte sie mit einem anderen Schiff gekommen sein oder von einem Volk abstammen, das in der Vergangenheit die Erde verlassen hatte.

Es war schließlich Yarrows Unterhaltung mit Turnboy, die den Anhaltspunkt lieferte. Offensichtlich waren die Franzosen hier gelandet, und die Frau war eine ihrer Nachkommen. Wir wissen nicht, wie der *Inter* sie gefunden hat, aber das ist im Moment auch nicht so wichtig. Wir werden es schon noch herausfinden.«

»Sie sollen noch mehr über diese Dinge erfahren«, sagte Fobo gelassen.

»Aber wie haben Sie entdeckt, daß sie kein Mensch ist?«

Yarrow murmelte: »Ich muß mich hinsetzen.«

— 19 —

Er schwankte zur Wand und ließ sich auf einen Stuhl niedersinken. Einer der Uzziten wollte schon auf Hal losgehen, aber Macneff winkte den Mann zurück und sagte: »Turnboy hatte die Geschichte des Menschen auf Ozagen gelesen und war derart oft über Anspielungen auf die *Lalitha* gestolpert, daß sich ihm die Vermutung aufdrängte, das Mädchen könnte ein solches Wesen sein. In der letzten Woche erwähnte einer Ihrer Physiker während eines Gesprächs mit Turnboy, daß er erst vor kurzem eine *Lalitha* untersucht habe. Später wäre sie dann entflohen, sagte er. So bereitete uns der Ort, wo sie sich versteckt hatte, keine Kopfschmerzen mehr.«

»Mein Junge«, sagte Fobo, zu Hal gewandt, »hast du denn nicht We'enais Buch gelesen?«

Hal schüttelte den Kopf. »Wir begannen wohl damit, aber Jeannette verlegte es irgendwann.«

»Und war sicherlich bestrebt, dich an andere Dinge denken zu lassen ... sie verstehen es sehr gut, den Verstand eines Mannes abzulenken. Warum auch nicht? Dies ist der Zweck ihres Lebens. Aber ich werde es dir erklären, Hal. Die *Lalitha* ist die am höchsten entwickelte Form des mimetischen Parasitismus, die bekannt ist. Auch unter den vernunftbegabten Wesen sind diese einzigartig, und zwar darin, daß sie alle weiblich sind. Hättest du We'enais Buch weitergelesen, wäre dir anhand von Fossilienfunden erklärt worden, daß der ozagenianische Menschenmann zu der Zeit, als er noch ein insektenfressendes, affenähnliches Geschöpf war, nicht nur

Weibchen seiner eigenen Rasse, sondern außerdem die Weibchen einer anderen Gattung in seinen Familienclan aufnahm. Diese Lebewesen sahen so aus – und stanken wahrscheinlich auch so – wie die Weibchen des prähomininen Affen. Eine Paarung mit ihnen war möglich. Sie waren scheinbar Säugetiere, aber eine Sektion hätte wohl eindeutig auf ihre Pseudoarthropodenabstammung hingewiesen. Man darf mit einiger Sicherheit annehmen, daß diese Vorläufer der *Lalitha* schon lange vor dem Affenstadium Parasiten des Menschen waren. Sie dürften ihm wohl begegnet sein, als er das erste Mal aus dem Meer herauskroch. Und sie wurden, obwohl ursprünglich bisexuell, zu Weibchen. Durch einen unbekannten evolutionären Prozeß paßten sie ihre Gestalt der eines Lungenfisches an. Später dann der von Amphibien, der von Reptilien und der von primitiven Säugern. Und so weiter.

Es steht wohl fest, daß die *Lalitha* das verblüffendste Experiment der Natur in bezug auf Parasitismus und Parallelevolution ist. Auch mit der Metamorphose des Menschen in höhere Formen hielt die *Lalitha* Schritt. Man bedenke, daß alle Weibchen von den Männchen einer anderen Gattung abhängig waren, um die Fortdauer der Spezies zu sichern.

Die Art und Weise, wie sie in die vormenschliche Gesellschaft, die pithekoide und die neandertalerähnliche Stufe, integriert wurde, ist erstaunlich. Erst als sich der *Homo sapiens* entwickelte, ergaben sich Schwierigkeiten für die *Lalithas.* Einige Familien und Sippen nahmen sie auf; andere wieder töteten sie. So griffen sie zu einer List und gaben sich als menschliche Frauen aus. Dies war nicht allzu schwierig – solange sie nicht schwanger wurden.

In diesem Fall starben sie.«

Hal stöhnte und schlug die Hände vor das Gesicht.

»Schmerzlich, aber unwirklich, wie unser gemeinsamer Bekannter Macneff sagen würde«, merkte Fobo noch an.

»Dieser Umstand erforderte natürlich eine geheime Schwesternschaft. Denn wenn die *Lalithas* erst einmal schwanger waren, mußten sie diese Gesellschaft, in der sie sich zu tarnen hatten, verlassen. Unter ihresgleichen, an einem verborgenen Ort, kamen sie ums Leben. Man nahm sich dann der Nymphen an« – an dieser Stelle überfiel Hal ein Schaudern –, »bis diese imstande waren, in die menschlichen Siedlungen zu gehen. Oder sonstwie als Findlinge oder Wechselbälger eingeführt wurden.

Eine Reihe von Stammesberichten über sie sind überliefert – recht häufig kommen sie auch als Haupt- oder Randfiguren in Fabeln oder Mythen vor. Sie wurden als Hexen, Dämonen und noch schlimmere Wesen angesehen.

Mit dem Siegeszug des Alkohols kam für die *Lalithas* die Wende zum Guten. Der Alkohol machte sie steril. Und gleichzeitig, Unfall, Krankheit oder Mord ausgenommen, *unsterblich.*«

Hal nahm die Hände erneut vor das Gesicht. »Sie ... Sie meinen, Jeannette würde ewig gelebt haben? Daß ich sie ... dieses kostete?«

»Sie hätte viele tausend Jahre leben können. Wir wissen von einigen, daß sie es geschafft haben. Zumal sie keinen physischen Verfall hinnehmen müssen, sondern immer in einem physiologischen Alter von fünfundzwanzig Jahren bleiben. Aber laß mich dies alles in der richtigen Reihenfolge erklären. Einiges von dem, was ich erzählen werde, wird dich zwar quälen, doch es muß gesagt werden.

Das lange Leben der *Lalithas* führte schließlich dazu, daß sie als Göttinnen verehrt wurden. Manchmal lebten sie so lange, daß sie den Untergang mächtiger Nationen überdauerten, die noch kleine Stämme gewesen waren, als die *Lalithas* sich ihnen angeschlossen hatten. Die *Lalithas* wurden natürlich zu einem Hort der Weisheit, des Reichtums und der Macht. Religionen entstanden, in denen die *Lalitha* die unsterbliche Göttin war und die vergänglichen Könige und Priester ihr als Liebhaber dienten. In einigen Kulturen wurden die *Lalithas* geächtet. Aber entweder lenkten sie die Völker, die sie beherrschten, zu einer Eroberung solcher Nationen, oder sie drangen auf andere Weise ein und regierten am Ende als heimliche Machthaber. Da sie immer große Schönheiten waren, wurden sie die Frauen und Geliebten der einflußreichsten Männer. Sie konkurrierten mit den menschlichen Frauen und schlugen sie mit deren eigenen Waffen, wie überliefert wird. In der *Lalitha* brachte die Natur das vollkommene Weib hervor.

So gewannen sie die Gewalt über ihre Liebhaber. Nicht aber über sich selber. Obwohl sie in den Anfängen einer geheimen Vereinigung angehörten, trennten sie sich schon sehr bald wieder. Sie begannen, sich mit den Nationen zu identifizieren, die sie beherrschten, und ihre Länder gegen andere Länder in den Krieg zu führen. Darüber hinaus ergab sich aus ihrem langen Leben, daß jüngere *Lalithas* ungeduldig wurden … Machtkämpfe, Morde und anderes waren die Folge.

Außerdem war ihr Einfluß in technologischer Hinsicht fatal. Sie versuchten, in jedem Bereich der Kultur den *Status quo* aufrechtzuerhalten. Das Ergebnis war, daß in den menschlichen Kulturen die Tendenz dahin ging, alle neuen und fortschrittlichen Ideen und die Menschen, die dafür eintraten, zu eliminieren.

Als wir *Wogs* schließlich den breiten Ozean überquerten, der unseren Kontinent von ihrem trennt, fanden wir die Hälfte der Städte als Ruinen vor. Und obwohl er geschwächt war, kämpfte der Mensch gegen uns, kämpfte verzweifelt. Die *Lalithas* trieben ihn an, denn in uns erkannten sie ihr Verhängnis. Und sie hatten recht damit, denn wir waren nicht beeinflußbar wie die Menschen. Sie starben mit ihren Männern. Aber selbstverständlich hegen wir keine Feindseligkeit den wenigen Überlebenden gegenüber. Sie können uns keinen Schaden zufügen.«

Eine *Wog*-Krankenschwester kam aus dem Operationssaal heraus und sagte mit leiser Stimme etwas zu dem Empathisten.

Macneff näherte sich ihr und versuchte offensichtlich zu lauschen. Da die Schwester jedoch auf ozagenianisch sprach, was er nicht verstehen konnte, begann er wieder auf und ab zu gehen. Hal wunderte sich, wieso man ihn nicht sofort fortgeschleppt hatte, wieso der Priester gewartet hatte, bis Fobo ausredete. Dann erkannte Hal plötzlich, daß Macneff ihn all dies über Jeannette hören lassen wollte, damit er das Ausmaß seiner Taten einsah.

Die Krankenschwester ging wieder in den Operationssaal zurück. Der Erzurielit sagte laut: »Ist das Biest jetzt tot?«

Hal fuhr zusammen, als wäre er mit dem Wort »tot« geschlagen worden. Aber Fobo ignorierte den Priester.

Er wandte sich an Hal. »Deine Larven – das heißt, deine Kinder – sind entfernt worden. Sie befinden sich in einem Brutkasten. Und sie« – er zögerte – »essen gut. Sie werden leben.«

Aus seinem Ton hörte Hal heraus, daß es keinen Zweck hatte, sich nach der Mutter zu erkundigen.

Aus Fobos runden blauen Augen rollten Tränen.

»Du wirst niemals begreifen, was geschehen ist, Hal, wenn du nicht die einzigartige Fortpflanzungsweise der *Lalitha* verstehst. Drei Dinge braucht sie, um sich zu vermehren. Eines davon muß den anderen beiden vorausgehen. Dieses Primärereignis ist eine Infektion im Pubertätsalter durch eine andere, erwachsene *Lalitha.* Dies ist nötig, um Gene zu übertragen.«

»Gene?« sagte Hal. Trotz seines Schocks verspürte er Interesse und Verwunderung über das, was ihm Fobo zu erklären versuchte.

»Ja. Weil *Lalithas* keine Gene vom menschlichen Mann empfangen, müssen sie das Erbgut untereinander austauschen. Doch – sie benötigen den Menschen als Hilfsmittel.

Erlaube mir, näher darauf einzugehen. Eine erwachsene *Lalitha* verfügt über drei sogenannte *Gen-Banken.* Zwei davon sind Duplikate des gemeinsamen Chromosomenmaterials.

Die dritte werde ich sofort erklären.

Die Gebärmutter einer *Lalitha* enthält Eier, deren Gene in Körperchen aus mikroskopisch kleinen Windungen – deren Produktion in den riesigen Speicheldrüsen im Mund der *Lalitha* erfolgt – verdoppelt werden. Diese Windungen – Eizellen im Speichel – werden von der Erwachsenen unaufhörlich freigesetzt.

Mit Hilfe dieser unsichtbaren Partikel überreicht die erwachsene *Lalitha* Gene. Sie infizieren einander, als wären die Erbträger ansteckende Krankheiten. Ein Ausweichen ist nicht möglich; ein Kuß, ein Niesen oder eine Berührung, und schon ist es passiert.

Die präadoleszente *Lalitha* scheint jedoch so etwas wie eine natürliche Immunität gegen eine Infektion durch diese Windungen zu besitzen.

Sobald die erwachsene *Lalitha* angesteckt ist, bildet sie Antikörper heran, die den Empfang von Speichel-Eizellen einer zweiten *Lalitha* verhindern.

Inzwischen haben die ersten Windungen, denen sie ausgesetzt war, ihren Weg durch Blutkreislauf, Darmtrakt und Haut genommen. Fließend und bohrend erreichen sie die Gebärmutter ihrer Wirtin.

Dort vereinigen sich Speichel-Eizelle und uterines Ei. Die Fusion der beiden erzeugt eine Zygote. An diesem Punkt wird die Befruchtung unterbrochen. Nun sind alle genetischen Merkmale festgesetzt, die nötig sind, um neue *Lalithas* hervorzubringen. Alle – bis auf jene Gene, welche die spezifischen Gesichtszüge des Säuglings bestimmen. Diese Angaben werden durch den menschlichen Liebhaber der *Lalitha* übertragen. Nicht jedoch vor dem Zusammentreffen von zwei weiteren Ereignissen.

Diese beiden Ereignisse müssen simultan stattfinden. Das eine ist die Erregung durch einen Orgasmus, das andere die Stimulation der photokinetischen Nerven. Das eine Ereignis kann nicht ohne das andere stattfinden. Ebensowenig, wie es nicht zu diesen beiden letzten Gliedern der Kette kommen würde, wenn nicht vorher alles andere eingetreten wäre. Die Fusion der beiden Eizellen bewirkt anscheinend eine gewisse chemische Veränderung in der *Lalitha*, welche sie befähigt, einen Orgasmus zu haben, und welche gleichzeitig die photokinetischen Nerven voll entwickelt.«

Fobo hielt inne und schien seine Aufmerksamkeit darauf zu richten, ein Geräusch von draußen zu erlauschen. Hal, der mit den *Wogs* vertraut genug war, um einen Gesichtsausdruck ziemlich zuverlässig zu deuten, hatte das Gefühl, daß Fobo auf ein sehr wichtiges Ereignis wartete. Und was es auch immer sein mochte – es betraf die Erdenmenschen.

Plötzlich erschreckte ihn die Erkenntnis, daß er auf der Seite der *Wogs* war! Er war kein Erdenmensch mehr, oder doch zumindest kein Haijac.

»Reicht dies aus, um dich zu verwirren?« fragte Fobo.

»Es genügt«, erwiderte Hal. »So habe ich beispielsweise noch nie etwas von photokinetischen Nerven gehört.«

»Die photokinetischen Nerven sind exklusiv den *Lalithas* vorbehalten. Sie verlaufen von der Retina des Auges, zusammen mit den optischen Nerven, zum Gehirn. Die photokinetischen Nerven aber ziehen sich bis in die Wirbelsäule hinunter und verlassen diese am Sockel, um in die Gebärmutter einzutreten. Dieser Uterus ist auch nicht annähernd mit dem einer menschlichen Frau zu vergleichen. Man könnte vielleicht sagen, daß die *Lalitha*-Gebärmutter die Dunkelkammer des

Schoßes ist, in der die Photographie des Geliebten biologisch entwickelt und der Substanz nach den Gesichtern der Töchter aufgetragen wird.

Dies geschieht mittels Photogenen, die sich in der dritten Bank befinden, von der ich bereits sprach. Während des Geschlechtsverkehrs nämlich, im Moment des Orgasmus, findet in diesem Nerv eine elektrochemische Veränderung beziehungsweise eine Serie von Veränderungen statt. In dem Licht, das die *Lalitha* während des Geschlechtsaktes benötigt, um einen Orgasmus zu erleben, wird das Gesicht des Mannes photographiert. Durch einen Reflex ist es ihr nicht möglich, die Augen zu schließen. Sollte sie ihren Arm über ihre Augen halten, geht ihr überdies sofort der Orgasmus verloren.

Du müßtest eigentlich während des Verkehrs mit ihr – denn ich bin sicher, daß sie darauf bestand, deine Augen offen zu sehen – bemerkt haben, wie sich ihre Pupillen zur Größe einer Nadelspitze zusammenzogen. Diese Kontraktion war ein unwillkürlicher Reflex, der ihr Blickfeld auf dein Gesicht einengte. Warum? So konnten die photokinetischen Nerven nur Merkmale aus deinem Gesicht aufnehmen, und Informationen wie etwa deine Haarfarbe wurden an die *Bank* der Photogene weitergeleitet. Wir kennen zwar nicht genau die Art und Weise, in der photokinetischen Nerven diese Angaben übermitteln, aber es besteht kein Zweifel, daß sie es tun.

Dein Haar ist kastanienbraun. Diese Information wird der Bank irgendwie bekanntgemacht. Die *Bank* scheidet daraufhin jene Gene aus, die andere Haarfarben steuern. Das Gen für »kastanienbraunes Haar« wird verdoppelt und mit der genetischen Anordnung der Zygote verknüpft.

Und mit den anderen Genen, welche die übrigen Züge des zukünftigen Gesichts bestimmen. Die Nasenform – so verändert, daß sie feminin wirkt – wird selektiert, indem die korrekte Kombination von Genen in der *Bank* erfolgt. Diese wird verdoppelt, und die Duplikate werden dann der Zygote einverleibt ...«

»Haben Sie das gehört?« tönte Macneff mit triumphierender Stimme.

»Sie haben Larven gezeugt! Ungeheuer einer unheiligen, unwirklichen Allianz! Insektenkinder! Und als Zeugnis dieser widerwärtigen Fleischeslust werden sie Ihr Gesicht tragen ...«

»Ich bin natürlich kein Kenner menschlicher Gesichtszüge«, unterbrach ihn Fobo. »Aber die Züge dieses jungen Mannes kommen mir hübsch und lebhaft vor. In menschlicher Hinsicht selbstverständlich.«

Er wandte sich an Hal. »Jetzt verstehst du sicherlich, warum sich Jeannette so sehr das Licht wünschte. Und weshalb sie vortäuschte, Alkoholikerin zu sein. Solange sie genügend Alkohol vor einem Geschlechtsakt trank, wurde der photokinetische Nerv – der sehr empfindlich gegenüber Alkohol ist – betäubt. Somit kam es zwar zu einem Orgasmus, aber nicht zur Schwangerschaft. Und nicht zum Tod durch das Leben, das sie in sich trug. Als du jedoch den Käfersaft mit Glühfrei verdünnt hast – natürlich, ohne die Folgen zu kennen –, da ...«

Macneff brach in ein schrilles Gelächter aus. »Welche Ironie! Genau wie es gesagt worden ist! Daß der Tod der Lohn für die Unwirklichen ist!«

— 20 —

»Komm, Hal. Weine ruhig, wenn dir danach zumute ist!« sagte Fobo laut. »Du wirst dich danach besser fühlen. Das kannst du nicht? Ich würde mir wünschen, du könntest es.

Nun gut, ich werde fortfahren. Die *Lalitha,* mag sie auch noch so menschlich aussehen, kann ihrer Arthropodenabstammung nicht entkommen. Die Nymphen, die sich aus den Larven entwickeln, können leicht als Babys durchgehen, aber es würde dir weh tun, die Larven selbst zu sehen. Obwohl sie keineswegs häßlicher sind als fünf Monate alte menschliche Embryos. Jedenfalls nicht für mich.

Es ist wirklich sehr traurig, daß die *Lalitha*-Mutter sterben muß. Vor Hunderten von Millionen Jahren, als eine Pseudoarthropodin im Begriff war, Eier auszubrüten, wurde in ihrem Körper ein Hormon freigesetzt, welches die Haut verkalkte und ihren Schoß ihr Grab werden ließ. Sie wurde ein Schalentier. Ihre Larven fraßen die Organe und Knochen, die durch den Entzug des Kalziums erweicht wurden. Und als die Jungen die Aufgabe der Larven erfüllt hatten, die darin besteht, zu fressen und zu wachsen, ruhten sie aus und wurden zu Nymphen. Dann durchbrachen sie die Schale an der schwächsten Stelle des Bauches.

Dieser Schwachpunkt ist der Nabel. Er allein verkalkt nicht mit der Epidermis, sondern bleibt weich. Bis die Nymphen bereit sind auszuschlüpfen, ist das weiche Fleisch des Nabels verfault. Bei dessen Auflösung entsteht eine chemische Substanz, welche eine Fläche entkalkt, die fast den gesamten Unterleib umfaßt. Obwohl die Nymphen so schwach wie menschliche Säuglinge sind und dazu noch viel kleiner, werden sie durch ihren Instinkt aktiviert, die dünne und zerbrechliche Bedeckung abzuwerfen.

Du mußt nämlich wissen, Hal, daß der Nabel funktional und mimetisch zugleich ist. Weil die Larven mit der Mutter nicht durch eine Nabelschnur verbunden sind, würden sie selbst auch keinen Nabel haben. Statt dessen bekommen sie einen Auswuchs, der einem Nabel ähnlich ist.

Die Brüste der erwachsenen *Lalithas* haben ebenfalls zwei Funktionen. Wie bei menschlichen Frauen haben sie sowohl sexuelle als auch fortpflanzungsbezogene Bedeutung. Selbstverständlich produzieren sie niemals Milch, aber sie sind Drüsen. Zu dem Zeitpunkt, wenn die Larven bereit sind, aus den Eiern zu schlüpfen, wirken die Brüste als mächtige Pumpen für das Hormon, welches die Verhärtung der Haut verursacht.

Nichts geht verloren, wie du siehst – die Ökonomie der Natur. Die gleichen Dinge, die sie befähigen, in der menschlichen Gesellschaft zu überleben, vollstrecken auch das Todesurteil.«

»Ich kann die Notwendigkeit der Photogene im humanoiden Evolutionsstadium verstehen«, sagte Hal. »Aber warum sollte die *Lalitha,* als sie sich noch auf einer animalischen Stufe der Evolution befand, es nötig haben, die Charakteristika des Gattengesichts zu reproduzieren? Es besteht dort kein allzu großer Unterschied zwischen den Gesichtern eines männlichen und eines weiblichen Lebewesens der gleichen Spezies.«

»Ich weiß es nicht«, sagte Fobo. »Vielleicht machte sich die prähominine *Lalitha* die photokinetischen Nerven nicht zunutze. Vielleicht sind diese Nerven eine evolutionäre Anpassung an vorhandene Strukturen, die eine andere Funktion hatten. Oder eine verkümmerte Funktion. Es gibt einige Anzeichen dafür, daß die *Lalitha* mit Hilfe der Photokinetik ihren Körper veränderte, um dem gewandelten menschlichen Körper zu entsprechen, als dieser die Evolutionsleiter hinaufkletterte. Die Annahme erscheint daher nicht abwegig, daß die *Lalitha* zu einem solchen biologischen Kunstgriff gezwungen war. Wenn die photokinetischen Nerven nicht darin verwickelt waren, dann mag es irgendein anderes Organ gewesen sein. Es ist schon sehr unglücklich gelaufen, daß wir zu der Zeit, als wir so weit fortgeschritten waren, um die *Lalithas* wissenschaftlich zu untersuchen, keine Exemplare mehr zur Verfügung hatten. Es war purer Zufall, daß wir Jeannette fanden. So entdeckten wir in ihr mehrere Organe, deren Funktion für uns ein Rätsel geblieben ist. Wir benötigen viele ihrer Art für eine fruchtbare Forschung.«

»Eine Frage noch«, sagte Hal. »Was geschieht, wenn eine *Lalitha* mehr als einen Liebhaber gehabt hat? Wessen Gesichtszüge würden die ... Babys bekommen?«

»Wenn eine *Lalitha* von einer ganzen Bande vergewaltigt wird, hat sie keinen Orgasmus, weil negative Emotionen wie Abscheu und Angst ihn verhindern. Wenn sie mit mehr als einem Liebhaber geschlafen und keinen Alkohol getrunken hat, dann bringt sie Junge zur Welt, deren Züge denen des ersten Geliebten entsprechen. Beim Kopulieren mit einem zweiten Liebhaber – auch wenn dies unmittelbar danach passiert – ist die Befruchtung schon vollständig eingeleitet.«

Traurig schüttelte Fobo seinen Kopf.

»Es ist wirklich ein Jammer, aber es hat sich in all den Epochen nicht geändert. Die Mütter mußten für ihre Jungen das Leben lassen. Doch als eine Art von Wiedergutmachung hat die Natur ihnen ein Geschenk gemacht. Analog zu den Reptilien, die angeblich, so lange sie leben, nicht aufhören zu wachsen, müssen die *Lalithas* nicht sterben, wenn sie nicht schwanger werden. Und so ...«

Hal sprang auf und schrie: »Hör auf damit!«

»Tut mir leid«, sagte Fobo milde. »Ich versuche doch nur, dir begreiflich zu machen, warum Jeannette das Gefühl hatte, sie könnte dir nicht sagen, was in Wirklichkeit los war. Sie muß dich sehr geliebt haben, Hal. Sie besaß drei Eigenschaften, welche die Liebe ausmachen: echte Leidenschaft, innige Zuneigung und das Gefühl, ein Fleisch mit dem Körper des anderen zu sein, so unzertrennbar Mann und Frau, daß man kaum sagen kann, wo der eine seinen Anfang und der andere sein Ende hat. Ich weiß ganz sicher, daß es zwischen dir und Jeannette so war, glaube mir. Denn wir Empathisten können uns in das Nervensystem eines anderen hineinversetzen und so denken und fühlen wie er.

Doch auf Jeannettes Liebe muß auch ein Wermutstropfen gefallen sein.

Nämlich der Glaube, daß du dich mit Entsetzen von ihr abgewendet hättest, wenn dir bekannt gewesen wäre, daß sie einem völlig fremdartigen Zweig des organischen Lebens entstammt, der durch Millionen Jahre der Evolution abgesondert ist, und daß sie durch ihre Herkunft und Anatomie unfähig ist, Kinder in deinem Sinne mit dir zu haben und aufzuziehen. Dieser Glaube muß selbst ihre glücklichsten Momente überschattet haben ...«

»Nein! Ich hätte sie geliebt, so oder so! Es wäre vielleicht ein Schock für mich gewesen, aber darüber wäre ich hinweggekommen. Ja, sie war menschlich; sie war menschlicher als irgendeine Frau, die ich gekannt habe!«

Macneff gab einige Würgelaute von sich, als würde er sich jeden Moment übergeben. Als er sich wieder erholt hatte, brüllte er los: »Sie abgrundtiefes Geschöpf! Wie können Sie sich selbst überhaupt noch ertragen, jetzt, da Sie wissen, mit welch abscheulichem Untier Sie geschlafen haben? Warum versuchen Sie nicht, die Augen herauszureißen, die diesen abscheulichen Schmutz gesehen haben? Warum beißen Sie nicht die Lippen ab, die diesen Insektenmund geküßt haben? Warum schneiden Sie nicht die Hände ab, die mit ekelhafter Erregung diese Verhöhnung eines Körpers berührt haben? Warum reißen Sie nicht diese Organe der widernatürlichen Unzucht an den Wurzeln heraus und ...«

Fobo unterbrach diesen Sturm der Empörung. »Macneff! Macneff!«

Das hagere Gesicht drehte sich zu dem Empathisten herum. Der Blick war starr, und die Lippen hatten sich zu einem unglaublich breiten Lächeln verzogen – einem Lächeln aus maßloser Wut.

»Was? Was ist?« murrte er wie jemand, der gerade aus dem Schlaf erwacht.

»Ihren Typ kenne ich sehr gut, Macneff. Sind Sie ganz sicher, daß Sie nicht die Absicht hatten, die *Lalitha* lebend zu fassen und sie für Ihre eigenen sinnlichen Zwecke zu benutzen? Sind Ihre Wut und Ihr Ekel nicht größtenteils darauf zurückzuführen, daß Sie in Ihrem Verlangen enttäuscht wurden? Schließlich haben Sie ein Jahr lang keine Frau gehabt, und ...«

Der Sandalphon machte ein verdutztes Gesicht. Er lief erst rot an und zeigte dann eine purpurne Farbe. Schließlich verschwand die heftige Färbung, und ein leichenhaftes Weiß trat an deren Stelle.

Er schrie wie ein Käuzchen.

»*Genug!* Uzziten, bringt diesen ... dieses Wesen, das sich Mensch nennt, zum Boot!«

Die zwei Männer in Schwarz umkreisten Hal, um von vorn und von hinten an ihn heranzutreten. Ihre Annäherung beruhte auf Training und war nicht etwa Vorsicht. In all den Jahren, in denen sie Leute gefangennahmen, hatten sie die Erfahrung gemacht, daß sie keinen Widerstand zu erwarten brauchten. Die Verhafteten standen stets erstarrt und eingeschüchtert vor den Vertretern der Stirche. Und jetzt, trotz der ungewöhnlichen Umstände und obwohl sie wußten, daß Hal eine Waffe trug, sahen sie in ihm keine Ausnahme.

Er stand da mit gebeugtem Kopf, gekrümmten Schultern und erschlafften Armen: der typische Häftling.

Dies galt eine Sekunde lang; in der nächsten kämpfte er wie ein Löwe.

Der Agent vor ihm taumelte zurück. Aus seinem Mund quoll Blut hervor und floß über seine schwarze Jacke. Als er die Wand rammte, spuckte er ein paar Zähne aus.

Yarrow war inzwischen herumgewirbelt und hatte dem Mann hinter ihm eine Faust in den großen, weichen Bauch gestoßen.

»*Wuff!*« machte der Uzzite.

Er krümmte sich. Im gleichen Moment wuchtete Hal sein Knie gegen das ungeschützte Kinn. Das Knacken eines Knochen war zu hören, und der Agent fiel auf den Boden.

»Vorsicht!« schrie Macneff. »Er hat eine Waffe!«

Der Uzzite an der Wand schob eine Hand in seine Jacke und fühlte nach dem Revolver im Halfter unter der Achselhöhle, als ihn auch schon eine schwere bronzene Buchstütze, von Fobo geworfen, an der Schläfe traf. Er brach zusammen.

Macneff kreischte. »Sie leisten Widerstand, Yarrow! Sie leisten Widerstand!«

»Da können Sie verdammt *shib* sein, daß ich das tue!« brüllte Hal.

Den Kopf gebeugt haltend, stürzte er sich auf den Sandalphon. Macneff schlug mit der Peitsche nach seinem Angreifer. Die sieben Peitschenschnüre wickelten sich um Hals Gesicht, aber er rammte die purpurgekleidete Gestalt und stieß sie zu Boden.

Macneff kam wieder auf die Knie. Hal, der ebenfalls auf den Knien lag, packte ihn an der Gurgel und drückte zu.

Macneffs Gesicht färbte sich blau, und er griff nach Hals Handgelenk und versuchte, die Hand wegzuzerren. Aber Hals Druck wurde noch stärker.

»Das ... können ... Sie doch nicht ... tun!« brachte Macneff keuchend hervor. »Das können ... Sie ... unmöglich ...«

»Und ob ich das kann!« schrie Hal. »Das wollte ich schon immer tun, Pornsen! Ich meine ... Macneff!«

In diesem Moment erbebte der Boden, klapperten die Fenster. Fast gleichzeitig ertönte ein fürchterliches Donnern an den Fenstern. Glasscherben flogen durch den Raum; Hal wurde zu Boden geschleudert. Draußen wurde die Nacht zum Tag. Dann war es wieder Nacht.

Hal stand auf. Macneff lag da und hielt sich den Hals mit den Händen.

»Was war das?« sagte Hal zu Fobo.

Fobo ging an das zerbrochene Fenster und schaute hinaus. Er blutete aus einer Wunde an seinem Hals, aber er schien es gar nicht zu bemerken.

»Darauf habe ich die ganze Zeit gewartet«, sagte Fobo. Dann wandte er sich um und sah Hal an.

»Anfangs hatten wir überhaupt keinen Grund, euch Erdenmenschen zu mißtrauen. Da wir aber nun einmal Realisten sind – wenn du mir diesen Ausdruck, der dir sicherlich zum Hals heraushängt, verzeihen kannst –, trafen wir Vorbereitungen für den Fall, daß ihr euch als doch nicht ganz so freundlich entpuppen solltet, wie ihr uns glauben machen wolltet.

Seit dem Augenblick der Landung haben wir unter der *Gabriel* gegraben. Vor wenigen Tagen erst gelang es uns, das riesige Loch unter der *Gabriel* mit Schießpulver aufzufüllen. Glaube mir, wir atmeten erleichtert auf, als dies geschafft war. Denn wir mußten ständig befürchten, daß unser Graben entdeckt werden oder unsere Stützen unter dem großen Gewicht des Schiffes zusammenbrechen könnten.«

»Ihr habt es in die Luft gesprengt?« frage Hal benommen. Für ihn entwickelten sich die Dinge viel zu schnell.

»Das möchte ich bezweifeln. Auch die Tonnen von Sprengstoff, die wir explodieren ließen, konnten nicht allzuviel von einem derart massiv gebauten Schiff wie der Gabriel zerstören. In der Tat war es nicht unser Wunsch, es zu beschädigen – denn wir wollen es uns genau ansehen.

Unsere Berechnungen ergaben jedoch, daß die Detonationswellen den Metallpanzer des Schiffes durchdringen und jeden Mann auf der *Gabriel* töten würden.«

Hal ging an das Fenster und sah hinaus. Gegen den mondhellen Himmel hob sich eine Rauchsäule ab; schon bald würde die gesamte Stadt von ihr bedeckt sein.

»Es wäre besser gewesen, wenn ihr eure Leute sofort an Bord geschickt hättet«, sagte Hal. »Falls die Explosion die

Offiziere auf der Brücke nur in Ohnmacht versetzt hat und sie ihr Bewußtsein wiedererlangen, bevor ihr sie erreicht, werden sie auf einen Knopf drücken, der eine H-Bombe und zehn Kobaltbomben zünden wird. Wenn du nicht weißt, was das ist, will ich es dir erklären. Es handelt sich um radioaktive Kampfmittel, die ausreichen, um jedermann auf diesem Planeten zu töten.«

Fobo wurde bleich, aber dann versuchte er zu lächeln.

»Ich denke doch, daß unsere Truppen inzwischen an Bord sind«, sagte er. »Aber ich werde besser anrufen, um mich zu vergewissern.«

Er verschwand für einige Minuten und kam dann zurück. Nun bereitete es ihm gar keine Mühe mehr, ein Lächeln aufzusetzen.

»Jedermann an Bord der *Gabriel* starb sofort«, berichtete er. »Zumindest sind die Offiziere auf der Brücke tot. Und ich habe dem Kommandeur des Unternehmens ausdrücklich geraten, darauf zu achten, daß niemand sich an irgendwelchen Mechanismen oder Kontrollgeräten zu schaffen macht.«

»Ihr *Wogs* habt an alles gedacht, nicht wahr?« sagte Hal.

Fobo erwiderte achselzuckend: »Wir sind ziemlich friedliebend. Aber im Gegensatz zu euch Terranern sind wir wirklich ›Realisten‹. Wenn wir etwas gegen Ungeziefer unternehmen müssen, dann tun wir unser möglichstes, um es zu vertilgen. Auf diesem von Insekten beherrschten Planeten haben wir eine große Erfahrung in der Bekämpfung von Mördern.«

Er schaute Macneff an, der auf allen vieren kroch, glasige Augen hatte und seinen Kopf schüttelte wie ein verwundeter Bär.

»Dich rechne ich nicht zu dem Ungeziefer, Hal. Du bist frei. Du kannst gehen, wohin du willst, und tun, was du willst«, sagte Fobo.

Hal setzte sich auf einen Stuhl. Mit gramerfüllter Stimme sagte er: »Genau dies habe ich mir wohl mein ganzes Leben lang gewünscht. Die Freiheit zu besitzen, überall hingehen zu können und all das zu tun, was mir gefällt. Aber was bleibt mir denn jetzt noch? Ich habe niemanden ...«

»Da gibt es noch sehr viel für dich zu tun, Hal«, erwiderte Fobo. Die Tränen liefen seine Nase hinunter und sammelten sich an deren Ende.

»Du hast deine Töchter, um die du dich kümmern und denen du deine Liebe schenken solltest. In kurzer Zeit schon wird ihre Ernährung im Brutkasten vorüber sein – sie haben die vorzeitige ›Geburt‹ recht gut überstanden –, und sie werden hübsche Babys sein. Sie werden genauso zu dir gehören wie menschliche Säuglinge.

Schließlich sehen sie aus wie du – natürlich auf eine modifizierte, feminine Art. Deine Gene, Hal, sind auch die deiner Töchter. Was macht es für einen Unterschied, ob Gene auf zellulare oder photokinetische Weise wirken?

Du mußt auch nicht ohne Frauen leben. Hast du vergessen, daß Jeannette Tanten und Schwestern hat? Alle jung und schön. Ich denke doch, daß wir sie ausfindig machen können.«

Hal vergrub sein Gesicht in den Händen und sagte: »Danke, Fobo, aber das ist nichts für mich.«

»Jetzt noch nicht«, erwiderte Fobo milde. »Aber dein Schmerz wird vergehen; du wirst das Leben wieder für lebenswert halten.«

Jemand betrat den Raum. Hal blickte auf und erkannte eine Krankenschwester.

»Doktor Fobo, wir bringen jetzt die Leiche fort. Möchte der Mann vielleicht noch einen letzten Blick auf sie werfen?«

Hal schüttelte den Kopf. Fobo kam zu ihm herüber und legte eine Hand auf seine Schulter.

»Du siehst sehr blaß aus«, sagte er. »Schwester, haben wir etwas Riechsalz?«

Hal lehnte ab. »Nein, das brauche ich nicht.«

Zwei Krankenschwestern schoben einen Wagen hinaus. Ein weißes Tuch war über den toten Körper gelegt worden. Schwarzes Haar floß unter dem Laken hervor und fiel auf das Kopfkissen.

Hal erhob sich nicht. Er blieb auf seinem Stuhl sitzen, und er stöhnte. »Jeannette! Jeannette! Wenn du mich nur genug geliebt hättest, um mir alles zu sagen ...«